KB080426

우리가 모르는 이웃

우리가 모르는 이웃

ⓒ박애진 2021

초판 1쇄	2021년 3월 19일			
지은이	박애진			
출판책임	박성규	**펴낸이**	이정원	
편집주간	선우미정	**펴낸곳**	도서출판 들녘	
편집진행	이수연	**등록일자**	1987년 12월 12일	
디자인진행	김정호	**등록번호**	10-156	
편집	이동하·김혜민			
디자인	한채린	**주소**	경기도 파주시 회동길 198	
마케팅	전병우	**전화**	031-955-7374 (대표)	
경영지원	김은주·장경선		031-955-7386 (편집)	
제작관리	구법모	**팩스**	031-955-7393	
물류관리	엄철용	**이메일**	dulnyouk@dulnyouk.co.kr	
		홈페이지	www.dulnyouk.co.kr	

ISBN　　979-11-5925-617-2 (03810)

우리가 모르는 이웃

박애진 연작소설

차례

1화 : 나, 너와 함께

1.

카페 문이 열린다. 이 카페는 보통 이삼십 대들이 찾는 곳이다. 그러나 문을 열고 들어온 손님은 삶의 황혼기에 들어선 여인이다. 나는 문득 저 여인을 무어라 부르면 좋을지 생각한다. 성별을 무시하고 늙은이라 부르기엔 곱다. 점원이 날 듯이 달려가 맞이한 것도 여인이 이런 카페를 낯설어할 늙은 사람이라고 생각해서는 아니다. 어쩐지 옆에서 도와주고 싶어지는 고운 여인이기 때문이다. 그렇다고 여인이라고 부르기엔 아무래도 나이를 무시할 수 없다. 노파? 늙은이보다 더 어울리지 않는다. 할머니? 혈연관계가 아니더라도 사용할 수 있는 호칭이지만, 아무래도 그건 저 여인과 내 관계에 어울리지 않는다. 무엇보다 저 여인은 손녀까지 있으면서도 할머니라는 호칭을 몸서리치게 싫어한다. 그러니 누구나 갖고 있는 이름으로 부르기로 하자. 여인은 유혜인이다.

혜인은 과할 정도로 친절한 점원의 안내를 받으며 내 앞자리에 앉았다. 그러고는 진주가 알알이 박힌 핸드백을 열고 흑백영화 속 여주인공처럼 담배를 꺼내 불을 붙였다.

"오랜만이야. 만나줘서 고마워."

혜인이 입술을 뗐다. 나는 무슨 말을 그렇게 하느냐고, 한동안 연락하지 못해 미안하다고 사과했다. 우린 못 만난 동안 서로에게 있었던 일들을 이야기했다. 잠시 대화가 끊겼을 때 혜인은 몸을 뒤로 빼고 날 물끄러미 보더니 말했다.

"남자 생겼구나?"

나는 웃었다. 혜인은 여전히 눈치가 빨랐다.

"어떤 남자야?"

적당히 얼버무리려 했지만 쉽지 않았다. 딱히 혜인이 집요하게 물어봐서가 아니라 친구라 부를 사람이 없이 살아온지라 내 쪽에서 말할 상대가 필요했다.

나는 그가 얼마나 괜찮은 남자인지로 이야기를 시작해 얼마나 속 터지는 사람인지로 끝맺었다. 혜인은 피우던 담배를 끄고는 툭 던지듯 말했다.

"영 아닌 남잔가 보네."

내가 나서서 하소연해놓고도 마음을 다쳤다. 유혜인이 어떤 사람인지 그간 익히 겪어왔으면서 무슨 소리를 늘어놓은 건지. 세월이 아무리 흘러도 변함없는 사람은 유혜인일까, 아니면 나일까. 나는 치솟은 건물 사이로 보일 듯 말 듯 노을이 지는 모습으로 시선을 돌렸다.

"내가 죽기 전에 네 딸을 볼 수 있을까?"

혜인이 침묵을 깨고 입을 열었다.

"내가 딸을 낳으면 좋겠어?"

우리가 처음 만난 날 그랬듯 혜인이 눈꼬리를 올리며 웃음 지었다.

"나한텐 그렇게 웃지 마."

"어쩔 수 없어. 내 핏줄이잖아."

혜인은 재차 눈웃음쳤다. 혜인의 웃음은 지금도 사람을 매혹시킨다. 갓 딴 사과처럼 싱그럽던 얼굴에 어느덧 주름이 가득해졌을지라도 말이다. 새삼 혜인에게 주어진 시간의 끝이 머지않았음을 느꼈다. 그리고 종내 그날이 와 한때 몹시도 좋아했던 이 사람과 영원히 작별하게 된다 할지라도 그다지 서운하지 않을 것 같았다. 그날 혹시 다른 일정이 있다면 장례식에 가지 않을지도 모른다. 세상에 영원한 건 없다고들 하지만 지금은 그 사실이 조금 아쉬웠다.

2.

유혜인을 처음 만났던 날을 이야기하려면 우선 우리가 왜 친구가 되었는지, 우리가 어떤 핏줄인지 이야기해야 한다.

세상에는 남다른 핏줄을 타고나는 사람들이 있다. 유혜인의 경우에는 사람의 피가 필요했다. 호기심에 얼마나 많이, 얼마나 자주 피를 마시는지 물어본 적이 있다. 혜인은 새침하게 얼굴을 돌리며 대답하지 않았다.

우리 핏줄은 조금 특이하다. 여러 핏줄을 만나온 혜인도 우리 같은 핏줄은 처음 본다고 말했다. 우리 핏줄은 세상 많은 핏줄이 그러하듯 어느 날 우연찮게 발생하여 어머니에서 딸로 이어져왔다. 우린 보통 사람처럼 태어나 평범하게 자라다, 이십 대 중반이 되면 그 모습 그대로 백 년간 나이를 먹지 않는다. 백 살이 되기 전에 젊은 남자의 간을 먹으면 같은 모습으로 천 년을 더 살 수 있다. 단, 백 살이 될 때까지 아이를 낳지 않는다는 전제하에서다. 아이를 갖는 순간부터 시간은 우리한테도 공평해진다.

나는 우리 핏줄의 백 번째 자손이다. 그러니까 내 윗대 아흔아홉 명은 모두 아이를 낳았다는 이야기다. 기회가 아흔아홉 번이나 있었는데 아무도 천 년의 삶을 얻지 못했다.

나는 자라며 자연스레 내 핏줄에 대해 알았다. 그건 누가 가르쳐주지 않아도 알게 되는 거였다. 초등학교 때 엄마를 붙들고 물어봤다.

"엄마, 엄마는 왜 나를 낳았어? 왜 천 년의 삶을 선택하지 않았어?"

엄마는 배시시 웃더니 조그맣게 말했다.

"구멍이 났지 뭐니."

엄마는 "더 크면 알게 될 거야"라고 덧붙이곤 혼자 웃으며 시선을 피했다. 내가 무슨 소리인지 모르리라고 생각해서 한 말이었다. 아빠 역시 내가 결혼하는 그날까지 모르길 바랐겠지만 난 바로 알았다. 부모들이란 애들이 마냥 어린 줄 안다니까. 그래도 나를 재워놓고 엄마와 아빠 둘이서 술을 마시는 밤, "세상에 애가 벌써 그걸 알더라고"라는 말을 들으면 속상해할 아빠를 위해 모르는 척했다.

나는 엄마한테 왜 할머니는 엄마를 낳았느냐고 물었다. 엄마는 직접 찾아보라고 했다. 나는 한숨을 쉬었다. 엄마는 애가 어른처럼 군다며 웃었다.

내가 타고난 핏줄에는 선대의 기억이 흐른다. 나는 내 핏줄을 거슬러 올라가 할머니의 기억은 물론, 할머니의 할머니의 기억, 더 오래전의 기억도 읽을 수 있다. 하지만 여간 시간이 걸리고 지치는 일이 아니다.

물론 엄마도 그렇게 핏줄을 타고 올라가 선대의 기억을 읽었을 것이다. 그렇다고 기분이 나아지진 않았다. 엄마는 98대만 올라가면 되었고, 50대 할머니는 49대만 올라가면 되었는데 나는 99대나 올라가야 했다. 내 딸이 백 대를 거슬러 올라갈 일이 없도록 나는 반드시 성공하겠다고 결심했다.

초등학교 때는 엄마까지만 읽을 수 있었다. 엄마의 기억을 읽는 건 미안한 일이었지만 기억을 거슬러 올라가려면 어쩔 수가 없었다.

내가 아는 엄마는 머리를 질끈 묶고 하루 종일 부엌과 거실과 방을 오가며 청소를 하고, 음식을 만들고, 세탁기를 돌리는 사람이었다.

기억을 통해 본 엄마는 달랐다. 나는 고전 영화 속에 빨려

들어간 사람처럼 엄마가 칼라 넓은 상의와 긴 검정 치마 교복을 입고, 양팔로 친구들의 팔짱을 끼고 빵집으로 가 까르르 웃고, 처음으로 화장을 하고, 아빠를 만나고 설레는 모습을 보았다.

중학교에 올라갈 무렵에는 할머니의 기억을 읽게 되었다. 할머니는 젊은 시절 나이 많은 남자의 첩으로 들어가서 엄마를 낳았다. 할머니도 자신의 핏줄에 대해 알고 있었다. 하지만 끼니도 잇기 힘들 만큼 가난해서 살려면 다른 도리가 없었다. 백 년간 젊음을 유지한다는 거지, 백 년간 죽지 않는 게 아니다. 죽을병에 걸리면 죽고, 죽을 만큼 큰 사고를 당해도 죽고, 심하게 굶어도 죽는다. 그래서 할머니는 언젠가 태어날 우리 엄마한테 기대를 걸고 시집 아닌 시집을 갔다. 할머니는 늘 죄인처럼 주눅 들어 살았고 본처는 할머니를 미워하고 핍박했다. 가슴 아팠지만 둘 다 이해하지 못할 상황은 아니었다. 내가 납득하지 못한 사람은 딸까지 낳은 할머니를 하녀 취급하고 냉대한 할아버지였다.

할머니는 엄마가 가난에 짓눌리지 않고 학교를 다니며 공부할 수 있도록 자기 삶을 걸었다. 여자도 회사원이 될 수 있는 시대가 열렸다. 취직을 한 엄마는 할머니를 데리고 그 집을 나

와 그 길로 연락을 끊었다. 할아버지도 굳이 엄마를 찾을 의지
는 없었으리라.

그 기억을 본 다음 날 아침, 엄마가 자기도 일요일이라 늦잠
을 잤다며 아침은 라면으로 간단히 먹자고 너스레를 떨었다.
엄마의 구김살 없는 미소가 달라 보였다.

엄마는 가족 아닌 가족에서 벗어나 할머니와 살 수 있는 터
전을 일구었다. 그리고 아빠를 만나고 나를 낳으며 엄마만의
가족을 만들었다. 그 과정에서 엄마는 직장을 포기해야 했다.
지금도 많은 여자들이 결혼하면 직장을 그만둬야 하는데 엄마
때는 더했다. 엄마는 날 가져 행복했고 직장을 나와야 해 슬퍼
했다. 아빠가 인사를 마치고 돌아간 날 엄마는 할머니를 붙들
고 한참을 울었다. 할머니는 묵묵히 엄마의 등을 쓰다듬었다.

내가 어릴 때 돌아가신지라 나는 할머니에 대한 기억이 없
다. 할머니는 자기 삶을 버리고 낳아 기른 엄마가 임신했다는
말을 들었을 때 기분이 어땠을까? 크나큰 배신감을 느끼진 않
았을까?

우리 핏줄은 오직 딸 하나만 낳는다. 나는 할머니의 기억을
따라갔다. 당연히 모든 기억이 핏줄을 타고 내려오는 건 아니
다. 강렬한 기억만 남는다. 그날 할머니의 기억은 내가 선명히

읽을 수 있을 만큼 또렷했다.

아빠가 엄마 손을 잡고 들어와 할머니 앞에 무릎을 꿇고 죽을죄를 지었다고, 엄마를 진심으로 사랑한다고, 남은 평생 행복하게 해주겠다고 큰소리쳤다. 할머니는 조용히 아빠 말에 귀를 기울이더니 나이는 몇 살인지, 부모님은 뭘 하시는지, 다니는 회사는 어떤 곳인지 물었다. 성실히 대답하던 아빠는 회사에 대한 질문을 받자 기다렸다는 듯 "앞으로 백 년은 갈 탄탄한 회사입니다!"라고 힘주어 대답했다. 할머니는 "그럼 됐다"라며 고개를 끄덕거렸다.

코끝이 찡해왔다. 할머니는 평생 제대로 된 사랑을 받지도, 마음 편히 밥 한 숟갈 떠보지도, 어디 대놓고 하소연도 못하며 오직 딸만 바라보고 살아왔다. 할머니의 짧은 말 속에는 많은 의미가 담겨 있었다. 진심으로 널 아끼는 사람과 살 수 있다면 천 년의 삶을 살지 못한다 해도 어떻겠느냐, 네 딸에게 기대를 걸어보자.

불현듯 이날의 기억에 이르기 전 스쳐 지나갔던 기억 한 자락이 떠올랐다. 나는 기억을 되돌려 할머니의 임종 장면을 다시 보았다. 할머니는 죽기 직전 내 손을 꼭 잡았다. 이제야 그 의미를 알 수 있었다. 너는 천 년을 살거라.

중학교 때 집 근처 패스트푸드점에서 아르바이트를 시작했다. 아빠는 걱정했고 엄마는 넌 천 년을 살 아이이니까 뭐든 많은 걸 경험하는 게 좋다며 기꺼워했다.

거기서 동갑내기 첫사랑을 만났다. 우린 둥근 빵 위에 고기와 채소, 진득한 소스를 차곡차곡 얹으며, 그러다 가끔 떨어뜨린 게 있으면 잽싸게 주워 도로 올려놓기도 하며 친해졌다.

돌아보면 뭐라 표현할 것도 없이 평범한 아이였다. 그 애의 무엇이 날 그렇게 설레게 했는지 모르겠다. 우린 몰래 전화기를 방에 가져와 밤새 통화를 했다. 가끔 그 애의 엄마가 방문을 열고 들어왔고, 한바탕 싸우는 소리가 들리다가 전화가 끊기기도 했다.

아빠는 내가 벌써 남자 친구가 생겼다고 걱정했고 엄마는 청춘을 유익하게 보내니 보기 좋다며 만사태평했다. 사실 나에게 남자 친구가 생긴 걸 걱정해야 하는 사람은 아빠보다 엄마였음에도.

그 애와 만난 지 백 일이 되는 날 엄마 화장대에서 화장품을 훔쳐 바르고 신발장에서 하이힐도 꺼내 신고 나갔다. 엄마한테 말했다면 나서서 옷도 봐줬겠지만 당시 막 사춘기에 들어선지라 나는 엄마의 간섭이 귀찮았다.

공들여 치장하고 나갔는데 그 앤 주말에 부모님 손에 잡혀 강제로 등산 온 아이처럼 찡그린 낯으로 온종일 불퉁댔다. 우리가 벌써 백 일이나 되었다고 좋아하지도, 선물을 주지도 않았다. 참다못해 헤어지기 전에 도대체 왜 이러느냐고 따졌다.

그 애는 눈을 치켜뜨고 날 노려보며 말했다.

"너 지금 완전 나이 들어 보여! 아까 가게에서 이모랑 왔냐고 하더라."

잠시 말문이 막혔다. 우리 핏줄이 원래 좀 조숙하다. 거기에 화장까지 했으니……. 그래도 그렇지!

"남이 한 소리에 이러기야? 너 만나려고 일부러 꾸민 거잖아."

몇 마디 더 공방이 오간 끝에 수수께끼가 풀렸다. 문제의 핵심은 화장이 아니라 하이힐이었다. 하이힐을 신는 바람에 내 키가 그 애보다 커졌던 거다. 뭐라 뭐라 변명을 했지만 그 앤 화를 풀지 않았고 그날 이후 내 전화를 피했다. 아르바이트도 그만뒀다.

어떤 이들은 열다섯 살 아이들이 사랑을 알면 뭘 알겠느냐고, 그건 첫사랑도 아닌 풋사랑이라고 한다. 아주 틀린 말은 아니다. 시간이 흐를수록 그 애에 대한 기억은 흐릿해졌고, 사람들이 흔히 말하는 진짜 사랑을 한 후에는 열다섯 살 때 내 사랑은 덜 여문 풋사랑이었다는 걸 나조차도 인정하게 되었으니까.

그러나 풋사랑이라고 아프지 않은 건 아니다. 난생처음으로 나는 마음이 괴로우면 몸도 뜻대로 움직이지 않는다는 걸 알았다. 나는 이승과 저승의 경계에서 떠도는 혼령처럼 넋이 빠진 채로 학교와 집과 패스트푸드점을 오갔다. 주말에 있는 용기, 없는 용기 다 짜내어 그 애 집에 전화를 걸었다. 수화기 너머에서 그 애 엄마가 매서운 목소리로 그 앤 집에 없다고 했고, 난 내 이름을 밝히며 전화했었다고, 전화해달라고 전해달라고 했다.

그날을 기억한다. 엄마 아빠는 외출해서 집에는 나 혼자뿐이었다. 하루 종일 거실에 있는 전화기 옆에서 웅크린 채 전화벨이 울리기만 기다렸다. 엄마가 생일 선물로 사준 오토 리버스 카세트에서 당시 유행하던 이별 노래 두 곡이 반복 재생되었다. 창문을 타고 들어온 햇살이 길게 늘어졌다가 서서히 짧아지더니 어느덧 완전히 어두워졌다. 생애 처음으로 맞이했던 텅 빈 날이었다.

열다섯 살의 나는 너와 함께하기 위해 내 핏줄을 따라온 천 년의 삶을 포기하려 했었다. 그런데 너는 고작 하이힐 때문에 나랑 헤어졌다고?

그날 들었던 노래는 한 시대를 풍미한 곡답게 시대별로 유행하는 장르에 맞춰 리메이크되었다. 덕분에 나는 잊을 만하면 한 번씩 그 노래를 들었다. 시작은 매번 같았다. 카페에서, 식당에서, 때로는 마트에서 낯익은 듯 낯선 노래가 들려온다. 가락을 따라가다 보면 이상하게 마음이 아린다. 중심 멜로디가 나올 무렵에서야 원곡을 기억해낸다. 그날의 기억에 가 닿는 건 노래가 끝난 다음이다. 까닭 없이 아리던 마음의 원인을 찾은 나는 살포시 웃으며 기억은 사라져도 노래는 남으니 참 신기한 일이라고 생각한다.

3.

나는 초등학교가 아닌 국민학교를 다녔다. 엄마한테 국민학교 첫 성적표를 내밀자 엄마는 활짝 웃으며 공부는 중학교 가서 해도 된다고 했다. 중학교에 들어간 후에는 고등학교에 가서 하라고 했다.

고등학생이 된 뒤에도 나는 여전히 공부에는 별 관심이 없었다. 아빠가 진지하게 그림이나 음악, 체육 등 다른 관심 가는 분야가 없는지 물었다. 나는 생각해보겠다고 대답했다.

첫사랑 때문에 다쳤던 마음이 시나브로 아물며 나는 새로이 핏줄을 거슬러 올라가기 시작했다. 할머니는 왜 첩이 되어야 할 만큼 가난했던 걸까. 나는 할머니의 엄마인 증조할머니의 기억을 읽었다. 그리고 알아냈다. 할머니가 가난했던 이유는 증조할머니가 가난했기 때문이었다. 그럼 증조할머니는 왜 가난했던 걸까? 아, 고조할머니가 가난했다. 고조할머니는 또 고조할머니의 엄마가 가난했기에 가난했다. 여자 혼자 힘으로 살기 힘든 시대였다. 한번 가난해지자 대대로 가난해지는 걸 막을 도리가 없었다. 할머니는 가난의 고리를 끊을 기회가 오자 망설이지 않고 엄마를 위해, 우리 핏줄 중 누군가에게 가난에 지지 않고 천 년을 살 기회를 주기 위해 자기 생을 걸었다. 잠들기 전이면 할머니가 돌아가시기 전에 꼭 잡았던 손을 어루만져보곤 했다.

학교에서 점심을 먹고 남은 시간에 만화책을 보는데 누군가 내 책상에 무언가를 내려놓았다. 사탕과 초콜릿을 가득 넣어 만화에 나오는 강아지들이 가지고 다니는 뼈 모양으로 포장한 선물이었다.

나는 그걸 나한테 내민 아이를 물끄러미 바라보았다. 누구지?

"같은 반 된 지가 언젠데 아직도 내 이름을 몰라?"

그 애가 서운해하며 말했다. 나는 얼른 사과하고 이름을 물어봤다. 하이나, 그 애의 이름이었다. 그날은 밸런타인데이였다. 밸런타인데이에 초콜릿을 받는 여자애들은 보통 보이시하지 않나? 난 그런 스타일과는 대척점에 서 있었다. 어쨌든 구태여 거절할 이유는 없었기에 고맙게 받았다.

그게 시작이었다. 우린 수업 시간마다 쪽지를 주고받았고, 쉬는 시간이면 동전 지갑을 딸랑이며 함께 매점에 갔고, 집에 같이 가기 위해 청소 당번을 바꿨고, 깍지를 끼고 화장실에 갔다.

시시콜콜 모든 걸 털어놓던 엄마에게조차 말하지 못했지만 우린 친구 이상이었다. 야간자율학습을 마치고 버스 정류장에 앉아 막차 시간까지 수다를 떨다가 사람이 없을 때 몇 번 입을 맞추기도 했다.

이 아이라면 백 년간 사랑할 수 있을 것 같았다. 물론 이 아이는 나보다 앞서 늙고, 죽겠지. 그런 상상만으로도 목울대가 뜨거워졌다. 언젠가 이 아이에게 우리 핏줄의 비밀을 말해야 할지도 모른다. 핏줄의 비밀은 보통 사람한테는 절대 말하면 안 되지만 이 아이가 내가 나이가 들지 않는 걸 의아하게 여기는 날이 오면 말해줘야 하리라. 엄청나게 놀라겠지?

고등학교 2학년이 되어 과가 갈릴 때 나는 문과, 그 애는 이과를 택했다. 그 애가 나랑 떨어질 수 없다고 우네부네하기에 네 적성과 맞는 과에 가라고, 네가 어디에 있든 나는 영원히 네 거라고 말해줬다. 그날 우리는 얼마나 뜨거웠는지. 그 앤 날 위해서라면 죽을 수도 있다고 했다. 나 또한 그렇다고, 널 향한 마음은 영원히 변치 않으리라고 맹세했다.

학기가 시작한 지 채 한 달이 되지 않아 그 앤 우리 반에 찾아오는 횟수가 줄었고, 다른 애와 화장실에 다니기 시작했고, 어느 날 우리가 맞춘 반지를 되돌려주었다. 새 애인이 생겼다고, 그 아이가 날 질투하기 때문에 더 이상 그 앨 힘들게 할 수 없다고 했다.

그리 놀라지는 않았다. 그 애가 변해가는 걸 느꼈기 때문이다. 그날 집에 돌아갈 때 골목길을 따라 늘어서 있던 삐죽삐죽한 그림자들을 기억한다. 내 주머니 속에는 똑같은 반지가 두 개 들어 있었다. 이걸 나한테 주면 어쩌라는 건가? 버려야 하나, 팔아야 하나?

나는 너와 보낼 백 년을 구상하고 네가 죽고 난 후에도 남은 구백 년간 너만 생각하며 살리라 다짐했는데 너는 날 잊는 데 한 달이면 충분했단 말이야?

왜 그랬는지는 모르겠지만 이후 나는 공부를 시작했다. 당시 내 성적은 중위권과 하위권 사이에서 오르락내리락하고 있었다. 그런데 신기하게도 공부를 하니까 성적이 올랐다. 아빠는 좋아했고, 엄마는 너는 천 년을 살 아이니 한 가지에 집착하지 말라고 했다.

고3이 되어 국사학과로 진로를 정했다. 당시 시대가 어떠했기에 내 선조들이 가난에서 헤어나지 못했는지 궁금했다. 하루 일과를 마치면 침대에 누워 핏줄을 거슬러 올라갔는데, 위로 올라갈수록 약한 기억은 흐릿해지고 강한 기억만 남아 진도가 죽죽 나갔다.

마침내 나는 가난하지 않은 선조를 찾았다. 그럭저럭 먹고살다가 어찌어찌 재산을 불려 제법 잘살게 되었을 무렵 남자를 만나 아이를 낳았다. 그 일에 대해 선조가 남긴 말은 단 한 문장이었다.

'달이 밝았고 술이 달았다.'

밤중에 침대에서 혼자 웃음이 터져 배가 당기도록 껄껄대야 했다.

좋은 날은 길지 않았다. 한창 깨소금이 쏟아져야 하는 신혼에 남자가 원인 모를 병으로 앓아누웠다. 선조는 백방으로 약을 구해 쓰며 남자를 살리려다 재산을 탕진했다. 나는 그 남자가 도박이나 다른 일로 재산을 날리지 않았다는 데 안도했다. 선조의 기억 중 남자와 함께한 시간을 후회하는 부분은 없었다.

그 위의 사연은 엇비슷했다. 나이가 들지 않으니 주기적으로 살던 곳을 떠나야 하는데 여자 혼자 몸으로 살기 어려워 남자한테 의탁하게 되거나, 드물게 우리 엄마처럼 천 년의 삶을 저버려도 좋을 만한 남자를 만났다.

나는 고1 때 성적이라면 꿈도 못 꿨을 대학에 들어갔다. 누구나 감탄할 만한 학교는 아니었지만 이름을 말했을 때 "어디라고?"라고 되묻는 말을 듣는 학교는 아니었다.

대학 입학식 날 드디어 이 핏줄을 처음 타고난 선조를 만났다. 그 선조의 기억은 한 줄로 끝났다.

'그러면 애가 들어서는 줄 몰랐다.'

또 한 번 이불 속에서 새우처럼 몸을 구부리고 웃었다.

4.

내가 졸업 여행을 가는 날에 맞춰 부모님도 여행을 다녀오
겠다고 했다. 사고는 첫날에 일어났다. 부모님이, 아니 부모님의
유해가 있는 지방 병원의 문을 열던 날을 기억한다. 이 기억은
내 핏줄을 타고 남을 것이다.

경황 중에 취직을 하고 시간이 흘렀다. 오래도록 나이보다
성숙해 보이던 내가 동안이라는 소리를 넘어 어쩜 그렇게 늙
지를 않느냐는 이야기를 듣기 시작했다. 위기감을 느꼈다. 신분
을 바꿔야 했다. 그런데 어떻게?

주말에 혼자 영화를 보고 아무도 없는 집에 들어가기 싫어
카페에서 잡지를 뒤적이는데 누군가 다가왔다.

"잠깐 합석해도 돼요? 자리가 없어서."

나는 주변을 둘러보았다. 카페에 빈자리가 없는 건 사실이었
지만 나보다 넓은 자리를 차지하고 있는 사람도 있었다. 내 자
리가 창가라 그러나? 망설이는데 여자가 눈꼬리를 올리며 웃
었다. 뭐야, 그런 웃음은 남자한테나 지으라고.

여자는 자기 유혹이 나에게 통하지 않아서 당황했다. 나는
나대로 여자에게서 보통 사람과 다른 냄새가 풍겨와 놀랐다.

여자는 의자를 당겨 내 앞에 앉았다.

"너 뭐야?"

여자가 도발적으로 물었다.

"넌 뭔데?"

나도 지지 않고 되물었다. 여자가 아까처럼 웃었다.

"그렇게 웃지 마."

"어쩔 수 없어, 이 웃음은. 우리 핏줄이거든."

점원이 다가와 빈자리가 났다고 알려줬다. 여자는 괜찮다며
눈웃음쳤다. 젊은 남자 직원에게 여자의 웃음은 확실히 통했
다. 점원은 필요한 게 있으면 뭐든 말하라고 거듭 당부하다 떠
났다. 점원의 태도만 보면 여기는 셀프서비스 카페가 아닌 고
급 레스토랑이었다.

"그거, 참 살기 편해 보이네."

내가 말했다.

"통성명부터 하자. 난 유혜인이야."

"난 민수아."

"예쁜 이름이네."

실소가 터졌다. 대뜸 말을 놓고 다가오는데도 묘하게 싫지
않았다. 혜인이 타고난 핏줄의 힘 때문은 아니었다. 그건 나에

게는 아무 영향이 없었다. 우린 흔한 표현대로 죽이 잘 맞아 가까워졌다.

혜인의 도움으로 새 신분증을 받을 수 있었다. 혜인은 변호사였다. 하지만 변호사는 부업이고 본업은 다른 핏줄들의 신분을 바꿔주거나 문제가 발생할 시 능력을 십분 발휘해 해결해주는 일이었다. 수임료는 비쌌지만 내 처지를 생각하면 귀한 도움이었다.

새 신분은 낯설고 두려운 이상으로 설렘을 안겨주었다. 본격적으로 천 년의 삶을 향한 시작점에 선 것이다. 나는 번호를 바꾸고 잠적했다. 아버지 쪽 친척들과는 조금씩 소홀하게 지내와 거의 연이 끊겼던지라 큰 문제가 되지 않았다. 친척보다 친구들과 헤어져야 하는 게 더 아쉬웠다. 그래도 천 년의 삶을 위해 어쩔 수 없었다.

혜인을 통해 세상에 다양한 핏줄이 있다는 것도 알게 되었다. 어떤 핏줄은 몸에 내재된 힘을 제어하기 위해 늘 조심해야 했고, 어떤 핏줄은 하루의 반을 물속에서 지내야 한다고 했다.

혜인의 핏줄에 대해 알게 된 후 "그런데 낮에 돌아다녀도 돼?"라고 묻자, 혜인은 깔깔 웃었다.

"우리도 보통 사람과 같아. 인간들이 걸리는 병에 내성이 있다뿐이지, 우리 사이에 도는 병에는 걸리기도 해. 수명도 사람들이랑 비슷해. 아마 우리가 주로 밤에 유혹해서 그런 말이 나도나 봐."

"영원히 사는 거 아니었어?"

"영원히 사는 핏줄은 없어. 우리 핏줄은 고대부터 여러 핏줄들의 신분을 관리해왔는데 그런 핏줄은 듣도 보도 못 했어. 가끔 누가 그런 핏줄을 봤다는 둥, 자기들 조상이 남긴 기록에 쓰여 있다는 둥 하는데 그거 다 헛소리야."

혜인은 신분을 바꿀 땐 사는 도시도 바꾸면 좋다고 했다. 일리 있는 말이라 집을 정리하고 부산으로 갔다. 혜인도 따라와 변호사 사무실을 개업하고 우리 집에서 같이 살았다.

졸지에 별다른 이력이 없는 대졸자가 되어버린 나는 취직하기까지 꽤 애를 먹어야 했다. 지난 시간 쌓아 올린 경력이 아까웠지만 도리가 없었다. 어렵사리 취직한 직장에서 일 년도 못 채우고 정리해고를 당했다. 나뿐이 아니었다. 직원의 반이 잘렸다. 남은 직원들도 불안한지 서둘러 직장을 옮겼다. 저래서 도대체 어떻게 회사를 꾸려나가려는 걸까, 생각하다가 내 코가 석 자라는 생각에 잊었다. 통장 잔고는 줄어가는데 취직자리는 생기지 않고, 설상가상으로 혜인이 점점 집안일에 소홀해지기 시작했다.

그날도 면접을 보고 돌아오니 집은 먼지투성이였고 개수대에는 설거지감이 한가득했다. 혜인이 마지막으로 설거지를 하고 청소를 한 게 언제였는지 가물가물했다. 잠시 앉아 텔레비전을 보며 혜인이 돌아오면 이야기해봐야겠다고 마음먹었다.

혜인은 밤늦게 돌아와 남자 친구가 사줬다는 가방을 자랑했다. 난 예쁘다고 말한 뒤 집안일을 나누자고 했다. 혜인은 날 빤히 보더니 말했다.

"방값 내잖아."

느닷없이 뒤통수를 한 대 맞은 양 멍해졌다. 집주인은 나지만 우리 관계는 동거인에 가까웠다. 그런데 혜인은 마치 가게에 온 손님처럼 "돈 냈잖아"라고 한 거다.

바로 반박하지 못한 이유는 몇 달째 직장을 구하지 못하고 있는 가운데 혜인이 주는 방값이 분명 도움이 되었기 때문이었다. 그러나 그것과 이건 엄연히 다른 문제 아닌가?

그날 대화를 어떻게 마무리 지었는지는 정확히 기억나지 않는다. 언짢았지만 더 물고 늘어지지는 않았던 것 같다.

혜인은 십오 년 정도 같이 살다 떠났다. 자기가 언니처럼 보이는 것까진 참았지만 이모처럼 보이기 시작하자 견디지 못했다. 그래도 내 신분증 담당자이자 친구로 일 년에 한두 번은 연락하는 사이로 남았다.

세상은 빠른 속도로 변했다. 신분을 바꾸는 데는 점점 고도의 능력이 필요해졌다. 나는 대략 십 년에서 이십 년에 한 번씩 신분을 바꿨다. 그때마다 새 도시에 가서 새 직장을 구했다. 업계도 바꿔야 했다. 같은 업계에 갔다간 예전에 알던 사람을 만날 수도 있었다. 대한민국은 어쩌면 이렇게 좁은지. 두 번째로 신분을 바꿨을 때 예전에 알던 사람과 마주쳤다. 자기 대학 친구를 쏙 빼닮았다고, 엄마 이름은 무엇이냐고 물어대며 호들갑을 떨어 진땀을 빼야 했다. 그다음에는 해외로 나갔다.

명확한 목표를 가지고 나간 사람도 낯선 언어와 문화의 틈바구니에서 살기 쉽지 않은데, 반 이상 타의로 나간 나는 말해 무엇하랴. 온통 물결무늬로 이루어진 것만 같은 언어에 귀가 트일 때까지 했던 고생은 이루 헤아릴 수가 없다.

험난했던 시간을 마치고 귀국해 의상디자인학과에 들어갔다. 모처럼 하고 싶은 일을 만난 건 좋은데 등록금이며 재료비 등이 만만치 않았다. 힘들게 번 돈은 썰물처럼 빠져나갔다. 신분증을 바꾸는 비용도 물가에 맞춰 상승했다. 오르지 않는 건 내 월급뿐이었다.

대학에서 간만에 남자도 만났다. 이름은 정오인가 정호인가 그랬다. 우리가 사귀기 시작할 무렵 정온지 정혼지가 영장을 받았다. 복무기간은 14개월로 줄었지만 군대 가기 전 남자들의 비장함은 줄지 않았다. 난 몇 번이고 괜찮다고 말했다. 14개월이 뭐란 말인가. 난 천 년을 기다리며 사는데.

우린 정오가 머리를 깎기 전날에 사랑을 나눴다. 정호는 다음 날 늦은 시간에 만취해서 전화를 걸어 너는 모르겠지만 14개월이 짧은 시간이 아니라는 둥, 구속하고 싶지 않다는 둥 두서없는 말을 반복하다 전화를 끊었다.

나는 보수적이다. 남자를 만나도 쉽게 잠자리를 갖지 않는다. 어떻게 그럴 수 있겠는가. 엄마처럼 사고가 생길 수도 있는데. 나는 천 년의 삶을 담보로 걸고 사랑을 나눴는데 너는 군대 가기 전 추억거리가 하나 필요했을 뿐이란 말이냐?

그래놓고 군대에 가서는 수신자 부담으로 전화를 걸었다. 다음 날 번호를 바꿨다.

연애는 엉망이었어도 장학금은 몇 번 받았고, 졸업 패션쇼에도 내 작품을 올리게 되었다. 3개월간 눈이 침침해지고 성한 손가락이 없도록 바느질을 하고 가위질을 했다. 아무리 도구가 발달해도 사람 손만 한 건 나오지 않았다. 두 시간 이상 잔 날

이 없었다. 이러다 죽는 게 아닐까 겁나기도 했다.

패션쇼 리허설을 마친 날 집에 돌아와 문을 열었다. 눈을 뜨니 신발도 벗지 않은 채 현관에 누워 있었다. 놀라 시계를 봤다. 서너 시간 정도 말 그대로 기절하듯 잠들었던 거다.

영원히 오지 않을 것 같던 패션쇼 날이 왔다. 내가 받은 시간은 18분이었다. 18분을 위해 지난 3개월을, 아니 졸업까지 몇 년을 달려왔다. 스카우트할 만한 인재가 있나 보러 오는 디자이너들을 위해, 이번 삶을 살아갈 시간을 위해, 천 년의 삶을 이루기 위해 발버둥 친 지난 시간들이 주마등처럼 스쳐 갔다. 모델들이 워킹을 하는 동안 눈물이 멈추질 않았다.

다른 친구들은 가족, 친척, 남자 친구가 와서 축하해주었지만 내게는 혜인뿐이었다. 혜인은 배가 부른 딸과 사위와 함께 와 자리했다.

쇼가 끝나고 혜인과 둘이 맥주를 마시러 갔다. 퉁퉁 부은 얼굴이 민망했다.

"잘 만들었더라. 준비 기간이 2개월이었다고 했지?"

혜인이 물었다.

"3개월."

"열 벌?"

"열두 벌."

"고생했네."

혜인은 지나가는 말로 한마디 한 뒤 자기 근황으로 말머리를 돌렸다. 남 칭찬에 야박한 혜인인 줄 잘 알기에 평소에는 대수롭지 않게 넘겨왔다. 그런데 이번만큼은 무심히 지나가지 않았다. 쌀통에 쌀이 떨어질 때마다 가장 싼 쌀을 골라 사고, 몇 안 되는 친구들이 커피 한잔 마시자고 부를 때마다 시간도 아깝지만 커피값이면 반찬 두세 가지는 만들어 일주일은 먹을 돈인데 싫어 거절했다. 졸릴 때마다 이 쇼를 보러 올 디자이너들의 얼굴을 그리며 이 악물고 버텼다. 뒤를 봐줄 가족도, 친구도 없이 오롯이 혼자 견딘 나날이었다. 설명해봐야 격려는커녕 엄살떤다고 핀잔이나 받지 않으면 다행이리라.

나는 연예인의 가십처럼 부질없는 이야기를 꺼냈다. 열 시경 사위가 차를 끌고 와 혜인을 모셔 갔다.

그날 밤 나는 한숨도 이루지 못했다. 오늘 밤은 이렇게 망쳐서는 안 되었다. 나를 위해 자축하며 동네방네 환호성을 지르며 돌아다녀도 모자랄 밤이었고, 세상에 있는 찬사란 찬사는 다 들어도 부족할 밤이었다. 딸과 사위의 호위를 받으며 나타난 혜인을 보며 박탈감을 느끼거나 인색한 칭찬을 들으며 보내서는 안 되는 밤이었다.

언제부터인가 혜인을 만날 때마다 다음에는 꺼내지 말아야 할 화제 목록만 길어졌다. 대형 로펌에서 스카우트 제안을 받았다, 혹시 이런 직업은 어떻게 생각하느냐 등 혜인이 별생각 없이 던진 말이 나한테는 번번이 응어리가 돼 남았다. 혜인이 이날 가족 여행을 겸해 날 보러 와 묵은 호텔 하룻밤 가격이 내 보름치 생활비였다. 그러면서 여기까지 왔으니 맥주는 나보고 사라고 했다.

쓴웃음이 터졌다. 갈 데까지 가는구나. 날 보겠다며 멀리서 온 친구한테 맥주 한잔 산 게 아까워지고.

졸업은 했는데 취직하기는 쉽지 않았다. 신분을 바꿀 때마다 생기는 일이었다. 무슨 해외파가 이렇게 많은지. 지난 이십 년 동안 해외에서 쌓았던 내 경력은 지금 신분에서는 아무 의미가 없었다. 나는 매양 서류 심사에서 탈락했다. 소위 유학을 다녀온 사람보다 훨씬 유창한 회화 실력도 면접까지 가기 전에는 그림 속의 떡이었다.

우여곡절 끝에 입사해 이제 숨통이 트이나 보다 했는데 사장이 도박을 하다 잡혔다. 직원들만 몰랐을 뿐 회사는 빚더미에 올라 있었다.

나는 최선을 다해 살아왔다고 자부한다. 이기적으로 살지도 않았다. 천 년을 살 사람으로서 백 년도 못 살 사람들을 배려하며 살고자 노력했다. 착한 사람은 복을 받는다며? 다 지어낸 이야기다.

힘들 때 친구가 진정한 친구라는 말이 있다. 이 시기는 지난 삶을 통틀어 가장 힘들었던 한편으로 잊을 수 없는 이름 또한 만들어주었다. 문진영은 사장이 도박으로 날려버린 회사에서 만난 동기였다. 일할 때 호흡이 잘 맞았지만 그뿐, 회사 밖에서 따로 연락한 적은 없었는데 몇 달 후 길에서 우연찮게 마주쳤다. 진영이 먼저 날 알아봤다. 나는 진영이 그렇게 반갑게 내 이름을 부를 줄 몰랐다. 진영은 외근을 나왔다며 커피라도 한 잔 마시자고 했지만 나는 괜한 자격지심에 거절했다.

며칠 후 전화한 진영은 자기 회사에서 외주 디자이너를 구한다며 디자인비는 소소하지만 새 직장을 구하기 전에 아르바이트하는 기분으로 해보면 어떻겠느냐고 권했다. 회사에서 맡긴 건 수영복이었다. 옷감이 많이 들어가는 옷을 좋아하는 나는 수영복을 디자인해본 적이 없었고, 진영도 그 사실을 알고 있었다. 진영은 최대한 빨리 초안을 완성해서 보여주면 자신이 마무리를 도와주겠다고 했다.

내가 아이를 낳는다면 내 아이는 핏줄을 타고 기억을 읽으며 진영을 만날 수 있을 것이다. 도로 건너편에서 사람들이 다 쳐다보게 목청껏 내 이름을 부르던 모습을, 신호가 바뀌기 무섭게 달려와 덥석 손을 잡으며 새 직장은 구했는지 걱정하던 모습을, 술을 마시며 세상에 대한 울분을 터뜨릴 때마다 날 다독여주고, 과하다 싶으면 적절하게 멈춰주고, 촌철살인의 한마디를 던져 울다 말고 웃게 해준 순간을.

시간이 흘렀다. 진영은 밤마다 주름 패치를 붙이고, 흰 머리가 나니 탈색할 필요가 없어 편하다는 농담을 던지며 과감한 색으로 염색을 하는데 나는 새치 하나 나지 않았다. 떠날 날이 다가오고 있었다. 만일 그때 괜찮은 남자를 만났다면 기꺼이 천 년의 삶을 포기했을지도 모른다. 진영과 일과 육아에 대한 정보를 공유하고, 주말에는 같이 아이들을 데리고 키즈 카페에 가고, 아이들이 자라면 둘이서 휴가를 맞춰 여행도 다니며 의좋게 늙어가길 간곡히 바랐다. 그런데 참으로 안타깝게도 나는 남자 복은 눈 씻고 찾아봐도 없었다.

혜인에게는 비밀로 하고 진영한테만 새 번호를 알려주었다. 나는 진영이 나에게 전화했을 때 없는 번호라는 음성을 듣게 하고 싶지 않았다. 그 친구한테는 절대로 그래선 안 되었다. 일부러 진영이 사는 곳에서 최대한 먼 도시를 골랐기에 서로 만날 수는 없었지만 그래도 종종 연락은 했다. 그리고 거리와 세월이 거스를 수 없는 자연의 법칙처럼 우리를 차츰 멀어지게 해주었다.

생소한 곳에서 다시 지난한 적응을 시작하며 어떻게 지나가는지 모르게 시간이 흘렀다. 무더위가 시작된 날, 퇴근길에 나는 올해가 지나면 백 살이 된다는 걸, 내 마지막 해가 바로 코앞에 왔다는 걸 알고 길에 못 박혀 꼼짝도 못 하고 서 있었다.

더는 물러설 길이 없었다. 아이를 낳든, 간을 먹든 반드시 선택해야만 했다.

왜 천 년을 살아야 하는가. 백 년을 사는 것보다 천 년을 사는 게 더 나으니까? 천 년을 살며 이룰 일이 있어서? 이유 따윈 없다. 내가 천 년을 살아야 하는 건 내가 천 년을 살 수 있는 존재이기 때문이다. 그게 내 핏줄을 따라 흐르는 특성이기 때문이고, 그걸 위해 아흔아홉 명의 선조들이 살아왔기 때문이다. 나 역시 내가 이루거나 아니면 딸을 낳아 우리 핏줄을 타고 흐르는 본성을 완성할 기회를 넘겨야 했다.

아이 때문이든 간 때문이든 남자가 필요했다. 마지막 연애가 언제였는지 가물가물한 만큼 연애하기 위해 남자를 만나는 방법도 기억 속에서 사라진 지 오래였다. 소개팅을 해달라고 부탁할 만큼 가까운 사람도 없었다. 고심 끝에 데이트 앱 중 '지금 어디 누구', 약칭 지어누에 가입했다. 처음 데이트 앱이 만들어진 이래 긴 세월이 흘렀으나 기본은 변하지 않았다. 휴대전화에 앱을 깔고 나이와 사진, 자기소개, 이상형 정보를 올린다. 그러면 보통 남자 쪽에서 먼저 문자를 보낸다. 홀로그램 통화가 가능한 시대가 왔어도 문자라는 시스템은 사라지지 않았다.

상당히 매력적으로 보이는 이 시스템에서 남자를 찾으려면 세 가지 관문을 통과해야 한다. 변태, 대뜸 만나고 보자는 혈기왕성한 남자들, 용돈 주면 남자 친구 해준다는 어린 남자들.

나무 한 그루 찾으러 들어가기엔 광활하고 험한 숲이었다. 변태도, 앞뒤 없이 반말로 "근처에 있으면 보자" 하던 사람도 다 그냥저냥 무시하고 넘어갔는데 인사도 없이 대뜸 "더 잘 나온 사진은 없어요?" 하는 말에 확 기분이 상해 며칠 동안 들어가지 않기도 했다. 아무리 사진으로 외모를 확인하고 나이 등 기본 신상 정보를 확인해 말을 거는 곳이라도 그렇지, 다짜고짜 무슨 물건 감정하듯 사진 내놓으라는 말에 모욕감이 일었다. 그럼에도 도로 접속한 건 순전히 시간 때문이었다. 시간이 없었다. 언제 이렇게 나이를 먹었지?

정확히 18개월이 지나면 나는 죽는다. 18개월 안에 천 년의 삶을 포기할 만한 남자를 만날 수 있을까?

천 년을 살고 싶었다. 그건 내 핏줄을 타고 오는 의지였다. 동시에 멋진 남자를 만나 사랑을 하고 아이를 낳아 평범하게 늙어가고 싶었다. 기억 속 엄마가 언제나 행복해 보였기에. 이제와 확인할 길은 없지만 나는 아빠가 어떻게 해서인가 우리 핏줄에 대해 알았다고 생각한다. 난 아빠처럼 엄마와 나한테 충실한 가장을 보지 못했다. 아빠처럼 긴 세월 변치 않은 사랑을 담은 눈으로 한 여자만 바라보는 남자를 본 적이 없었다.

어느 주말에 엄마가 주름이 늘었다고 칭얼거리자 아빠는 엄마한테 아이크림을 사주고, 피부 관리를 받으라고 엄마 몰래 비상금을 모아둔 통장을 건넸다. 세상에 부인을 위해 비상금을 모아두는 남자를 본 적이 있는가? 그것도 피부 관리 받으라고? 아빠는 엄마한테 늘 무언가를 미안해했고, 그만큼 아낌없이 사랑했다.

엄마도 행복했다. 엄마는 한순간도 천 년의 삶을 놓친 걸 후회하지 않았다. 핏줄을 따라 흐르는 본성마저 거스를 정도의 사랑이란 뭘까? 달이 밝았고, 술이 달았고, 그 남자의 품이 몹시도 따뜻했다고, 그러니 그걸로 족했노라 말할 만한 사랑은 도대체 어떤 걸까. 어릴 때는 손발이 오그라든다며 웃었던 말이 나이가 들수록 절실하게 가슴을 쳤다.

내 선조의 남자는 병이 깊어지자 자기를 버리라고 했다. 그러나 선조는 그러지 않았다. 그 후 따르는 모든 고난을 기꺼이 감수하게 한, 의도한 건 아니었겠지만 다음 몇 대가 가난 속에서 살다 가게 만든 사랑은 대체 무엇인지 간절히 알고 싶었다.

부모님이 돌아가신 후 지난 팔십 년의 삶은 지독히도 외로웠다. 그런데 그런 삶을 천 년이나 이어가라고?

우리 핏줄을 따라 흐르는 천 년을 살라는 말은 이런 삶을 말한 건 아니었을 거다. 수없이 이력서를 던지고, 화장실에 갈 때도 전화기를 손에서 놓지 않고, 통장 잔고를 바라보며 발을 동동 구르는 삶은 아니었을 것이다. 그 말은 삶에 눌리라는 게 아니라 삶을 누리라는 의미일 것이다.

가진 게 너무 없으면 사람을 좋아하기도 어렵다. 혜인이 보너스를 받거나 스카우트 제의를 받았다고 알려줄 때 나는 진심으로 웃어주지 못하는 못난 인간이 되어버렸고, 그렇게 못난 나 자신이 미워서 더 못나게 굴었다. 혜인이 '남자를 다루는 법'에 대해 특강을 할 때마다 속에서 신물이 올랐다.

나한테 있는 건 도대체 뭘까. 무엇에 기대어 천 년을 살아야 할까. 내가 이룬 것, 내가 한 것 들 중 공짜는 어느 것 하나도 없었다. 어느 날 운 좋게 하늘에서 타고 올라오라고 동아줄을 내려주는 일 따윈 한 번도 일어나지 않았다. 모두 내 힘으로 일군 거다. 그러니 자부심을 가지고 살 수 있으면 참 좋을 텐데, 나는 왜 이렇게 갈수록 작아지는 걸까.

하루하루 시간이 지날 때마다 초조했다. 겨울이 다가오던 어느 월요일에 지어누에 들어갔다. 몇몇이 주말 잘 보냈냐며 메시지를 보냈는데 그중 한 명이 김진익이었다. 사진상 보이는 외모는 평범했다. 우린 이런저런 사는 이야기와 각자가 좋아하는 책과 영화와 음악에 대해 이야기를 나눴다. 나는 김진익이 어디 사는지, 혼자 사는지부터 확인하지 않는 게 마음에 들었다. 우린 하는 일은 뭐냐고 대놓고 묻는 대신 일상적인 대화를 통해 차차 서로에 대해 알아갔다.

그런데 보름이 지나도록 만나자는 이야기가 없었다. 이 서비스의 특성상 서로 멀리 사는 게 아님은 분명한데 만나자고 하지 않는 건 조금 이상한 일이었다. 사람은 만나기 전에는 실제로 어떤 사람인지 알 수 없는 법이다. 나는 용기를 내 주말에 뭐 하느냐고 물었다. 김진익은 기다렸다는 듯 한가하다고 답변했다.

우린 작은 카페에서 만났다. 진익은 사진보다 실물이 훨씬 나았다. 일부러 못 나온 사진을 올린 게 아닌가 의심스러울 정도였다. 걱정과 달리 만나서도 대화가 잘 통했다. 그렇게 네 번을 만나자 한 달이 흘렀고 해가 바뀌어 내 삶의 마지막 해가 왔는데 우린 여전히 서로 존대했고 손 한 번 잡지 않았다. 그 서비스는 대화할 친구 만나려고 가입하는 서비스가 아니다. 그 정도도 모를 만큼 순진하거나 멍청한 남자로 보이진 않았다. 이 남자가 내게 바라는 건 도대체 뭔지 혼란스러웠다. 그래서 나는 김진익에게 최근 지어누에 접속해 다른 남자와 대화했었다는 이야기를 슬쩍 흘렸다. 진익의 얼굴이 한순간에 굳었다.

이렇게 즉각적인 반응을 예상하지 못했던 나는 당혹스러운 마음에 구구절절 변명을 늘어놓다가 결국 우리가 사귀는 건지 아닌지 모르겠어서 떠보려고 그랬다고 실토해야 했다. 참자존심 상하는 일이었다. 내가 말을 마쳤을 때 김진익의 전화벨이 울렸다. 진익은 나를 두고 나가 커피가 다 식을 때까지 돌아오지 않았다. 진익이 가방을 놓고 가지 않았다면 진즉 일어나 나갔을 것이다. 삼십 분이 흘러 이건 가는 게 맞다고 생각할 때 진익이 꽃다발을 들고 왔다.

진익은 "꽃집이 멀리 있어서……"라는 말로 서두를 떼더니 정중하게 자기랑 사귀어달라고 말했다. 이런 구식 고백에 감동한 나는 대뜸 좋다고 대답해버렸다.

그런데 진익은 또 거기서 철벽을 쳤다. 한 달이 지나도록 진익은 손 한 번 잡으려 들지 않았다.

처음 신분을 바꿀 때만 해도 내겐 원대한 꿈이 있었다. 백 살이 되기 전까지 할 수 있는 모든 경험을 해서 천 년의 삶을 살 준비를 하고, 사이사이 많은 남자를 만나며 이 남자다, 싶은 사람을 만나면 내 딸에게 기회를 넘기려고 했다. 오래도록 생각할 시간이 있을 줄 알았다. 이렇게 초조하게 선택의 기로에 설 줄은 꿈에도 몰랐다.

급한 사람이 우물을 파는 게 만고의 진리였다. 초봄에 일부러 얇게 입고 나가 춥다고 하니 즉시 어깨에 팔을 둘러주기에 용기를 내어 손을 잡았다. 진익은 맞잡아주었다. 내친김에 집까지 바래다달라고 했다. 김진익은 선선히 바래다주었고, 그날 이후 매번 집 앞까지 왔다.

산 넘어 산이라고 다음 단계를 기대했던 마음이 허망하게 김진익은 작정이라도 한 양 거기서 멈춰 미동도 하지 않았다. 우리 집 앞은 대체로 한적한데도 생전 입 맞추려는 시도도 없이 점잖게 인사만 하고 가는 거다.

김진익은 괜찮은 남자였다. 대뜸 스킨십부터 서둘지 않고 시간을 두고 사랑을 키워가는 모습이나 안정적인 직장에 다니는 점이나 진지한 성격이나 하나같이 내가 막연히 바라던 이상형과 일치했다. 이삼 년 정도 만나며 결혼을 생각하기 딱 좋은 남자였다. 문제는 내가 시간이 없다는 데 있었다. 매일 아침 달력을 보며 도대체 그 긴 시간은 다 어디로 흘러가버렸나 생각했다.

내게 남은 선택지는 뭘까? 첫째는 올해 안에 김진익과 결혼해 허니문 베이비를 갖는 거다. 김진익 성격에 이건 무리다. 아니면 일단 애를 갖고…… 이렇게까지 가진 말자. 어차피 이 또한 김진익에게는 불가능하다. 아니, 정말로 불가능할까? 적어도 다가갔을 때 물러선 적은 없잖아.

세 번째는 김진익의 간을 먹는 거다. 이것도 고려해볼 만하다. 새삼 단둘이 호젓한 곳에 있을 만한 남자를 만들기도 어렵고, 제대로 본 건 아니지만 김진익의 몸은 근사해 보였다.

세상에는 두 종류의 사람이 있다고 한다. 개를 좋아해 개를 못 먹는 사람과, 키우는 개와 먹는 개를 구분하는 사람. 나는 둘 다 해당 사항이 없다. 언젠가 혜인과 텔레비전 앞에 앉아 복근을 자랑하는 남자 배우를 보며 "저런 남자가 내 남자 친구면 바랄 게 없겠다"라는 이야기를 나누었다. 대화 도중 내가 "아니면 간을 먹어도 좋고"라고 말하자 혜인은 기겁을 했다. 연애할 남자와 간을 먹을 남자는 구분해야 하지 않느냐고. 혜인에게 남자 친구들이 잠들었을 때 피를 마시지 않느냐고 묻자 혜인은 죽을 만큼 마시는 건 아니라고 항변했다.

나도 왜 문제가 안 되는지 답을 찾아보았지만 이렇다 할 뾰족한 게 떠오르지 않았다. 입에서 나오는 대로 "핏줄이잖아"라고 했는데, 뱉고 보니 그게 맞는 말 같았다.

네 번째는 다른 남자의 간을 먹는 거다. 김진익 몰래 지어누에 들어가 당장 만나자는 남자 아무나 만나도 좋고, 회사에서 계속 지분거리는 유부남도……. 아니, 그건 아니다. 생각만으로도 속이 울렁거렸다. 천 년을 살게 할 간인데 아무 간이나 먹을 수는 없었다. 아무튼 다른 남자의 간을 먹는다는 선택지도 나쁘진 않았다. 언젠가 헤어져야겠지만 김진익과 마음 편하게 만날 수 있다는 거니까.

그렇게 고민만 하다 또 시간이 훌쩍 지났다. 그리고 난 김진익이 정말로 좋아져버렸다.

5.

만난 지 몇 달 되지도 않았는데, 이 남자라면 평생을 함께 살아도 좋다는 생각이 들었다. 잘 웃지 않는 그가 가끔 웃을 때 눈가에 보일 듯 말 듯 잡히는 주름이 좋았고, 느릿한 말투가 좋았고, 긴 손가락이 좋았다. 내가 이야기할 때 내 눈을 바라보며 경청해주는 게 좋았고, 삶을 대하는 진지한 자세가 좋았고, 처음 만났을 때나 몇 달이 흐른 지금이나 변함없이 다정하고 정중한 것도 좋았다. 잠깐 연애하다가 혹은 결혼까지 한 뒤에 감쪽같이 사라져 상처를 입히고 싶지 않았다. 무엇보다 나도 상처 받고 싶지 않았다. 가을에 한껏 분위기를 잡아 입 맞추는 것까지는 해냈고 그 후로는 종종 입을 맞췄지만 예정된 일처럼 거기서 멈췄다. 내 삶의 끝이 목전까지 닥쳤는데도 나는 아무것도 결정하지 못한 채 속수무책으로 시간만 보내고 있었다.

그리고 11월 1일, 조금 이른 첫눈이 내린 날, 나는 김진익이 아닌 혜인을 만났다. 혜인은 그 남자 어디 문제없는지 확인해야 한다고 말했다. 왜 그 생각은 못 했는지 모를 일이었다. 12월까지 미룰 수는 없었다. 이미 나에게 선택의 여지가 남아 있는지조차 의심스러운 상황이었다. 결단을 내려야 했다.

나는 김진익한테 주말에 우리 집에서 자고 가면 어떻겠느냐고 말했다. 김진익은 놀란 표정을 지었다. 깊게 입을 맞추면서도 한 번도 가슴 가까이에 손을 댄 적 없는 남자였다. 김진익은 심사숙고하더니 큰마음 먹은 듯 그러겠다고 했다.

이 남자, 다 좋은데 가끔 내 자존심을 사정없이 구겨놓는다. 이런 말을 내 쪽에서 한 것도 억울한데 마지못해 응한다는 저 태도는 뭐냔 말이다.

김진익은 토요일에 회사에서 일을 마치고 여섯 시쯤 오겠다고 했다. 나는 그날 하루 종일 한가했다. 오전에 청소를 하고 나니 할 일이 없었다. 괜히 야단스레 이런저런 준비를 하고 싶지 않았다. 은연중 그날 일이 내 뜻대로 풀리지 않게 될 때를 대비하는 마음의 준비를 했던 듯하다.

무료한 시간을 보내다 늦은 오후에 근처 먹자 골목으로 나갔다. 김진익이 역시 고전적인 남자답게 자기가 저녁을 만들겠다고 했으니 2차로 먹을 안주거리만 고르면 되었다. 문득 오코노미야키와 타코야키를 파는 포장마차 앞에 발길이 멎었다. 타코야키는 열 개들이와 열일곱 개들이로 나눠 팔았다. 이것저것 조금씩 사 가고 싶은 마음에 타코야키 열 개들이와 오코노미야키 한 판을 주문했다. 내가 주문하자 주인은 새 오코노미야키 반죽을 불판에 올렸다.

내 앞에 남자 손님이 하나 있었고 내 뒤로 중년 여자가 왔다. 중년 여자는 요란스레 열일곱 개들이를 시키더니 성질 급하게 돈부터 냈다. 그 모습에 남자가 주인에게 자기부터 줘야 한다고 말했다. 주인은 "네, 차례대로 드릴게요"라고 대답했다. 덩달아 걱정하던 나는 주인의 대답에 어련히 알아서 주리라 믿고 불판을 구경했다.

타코야키를 굽는 불판은 총 네 개였는데 그중 하나는 구십 퍼센트 정도 익은 타코야키가 반쯤 차 있었고, 다른 하나에는 갓 부어 아직 반죽 상태인 타코야키가 담겨 있었다. 주인은 마침맞게 구운 상태에서 팔 수 있게 주문량에 따라 반죽을 붓는 듯했다.

내 앞에 있던 남자가 타코야키 열 개를 받아 갔다. 다음은 내 차례였다. 음식 냄새를 맡자 배가 고파 군침이 돌았다. 주인은 날 힐끔 보더니 열일곱 개를 담아 중년 여인한테 건넸다. 다 익은 불판에 있던 타코야키는 그렇게 사라졌다. 일순 황당했지만 오코노미야키가 덜 익어 먼저 줬으려니 했다.

마땅한 자리가 없어 서서 기다리느라 다리가 뻐근했다. 괜히 이걸 골랐다는 후회가 밀려왔다. 긴 기다림 끝에 타코야키가 익었다. 주인은 타코야키와 이전에 구워 겉이 바싹 마른 오코노미야키에 소스와 가쓰오부시를 뿌려 내밀었다.

새로 굽기 시작한 오코노미야키와 맞춰 주기 위해서가 아니었어? 그럼 왜 나를 늦게 준 거야?

대놓고 따지지도 못하고 애꿎은 포장지만 낚아채듯 받아 집으로 향했다. 왜? 나는 돈을 빨리 안 줘서? 그 아줌마는 성격 좀 있어 보여서 기다리게 하면 화낼까 봐? 나는 만만해 보였나?

현관문을 열며 불현듯 불판에 남아 있던 타코야키 수가 생각났다. 불판에는 하필 딱 열일곱 개가 남아 있었다. 나부터 주면 중년 여인은 갓 구운 타코야키와 오버 쿠킹 된 타코야키를 섞어 가야 한다. 그래서 그랬구나.

그걸 깨달았다고 기분이 나아지진 않았다. 오히려 불길한 일의 전조처럼 느껴졌다.

김진익은 정각에 와서 내가 좋아하는 닭볶음탕과 샐러드를 만들어주었다. 와인을 따고 타코야키와 오코노미야키를 데워서 내놓았다. 저녁 먹은 후 안주로는 과했다. 과일도 사 올걸, 타코야키 때문에 마음이 상해 더 둘러보지 않고 돌아온 게 아쉬웠다.

나란히 소파에 앉아 영화를 보다가 슬며시 그의 어깨에 머리를 기댔다. 김진익은 고개를 돌려 입을 맞추었다. 나는 그한테서 몸을 뗐다. 그는 더없이 다정하게 입 맞췄지만 이 이상 진도를 나가지 않겠다는 굳건한 의지를 드러내고 있었다.

"왜요?"

울고 싶은 걸 누르며 물었다. 나는 왜 이렇게 모든 게 힘들까. 심지어 집으로 초대까지 한 상황에서도 이렇게 어려워야 한단 말인가.

김진익은 달래듯 내 손을 잡으며 서로 더 많이 알게 된 후에 함께하자고 했다. 그리고 진정성 어린 눈빛으로 "어디 문제가 있는 건 아니에요"라고 말했다. 숨 막히게 어색한 시간이 이어졌다. 나는 더 할 말이 없었다. 김진익은 "저 이만 갈까요?"라고 물었다.

"그럼 내 기분이 어떻겠어요. 거실에 자리 펴줄 테니 자고 가요."

우린 영화를 마저 봤다. 내가 계속 딱딱하게 굳어 있는데도 김진익은 내 어깨를 감싼 손의 힘을 풀지 않았다. 그런다고 마음이 풀리진 않았다.

혼자 사는 집이라 마땅히 줄 여별 이불이 없었다. 나는 여름이불과 숄을 건넸고 김진익은 걱정 말라고 이 정도면 충분하다고 했다.

방에 들어와 거실에서 들리는 소리에 귀를 기울였다. 오 분도 지나지 않아 김진익이 고르게 숨 쉬는 소리가 들렸다. 잠이 와?

나는 마음을 굳혔다. 거기엔 타코야키도 한몫했을지 모르겠다. 혹시 모른다는 생각에 한 시간을 더 기다린 후 김진익이 자고 있는 거실에 갔다.

지난 수십 년 동안 내가 이만큼이나 좋아한 사람이 있었던가. 그러니 김진익의 간이면 내가 천 년을 살기 위한 간으로 충분할 것 같았다.

나는 김진익의 가슴을 눌렀다. 힘을 주려는 순간 김진익이 눈을 떴다. 몸싸움은 각오하고 있었다. 보통 인간 남자는 절대 날 이기지 못한다. 기왕이면 자는 동안 고통 없이 보내주고 싶었는데. 김진익이 날 밀치려 들었다. 버텼다. 김진익이 더 세게 밀었다. 예상치 못한 힘이었다. 우린 거실을 난장판으로 만들며 몸싸움을 벌였다. 낯선 향기가 났다. 김진익의 향이 아니었다. 정확히 말하자면 그가 늘 주의하며 감춰두는 체취가 흥분하자 새어 나온 것이다.

"당신, 뭐야?"

내가 기겁해서 물었다.

"당신은 뭐야?"

김진익도 물었다.

지은 죄가 있어 먼저 불 수밖에 없었다.

"그렇게 된 거였어."

미안하다고 말하고 싶었지만 차마 입이 떨어지지 않았다.

"날 좋아하는 척한 거였어? 날 유혹해 간을 먹으려고?"

김진익이 짐승처럼 으르렁거리며 물었다.

"아니야! 분명히 말하건데 절대 그건 아니야! 그저 당신이
…… 날 어떻게 생각하는 건지 당최 알 수가 없어서…… 나는
…… 당신을 위해 천 년의 삶을 포기할까도 했어, 그런데 당신
은……."

고개가 절로 바닥으로 떨어졌다. 백 년을 살아오며 내가 깨
우친 한 가지는 사람은 나이가 든다고 현명해지지 않는다는
것이었다. 사람은 크고 작고 사소하고 치명적인 실수를 끊임없
이 저지른다. 실수를 되풀이하는 건 삶에서 같은 일이 두 번
생기지 않는 까닭이다. 삶에서 찾아오는 매 순간이 처음 겪는
일이다. 나이가 들었다는 건 그만큼 많은 실수를 쌓아왔다는
뜻이다. 그 과정에서 유일하게 나아지는 게 있다면 자신의 잘

못을 대면할 줄 알게 된다는 정도랄까.

이미 벌어진 일이었다. 나는 체념하는 마음으로 눈을 들었다.

"당신은 뭔데?"

김진익은 창문을 열고 바깥을 내다보며 마음을 가라앉히기 위해 노력했지만 실패했다. 김진익이 돌아섰다. 그의 눈이 선명한 핏빛으로 물들어 있었다.

"난 불멸자야."

"뭐?"

머릿속이 하얘졌다. 시간이 멈춘 듯했다.

"불멸자는 없어."

나는 가까스로 말을 뱉었다. 내 귀에도 들리지 않을 정도로 작은 소리였지만 김진익은 알아들었다.

"그래, 늙지도, 병에 걸리지도 않고, 보통 사람보다 월등히 강하고, 다쳐도 빨리 회복되지만 큰 사고가 나면 죽을 수 있지. 우리 핏줄은 수십에서 수백 대에 걸쳐 한 명씩 태어나. 난 우리 핏줄 중 가장 오래 사는 기록을 남길 거야."

김진익의 굳게 쥔 주먹이 떨렸다.

"단 한 명, 단 한 명을 선택하여 나와 함께 영생을 누리게 할 수 있어. 내가 죽으면 상대도 죽고, 상대가 죽으면 나도 죽지만, 단 한 명, 나와 같이 이 길을 걸어갈 동반자를 만들 수 있어."

그 뒤에 이어진 길고 무거운 침묵 속에서 나는 김진익이 하려는 말을 이해했다.

"나는 당신한테 내 목숨을 맡기고, 내 목숨에 당신 목숨을 걸고 함께할 영생을 꿈꿨는데, 당신은 고작 천 년을 위해 내 간을 먹으려 들어?"

김진익은 나를 지나쳐 걸었다. 등 뒤로 문이 열렸다 닫히는 소리가 들렸다.

침대에 누웠다. 이상하리만큼 빨리 잠이 들었다. 잠들기 직전, 온갖 구차한 변명을 다 늘어놓던 중에 타코야키 이야기를 하지 않은 건 그나마 잘한 일이라는 생각이 들었다.

6.

크리스마스이브였다. 혼자 있으면 머릿속에서 전쟁이라도 일어난 양 온갖 상념들이 쏟아지며 부딪치고 박살났다가는 좀비처럼 일어서서 또 덤벼들었다. 나를 갉아먹는 상념에서 도망치려 무작정 밖으로 나왔다. 크리스마스이브라고 해도 붐비는 건 일부 번화가에 불과하다. 나는 한적한 길거리를 하릴없이 거닐다가 다리가 아파 대목이 무색하게 한산한 카페에 들어갔다.

실수다. 또 멍한 시간을 만들어버렸다.

한 달이 훌쩍 넘도록 나는 김진익한테 연락하지 않았다. 그는 내심 내가 싹싹 빌며 영생을 달라고 애걸하길, 혹은 사랑한다고 외치길 바라며 기다렸을 것이다. 나와 함께 영생을 나누려 들었을 만큼 날 좋아했다. 당장은 배신감이 컸겠지만 감정이라는 게 그렇게 무 자르듯 잘리는 건 아니다. 그렇다고 내가 매달렸을 때 받아준다는 보장이 있는 것도 아니지만.

내가 바라는 건 뭘까? 영생? 천 년의 삶? 천 년간 늙지 않을 뿐 나 역시 죽을 수 있다. 하지만 일단 그건 제쳐놓고 생각해보자.

나는 정녕 계속 살기를 원하는가? 내 인생이 꿈과 기쁨과 낭만으로 가득 차 있었나? 아니, 하루하루 물먹은 솜을 이고 걷듯이 힘겨웠다.

도대체 내가 어쩌다 이렇게 되어버린 걸까. 중학생 시절 겁도 없이 패스트푸드점 문을 밀고 들어가 주문하겠느냐는 말에 "아르바이트하러 왔는데요"라고 대답하던 나는 어디로 가버린 걸까. 국사학과에 들어갈 때 분명 나는 꿈이 있었다. 그 꿈은 언제, 어디로 사라졌을까. 백 년을 살며, 천 년을 살며 하고 싶은 일, 가고 싶은 곳을 빼곡하게 적은 다이어리는 어쩌다 잃어버린 걸까. 새로운 사람을 만날 때마다 함께 만들어갈 시간을 그리던 내가 어느 틈에 이렇게 사람을 기피하고 친구라 부를 사람 하나 없이 살게 되었을까.

할머니는 임종을 앞두고 내 손을 있는 힘껏 쥐었다. 너는 천 년을 살거라.

천 년을 살 수 있다는 게 과연 축복일까? 어쩌면 그저 무거운 짐은 아닐까? 아흔아홉 명이나 실패한 건 그럴 만한 이유가 있기 때문이었다. 그렇게 좋으면 직접 이루지, 왜 못 이루고 다음 대로 미루겠나? 다 포기하고 싶었다.

일주일 안에 임신한다는 건 불가능에 가깝지만 설사 아이를 갖는다고 해도 그게 그 아이를 위해 진정 좋은 일일까? 또 다시 누군가한테 이 짐을 넘겨야 하는 걸까? 가까스로 만난 친구도 버리게 만드는 이 춥고 외로운 삶을?

김진익은 모아둔 돈이 좀 있을까? 신분을 바꾸는 자기만의 방법이 있나? 영생을 배고프게 살 수는 없지 않은가.

김진익은 그동안 긴 시간 계속 사랑을 이어갈 수 있는 사람

일지 날 시험했다. 나도 그랬다. 지금 이 순간도 그러고 있고, 그날 밤에도 그랬다. 그가 내 청을 거절하고 그냥 돌아갔다면 나는 그의 간을 먹지 않았을 거다. 자고 일어나 낮에 생각하면 마음이 달라졌을 테니까. 그의 간을 먹는다는 건 더 이상 그를 볼 수 없다는 소리다. 다시는 그의 손을 잡을 수 없다는 말이다. 하지만 그날 밤, 나는 크나큰 배신감을 느꼈다. 그래서 그가 자고 간다고 하면 그의 간을 먹을 작정이었다. 앞으로 남은 천 년간 후회할지라도 그러리라 작정했었다.

통장에 돈이 얼마나 있더라? 일주일 후면 죽을 텐데 이 돈을 어떻게 할까? 기부할까? 아니, 다른 사람들이, 세상이 나한테 해준 게 뭐가 있다고 기부를 해? 다 쓰고 죽어주겠다.

전세금을 일주일 안에 빼달라곤 못 하겠지? 계약 기간이 일 년도 넘게 남았는데. 그간 살았던 집 중 가장 깨끗하고 예쁜데. 이 정도 집에서 살기까지 꼬박 육십오 년이 걸렸다. 남들은 돈을 어떻게 벌지?

한때 죽도록 일하는데도 통장의 마이너스 잔고만 커진 적도 있었다. 신분을 바꿔 도망치고 싶은 욕구와 사력을 다해 싸워야 했다. 결국 혜인에게 사정을 말하고 돈을 빌렸다. 내 삶에서 가장 비참한 기억이다.

그러고 보니 제대로 돈을 써본 적도 없구나. 어떻게 해야 남은 돈을 다 쓸 수 있을까? 오성급 호텔 스위트룸에 가서 자는 거다, 혼자서. 명품 옷을 사 입는 거다. 딱히 입고 만날 사람은 없지만. 한우 고깃집에 가서 원 없이 먹어볼까. 그런 곳은 1인분은 안 판다. 뭐 어때, 4인분 시켜 배 터지게 먹으면 되지.

계산을 하는데 쿠폰을 내밀기에 얼결에 받았다. 열 잔을 마시면 한 잔을 공짜로 준단다. 매일 한 잔씩 마셔도 두 잔이 모자라지만 더 이상 커피값 따위를 걱정할 필요는 없다.

집 근처도 한적했다. 내가 오늘 돌아다닌 곳과 우리 동네만 보면 오늘은 그냥 평범한 휴일이었다. 나는 집으로 들어가는 골목에서 멈춰 섰다. 김진익이 우리 집 앞에 서 있었다. 그는 화난 기색을 감추지 않으며 날 매섭게 쏘아봤다. 나는 아무 반응도 하지 않았다.

사람의 마음을 읽는 기술 따윈 없다. 그런데도 그가 무슨 생각으로 여기까지 왔는지 선명히 읽혔다. 그는 내가 빌 줄 알고 기다리다 연락이 없자 지은 죄가 커서 도무지 용기를 내지 못하는 줄 알고 내가 빌 기회를 만들어주겠다고 벼르며 왔다. 나한테 화낼 준비를 잔뜩 하고서.

빌라고 찾아왔다는 건 빌면 받아주겠다는 의미다. 받아주지 않을 거면 사과를 받으러 올 이유도 없다. 하지만 나는 아흔아홉 명의 선조들이 다음 세대 중 누군가는 이루길 바랐던 천 년의 삶이라는 꿈을 이루어야 할지도 정하지 못하고 있었다. 그런데 영생이라······.

그는 내가 달려와 찾아와줘서 고맙다고 하지 않자 당황했다. 그리고 내가 사과할 생각이 없음을, 다른 말로 자기가 차일 수도 있다는 걸 비로소 떠올렸고, 조금 겁을 먹었다. 살면서 어떤 남자든 내가 찰까 봐 저런 반응을 보인 적이 있었던가?

저녁도 먹지 않고 돌아다닌지라 실로 피곤했다. 나는 천천히 김진익한테 다가갔다. 김진익은 내가 연애할 때 적극적인 성격이라고 생각했을 거다. 늘 내가 먼저 다가갔으니까. 그때마다 내가 무너지는 자존감을 일으키기 위해 얼마나 고군분투해왔는지는 상상도 못 했겠지. 하지만 나도 김진익이 그런 식으로 화낼 수 있는 사람인 줄 몰랐다.

나는 그의 앞에 섰다. 내가 그가 집 앞에서 기다리고 있다는 사실에 감동받지 않은 시점에서 이미 그는 나한테 졌다. 그는 이제껏 나한테 져본 적이 없었다. 이긴다고 기쁠 일도 아니지만 지는 것보다 낫긴 했다.

김진익은 잔뜩 긴장해 내 입에서 나올 말을 기다렸다. 나는 고개를 떨어뜨렸다. 그가 마음의 준비를 하는 게 느껴졌다. 나는 천천히 그의 가슴에 머리를 기댔다.

"나한테 정말 잘해야 해."

골목에 부는 바람이 차가웠다. 나는 그의 허리를 끌어안았다.

"별도 달도 따달라고 하면 따 오는 시늉이라도 해야 해. 지진이 나고 해일이 몰아치고 외계인이 지구를 침공해도 우리 기념일은 하나도 빼놓지 않고 다 챙겨야 해. 아무리 바빠도 하루에 열두 번도 더 사랑한다고 말해야 하고, 일주일에 한 번쯤은 예쁜 레스토랑에서 식사도 해야 해, 그리고 또……."

울지 않기 위해 심호흡을 했다. 울면 지는 것 같아 울기 싫었다. 한 번쯤은 나도 끝까지 이겨보고 싶었다. 김진익이 내 몸에 팔을 둘렀다. 이어 온 힘을 다해 끌어안았다. 내가 울고 있는 걸 모르길 바랐는데 그가 영원히 놓지 않을 듯 힘을 풀지 않자, 문득, 이렇게 힘들게 만난 내 인연에게 굳이 이겨서 뭐 하랴 싶었다.

2화 : 늑대라고 다 네발로 뛰진 않는다

1.

 강의실이 있는 건물로 가던 도중 휴대전화가 울렸다. 신입생 오리엔테이션에서 만났던 윤애가 보낸 메시지였다. 메시지함에는 다른 여자애들과 한두 학번 위 선배 누나들이 보낸 메시지들도 있었다. 난 지금 강의실에 와 있는데 너도 오고 있느냐, 오늘 날씨가 좋다, 강의 끝나고 뭐 하느냐 따위였다. 오리엔테이션 이후 거의 매일 이런 메시지를 받았다. 여자들에게 이렇게 연락을 받는 건 신기한 경험이었다. 나는 답장을 보내기 위해 잠깐 멈춰 섰다. 강의실에 네 자리도 잡아놨으니 얼른 오라는 메시지에 가는 길이라 답하고는 대화를 마무리 지었다. 얼떨떨했다.

 나에게도 여자 친구라는 게 생기는 걸까. 이제껏 여자 친구를 사귈 수 있을 거라고 생각해본 적이 없었다. 나는 강의실을 향해 걸으며 친구와 선배 누나들이 왜 메시지를 보냈을까, 혹시 평범한 안부 인사를 가지고 혼자 착각하는 건 아닐까 생각했다. 이런 생각을 하다 보면 언제나 삼 년 전 그날이 떠올랐다.

첫사랑을 잊지 못하는 건 초두 효과 때문이라고 한다. 처음 입력된 정보가 나중에 습득된 정보보다 강한 영향력을 갖게 되는 현상을 뜻한다. 쉽게 말해 첫 번째로 겪은 일이 가장 강하게 기억에 남는다는 이야기겠지. 그날 일에서 내게 초두 효과로 남은 건 뭘까? 첫사랑? 아니면 첫 좌절?

고등학교 1학년 때 일이다. 새로 등록한 학원의 엘리베이터에서 내리는데 기분이 이상했다. 복도에 알 수 없는 정적이 감돌았다. 정적의 근원은 복도 자판기 앞에 서 있는 한 여자아이였다. 옆 학교 교복을 입고 있는 그 아이는 모델처럼 키가 크고 날씬해 자판기와 함께 있는 모습이 마치 음료수 광고처럼 보였다.

그 애는 뭘 마실까 고민하듯 자판기를 들여다보다 문득 뒤를 돌았다. 그 애 주변으로 남자아이들이 간택받길 바라는 후궁처럼 반원형으로 모여 있었다. 그 애는 만날 겪는 일이라는 것처럼 익숙하게 남자아이들을 훑었다. 눈썹은 짙으면서 단정했고, 눈은 만화 주인공처럼 컸다. 형광등 조명에 오렌지색 입술이 반짝였다. 어쩐지 부끄러운데도 그 애의 입술에서 눈을 뗄 수가 없었다.

아무 기대도 하지 않았는데 그 애의 시선이 내게 와서 멈췄다. 그 애가 빙긋 웃었다. 심장이 발치로 쏟아지는 것 같았다. 나는 바보처럼 입을 헤 벌리고 웃었다. 동시에 뒤에서 누군가 내 어깨를 밀치며 앞으로 나섰다. 이름은 모르지만 우리 학교 교복을 입은 남자애였다. 키는 175센티미터 정도로 보였고, 여드름 자국이 있기는 해도 잘생긴 편이었다. 같은 교복인데도 그 애가 입은 모양새와 내가 입은 모양새는 하늘과 땅 차이였다.

그 애가 다시 웃었다. 남자애는 그 웃음에 용기를 낸 듯 뭐 마시고 싶으냐고 말하며 지갑을 꺼냈다. 둘은 사이좋게 음료수 캔을 들고 교실로 향했다. 그 애를 둘러싸고 있던 남자애들의 고개가 둘이 움직이는 방향에 따라 같이 움직였다. 그 애들이 사라지자 남은 아이들은 선택받은 자에 대한 부러움과 혹시나 하고 바랐던 마음에 대한 실망을 안고 흩어졌다.

그 후 한동안 "바로 걔가 우리 학원에 왔다"라는 소문으로 학원이 떠들썩했다. 덕분에 나는 가만히 있어도 그 여자애에 대해 알 수 있었다. 이름은 유혜지였다. 예쁜 얼굴로 초등학교 때부터 유명했으며 몇몇 기획사로부터 오디션 제의를 받은 적도 있지만 다 거절했다고 한다.

그 애와 나의 공통점은 나이와 같은 학원에 다닌다는 점뿐이었다. 뭘 기대했던 걸까?

학원을 다니는 내내 나는 무수히 그 애를 스쳤다. 그 애 주위엔 항시 남자애들이 있었지만 안 좋은 소문이 돈 적은 없었다. 남자애들뿐 아니라 여자애들과도 잘 어울렸으며 성적도 좋았다. 선생님들에게까지 귀여움을 받는 소위 '엄친딸'이었다. 나와는 지구와 해왕성만큼 떨어진 아이였다.

첫사랑은 이루어지지 않는다고 한다. 첫사랑이 잊히지 않는 이유는 이루어지지 않은 일이 이루어진 일보다 더 기억에 강하게 남기 때문이라고 했다. 그런 현상을 일컫는 말도 있었는데……. 뭐였더라?

상념에 빠졌다 깨어나니 어느새 강의실로 가는 복도였다. 창밖에서는 따사로운 햇살이 내리쬐고 철쭉, 개나리가 화사하게 피었다. 형광등 불빛 아래에서 보내기에는 아까운 날이었다. 나는 무심히 창밖에서 삼삼오오 모여 웃고 떠들며 지나가는 사람들을 보았다. 그러다 멀리서 걸어가는 여자애에게 눈이 멎었다. 나도 모르게 창문에 붙었다. 눈에 띄게 큰 키에 긴 생머리…… 유혜지? 더 자세히 볼 겨를도 없이 여자애는 도서관 건물로 들어가 사라졌다.

잘못 본 걸까? 아니면 진짜 유혜지가 우리 학교에 다니나?

나는 시계를 확인했다. 안타깝게도 강의 시작 시간까지 삼 분밖에 남지 않았다. 나는 설마하니 유혜지였을까, 생각하며 강의실에 들어갔다. 안면을 익힌 여자애들이 나를 보며 인사했다. 더러는 내가 자기 옆에 앉기를 바라는 기색을 노골적으로 드러냈다. 나는 마주 인사하고 뒷자리에 혼자 앉았다.

다시금 유혜지가 생각났다. 그 애는 이런 상황을 언제나 자연스럽게 받아들였다. 어떻게 그럴 수 있었을까? 나도 시간이 지나면 이런 일에 익숙해질까? 여자애들이 왜 나한테 이런 반응을 보일까? 키가 커서? 체격이 크고 몸이 좋아서? 나는 188센티미터에 어깨가 넓었고 배에 식스팩도 있었다. 며칠 전에 들른 미용실에서 직원이 모델 같다며 호들갑을 떨었다. 막상 나는 거울에 비친 내 모습에 좀처럼 적응하지 못하고 있었다.

"어, 네가 먼저 도착했네."

윤애가 내 옆자리에 앉았다.

"아, 안녕?"

나는 조금 서먹하게 인사했다. 윤애가 내 책상 위에 캔커피를 슥 내려놓았다.

"원 플러스 원이더라."

"고마워."

나는 이번에도 눈을 마주치지 못하며 말했다.

"너 남고 나왔지?"

윤애가 물었다. 나는 고개를 끄덕였다.

"어디 나왔어?"

때마침 교수가 들어왔다. 나는 책을 펼치는 척하며 대답을 피했다.

강의가 끝났다. 윤애가 별일 아니라는 듯 같이 점심 먹으러 가자고 말했다. 애써 웃는 윤애의 입가가 파르르 떨리는 게 눈에 들어왔다. 내가 거절할까 마음 졸이고 있었다. 문득 두려워하면서도 용기를 낸 윤애가 부러웠다. 나도 그때 용기를 냈다면 어땠을까.

그 일이 큰 상처나 잊지 못할 그리움으로 남은 건 아니었다. 그럴 정도의 일도 아니었다. 다만 요새 왜 부쩍 혜지 생각이 나는지 모를 일이었다. 여자애들이 나한테 먼저 말을 걸어주니 없던 용기가 솟나?

"가자."

내가 대답하자 윤애의 얼굴이 밝아졌다. 강의실을 나가지 않고 얼쩡거리며 낌새를 살피던 다른 여자애들이 같이 먹자며 다가왔다. 남자애들도 꼈다. 윤애는 살짝 아쉬운 표정을 지었다.

삽시간에 십여 명의 대인원이 모여 함께 식당으로 향했다. 은연중에 여자애들이 서로 내 옆에 서려 하는 게 느껴졌다. 난처해진 나는 숫제 모른 체하며 남자애들하고만 이야기했다.

"너 여태 동아리 가입 안 했지? 나 농구부 들어갈 건데 같이 안 할래?"

옆에 있던 병호가 말했다.

"아, 나 농구 안 해봤는데……."

나는 대답하다 말고 멈춰 섰다.

"자이가르닉 효과."

나도 모르게 튀어나온 말이었다.

"뭐라고?"

병호가 어리둥절해 물었다. 나는 도서관 쪽을 뚫어지게 보며 한 번 더 말했다.

"자이가르닉 효과였어."

"뭐라는 거야?"

윤애가 내 얼굴과 내가 보는 곳을 번갈아 보며 말했다.

"나 먼저 간다! 밥들 잘 먹어!"

나는 친구들을 놔두고 달렸다. 유혜지가 도서관을 나와 작은 언덕을 넘는 계단을 오르고 있었다. 내가 계단 아래에 도착했을 때 혜지의 모습은 이미 사라져 보이지 않았다. 불안감이 엄습했다. 정말 혜지였나? 내가 잘못 본 거면 어쩌지? 조급한 마음에 한 발에 세 계단씩 올라 꼭대기에 도착하니 거짓말처럼 혜지가 몇 발짝 앞에서 걷고 있었다. 이제 어떡하지? 일단 쫓아오긴 했는데 뭐라고 말을 붙여?

혜지가 걸음을 멈추더니 내가 자길 따라왔다는 걸 다 안다는 듯 뒤를 돌아보았다. 혜지와 함께 있던 여자애는 많이 겪는 일인지 심드렁했다. 혜지는 슬쩍 날 훑더니 살포시 웃었다. 그 웃음이 내게 용기를 주었다. 나는 언젠가 내 뒤에서 날 밀치고 혜지 앞에 섰던 아이처럼 그 애 앞으로 성큼성큼 다가갔다. 그리고 말했다.

"나 고등학교 때 너랑 같은 학원 다녔어."

"정말? 이름이 뭐야?"

혜지는 날 알아보지 못한다는 게 의아한 얼굴이었다.

"차상은이야."

이름을 말하고 나니 다음은 어떻게 이어가야 할지 알 수가 없었다.

"우리 카페테리아 가는 길인데……."

혜지가 말했다.

나는 그날 혜지와 혜지 친구 오영에게 커피와 샌드위치를 사고 혜지의 전화번호를 얻었다. 집에 돌아와 혜지에게 메시지를 보냈다. 오래 기다리지 않아 답이 왔다. 삼 년 전 그날처럼 심장이 터질 것 같았다.

그날 밤 자다가 가위에 눌렸다. 나는 발이 닿지 않는 커다란 소파에 앉아 있었다. 아빠가 내 손을 잡아 일으켰다. 엄마가 부엌에서 웅크리고 오열했다. 유성철과 그 패거리가 엉덩방아를 찧으며 꼴사납게 주저앉은 날 비웃으며 내려다보았다. 머릿속에서 무언가가 끊겼다. 나는 비명을 지르며 달려들었다. 몸이 말을 듣지 않았다. 운동화를 신은 발에 머리를 맞았다. 도대체 나한테 왜 이래?

"상은아! 차상은!"

누가 날 잡고 흔들었다. 아무리 애를 써도 빠져나갈 수가 없었다.

"상은아! 진정해, 아빠야."

마비가 풀리며 정신이 돌아왔다. 아빠가 체중을 실어 날 누르고 있었다.

"아빠?"

"악몽 꿨니?"

얼마나 땀을 흘렸는지 온몸이 축축했다. 문간에 서 있던 엄마가 내가 깨어난 모습을 보고 다가왔다.

"불 켠다?"

엄마가 말했다. 나는 고개만 끄덕였다가 어두워서 안 보였을 것 같아 "응"이라고 대답했다. 엄마가 불을 켰다. 이불이 갈가리 찢어져 있었다. 옷도 마찬가지였다.

"술 마셨니?"

아빠가 물었다.

"아니."

"심호흡해. 천천히, 깊게……."

시키는 대로 하자 조금씩 진정되는 게 느껴졌다. 아빠가 청진기를 가져와 내 가슴에 댔다. 혈압과 혈당도 쟀다.

"병원 가야 해?"

나는 조심스레 물었다.

"그럴 것까진 없겠다. 그냥 자다 놀란 거야. 성장통이지."

"씻을래."

아빠가 날 욕실까지 부축해주었다.

"이제 괜찮아."

어린아이처럼 아빠에게 부축받는 게 쑥스러워 밀어내고 혼자 들어갔다. 뜨거운 물을 틀고 샤워기 아래 섰다. 칼로 난자당한 교복을 입고 창틀에 서 있던 용호의 뒷모습이 망각에 아로새겨진 양 나타났다.

"제기랄."

2.

혜지는 우리 학교 법대에 다녔다. 우린 같이 도서관에 갔고, 점심시간마다 만나 밥을 먹었고, 짬짬이 커피도 마셨으며 주말이면 영화를 보고 맥주를 마시고 쇼핑을 가서 혜지가 골라주는 옷을 샀다. 혜지와 같이 있으면 사람들이 우릴 쳐다보는 눈길을 느낄 수 있었다. 몇 번쯤 '길에서 만난 패션 커플'이라는 콘셉트로 패션 잡지 사진 촬영을 요청받기도 했다.

어느 날 학교에서 함께 걷는 길에 용기를 내 혜지의 손을 잡았다. 혜지는 살며시 마주 잡았다. 각자 강의실로 가는 갈림길이 순간 이동이라도 한 듯 눈앞에 나타났다. 진즉 잡을 걸, 바보같이 망설이다가……

"늦겠다."

말과 달리 혜지는 먼저 손을 빼지 않았다. 나는 어렵게 손을 놓았다.

"강의 끝나면 연락해."

내가 말했다. 혜지는 방긋 웃으며 손을 흔들고 갔다. 꿈을 꾸는 기분이었다.

집에 돌아와 과제를 하면서도 몇 번이나 혜지와 맞잡았던 손을 어루만졌다. 실실 웃음이 나왔다. 그때 메시지가 왔다. 사촌 은선이었다.

「앨범에서 찾음 ㅋㅋ」

은선은 초등학교 때 나와 은선, 은선의 오빠이자 내게는 사촌 형인 현묵과 찍은 사진을 보내 왔다. 셋 다 도토리처럼 아담했다.

「이런 거 보내지 마.」

나는 답장하고 모니터로 시선을 돌렸다. 도로 과제에 집중하려 해도 자꾸만 사진이 신경 쓰였다. 나와 은선은 초등학교 2학년, 현목 형은 4학년 때 찍은 사진이었다. 사진 속에서 환하게 웃고 있는 내 얼굴이 낯설었다. 나는 초등학교 때는 말할 것도 없고, 그 후 중학교, 고등학교 때까지도 좋은 추억 따위 없는데.

3.

나는 아빠와 교장실 소파에 앉아 있었다. 소파는 작은 나에게는 쓸데없이 크고 높아서 다리가 공중에 뜬 데다가 푹신하다 못해 푹 꺼지는 쿠션으로 인해 절벽에서 떨어지는 꿈을 꿀 때처럼 손발이 저릿저릿했다.

"가자."

아빠가 커다란 손으로 내 손을 잡았다. 바닥에 발이 닿지 않아 일어날 때 옆을 짚어야 했다. 양손을 쓰면 더 편하겠는데 아빠가 잡은 손을 놓지 않아 한쪽 손만 짚을 수 있었다. 아빠 팔에 기대면 쉽게 일어날 수 있겠지만 그러고 싶지 않았다. 나는 남모를 씨름 끝에 소파에서 엉덩이를 떼고 두 발로 섰다.

"정말 죄송합니다."

재철 엄마가 아빠한테 머리를 조아리더니 재철이를 툭 쳤다.

"미안."

재철이 웅얼거리듯 말했다.

"애들 일인걸요. 괜찮다."

아빠는 다친 날 살피는 것보다 날 때린 재철이와 놀란 재철 엄마의 마음을 달래는 데 급급했다. 이야기를 마치고 배웅하기 위해 따라 나온 선생님이 자기 불찰이라고 사과하자 아빠는 한 가지 말만 입력된 로봇처럼 "애들은 싸우면서 크는 거죠"라고 말했다.

집에 가니 엄마가 비명을 지르며 달려와 부둥켜안았다.

"세상에, 도대체 애를 어떻게 해놓은 거야?"

나는 엄마 품에서 서럽게 울음을 터뜨렸다. 맞은 사람은 난데 아빠는 내게 말할 기회를 주지 않았다. 나는 괜찮지 않았다.

"어디 보자."

엄마는 시퍼렇게 멍들고 부은 내 눈과 찢어진 입술에 약을 바르고 얼음찜질을 해주었다.

"걘 애가 깡패라니? 세상에 이게 다 뭐야."

눈에 눈물이 그렁그렁한 엄마가 내 옷을 갈아입히고 안아 올려 침대에 누여주었다.

"자, 우리 아가. 내일 학교 안 가도 돼. 엄마가 미안하다. 엄마가 갔어야 하는데……"

번역가인 엄마는 담당자와 미팅하느라 전화를 받지 못했다. 엄마가 전화를 받지 않자 담임은 아빠에게 연락했고, 아빠가 병원 일을 멈추고 학교로 왔다.

엄마는 내 이마에 뽀뽀하고 살그머니 문을 닫고 나갔다. 곧이어 엄마와 아빠가 싸우는 소리가 문틈으로 새어 들어왔다.

"치료비는 준대?"

"치료비는 무슨! 애들끼리 다툰 거 가지고……"

"이게 애들끼리 다투는 수준이야? 나 재철이 운동회 때 봤어. 걔 덩치가 얼마나 큰데! 상은이 배는 넘어!"

"나도 오늘 봤어."

"참 잘나셨어! 사람 좋아 보이려고 그냥 애들 다툼이니 괜찮다고 말하고 와?"

"어허, 이 사람이! 금방 나을 텐데 뭐 하러……. 그리고 우리가 돈이 없어?"

"내가 돈 때문에 이래? 금방 나으면 때려도 돼? 그 집 엄마도 치료비를 물어봐야 애 단속을 제대로 할 거 아냐? 작년에도 재철이가 상은이 자전거 뺏어 타다가 망가뜨린 거 몰라?"

"사내애들은 다 그러면서 크는 거야. 애가 기운이 넘치더라고. 그 얘기도 했어. 애가 힘을 주체 못 하는 것 같으니 태권도장에 보내면 어떻겠느냐고……."

"뭐? 안 그래도 폭력적인 애한테 태권도를 권해? 우리 애 샌드백 만들려고 작정했어? 내가 갔어야 하는데……."

"어허, 그런 게 아니래두……. 그렇게 힘이 넘치는 애들은……."

엄마 아빠는 새벽까지 옥신각신했다. 나는 내일 학교에 가지 않아도 된다는 말을 붙들고 잠을 청했다. 자고 일어나자 아픈 곳은 다 나았지만 엄마는 이삼일 더 쉬라고 했다.

4.

엄마 번역 일을 도와줘서 용돈을 받고, 노트북을 사려고 모았던 돈을 보태 커플링을 샀다. 인터넷에서 김밥 만드는 법을 검색해 엄마가 외출한 틈을 타 몰래 연습했다. 몇 개 말아보니 제법 그럴싸해졌다. 실패한 김밥은 꾸역꾸역 먹어 치우고 설거지도 해두었다.

영문 모르는 엄마는 웬일로 설거지를 다 했느냐며 좋아했다. 엄마는 혜지에 대해 몰랐다. 혜지를 만나는 걸 알면 좋은 소리가 나올 리 없었기 때문에 굳이 말하지 않았다.

며칠 뒤 김밥에 돗자리, 그늘막까지 챙겨서 혜지와 함께 한강에 갔다.

"와, 네가 직접 만든 거야?"

하나를 집어 입에 넣은 혜지가 맛있다며 방긋 웃었다. 그 타이밍을 놓치지 않고 커플링을 꺼냈다. 혜지는 당황한 눈치였다.

"왜, 마음에 안 들어?"

"아니, 예뻐."

혜지가 끼워달라는 듯 손을 내밀었다. 약지에 끼우던 도중 관절에 걸렸다. 혜지의 얼굴이 샐쭉해졌다.

"내 손가락이 두꺼운 게 아니라 반지가 작은 거야. 이거 유아용 아냐?"

"미안, 사이즈 바꿔 올게."

"됐어. 어디서 샀어? 내가 바꿀게."

혜지가 쌀쌀맞게 말했다. 반지 사이즈를 실수해서 일을 그

77

르치다니……. 오늘은 반드시 첫키스를 할 생각이었는데. 안타까웠다.

며칠 후 학교에서 혜지와 마주쳤다. 혜지는 남자애들 서너 명과 웃으며 지나가고 있었다. 나는 혜지에게 다가갔다. 혜지는 손을 흔들어 인사하더니 이따 보자고 했다. 손가락에 반지는 보이지 않았다.

토요일이 왔다. 나는 자원봉사를 마치고 집에 돌아오는 버스를 기다리고 있었다. 내가 가입한 자원봉사 동아리는 격주 토요일마다 고아원에 방문해 아이들에게 영어를 가르쳤다. 멍하니 앉아 있는데 윤애가 어깨를 쳤다.

"얼굴이 왜 그래? 뭐 안 좋은 일 있어?"

내가 혜지를 만나기 시작한 이후 윤애는 한동안 나를 피했다. 그러다 어느 날부턴가 무언가를 다 털어낸 듯 친구로 대해 주었다. 그래도 윤애에게 혜지 일을 말하는 건 상처가 될까 싶어 저어되었다.

"왜 그러는데? 여친이랑 무슨 일 있어?"

윤애가 여상스럽게 말했다. 먼저 아무렇지 않게 대하는데 내가 피하면 윤애가 우스워질 것 같았다. 내심 속마음을 털어놓을 사람도 간절하던 차였다. 나는 죽을상을 하고 혜지와 있었던 일을 줄줄 읊었다.

"같이 있던 남자애들은 누군지 물어봤어?"

"나중에 전화했는데 같은 과 애들이고 수업 들으러 가던 길이었대."

"반지는 왜 안 꼈대?"

"매장에 맞는 사이즈의 반지가 없어서 주문했는데 아직 안 왔대."

윤애는 잠시 정면을 바라보며 뭔가 골똘히 생각하더니 물었다.

"솔직히 말해줘?"

"응."

즉답했지만 윤애가 무슨 이야기를 할지 겁이 났다.

"어장 관리네."

"혜지는 그런 애 아냐!"

"그렇게 잘 알면 뭐가 걱정이야?"

"걱정 안 해!"

나는 입을 다물었다. 윤애가 한숨을 쉬더니 입을 열었다.

"말해야 하나 말아야 하나 고민했는데…… 내 고등학교 동창도 우리 학교 법대 다니거든. 혜지랑 스터디도 같이한다고 했어. 근데 걔 과에서 남자 친구 있다고 말한 적 없다더라. 다들 없는 줄 안대. 까놓고 말해서 자기 같아도 그 정도로 예쁘고 가만있어도 남자애들이 줄줄 따르면 뭐 하러 한 명만 만나겠느냐고 하더라. 연예인 되라는 제의도 많이 받았다던데……."

"연예인 되긴 싫대."

"내 친구가 걔네 자매 사진도 봤는데 셋 다 예쁘더래. 셋 다 법대생이고. 언니는 졸업해서 부모님 로펌에서 변호사로 일한다나. 집도 잘살고. 그쯤 되니 질투할 힘도 안 난다고 하더라."

"자매?"

"언니랑 여동생 있다던데, 몰랐어?"

혜지는 가족에 대해 이야기한 적이 없었다. 나는 버스에 타고도 서너 정거장을 가도록 한마디도 하지 않았다.

"끙끙 앓지 말고 대놓고 물어봐. 너도 나랑 밥 먹잖아. 그 애들도 그냥 친구일 수 있어."

윤애가 말했다. 나는 차마 물어보기 겁난다고 말하지 못했다. 집 앞까지 바래다주고 손도 잡았지만 그렇다고 내가 혜지 남자 친구일까? 취했을 때지만, 나는 윤애나 다른 여자애들도 바래다줬었다. 함께 술을 마실 때면 여자애들이 무슨 손이 이렇게 크냐며 내 손을 잡아보기도 했다. 머리가 복잡해졌다.

"그래, 나 물어본다!"

나는 하차벨을 눌렀다. 윤애가 힘내라는 듯 어깨를 쳤다.

버스에서 내리면서 혜지에게 전화를 걸었다. 혜지는 받지 않았다. 부재중 통화 기록만 남기느니 차라리 혜지 집 앞으로 가서 기다리기로 했다. 혜지는 밤 열한 시가 넘어서야 아파트 단지로 들어왔다.

"깜짝이야! 여기서 뭐 해?"

날 보고 놀란 혜지가 다가왔다. 옅은 술 냄새가 났다.

"전화했는데…… 못 받았어?"

"도서관에서 공부하느라 무음으로 해놨는데 깜빡했네."

"술 마셨어?"

"애들이랑 교정에서 캔 맥주 하나 마신 거야. 말투가 왜 그래? 시비 거는 것 같아."

"나 네 친구들한테 소개 안 시켜줘?"

"잘생긴 남자 친구를 다른 여자애들한테 소개해줘서 좋을 게 뭐야?"

남자 친구라는 말에 가슴이 두근거렸다.

"잘생긴 남자 친구 있다고 자랑하면 좋은 거 아냐?"

"걔네가 가만있겠니?"

"나 못 믿어?"

혜지가 배시시 웃었다.

"믿어. 너도 나 믿지?"

"당연히 믿지!"

믿는다고 대답하고 나니 더 추궁할 수가 없었다. 혜지가 휴대전화를 꺼내 확인했다.

"엄마가 전화 세 통이나 했네. 늦었다고 혼나겠다. 나 들어가야 해."

"아, 그래."

"너 앞으로 집 앞에서 나 기다리고 그러지 마. 내가 너네 집 앞에서 그러고 있음 넌 좋겠어? 나 간다?"

"언니 있다는 말은 왜 안 했어?"

"꼭 해야 해? 뭐야, 너 내 뒷조사라도 하는 거야?"

"그런 거 아냐! 넌 내 여자 친군데, 나는 모르는 걸 다른 사람한테 들으니까 당황스럽잖아."

난 여자 친구라는 단어를 강조해서 말했다.

"누구한테 들었는데?"

혜지가 눈꼬리를 추켜올렸다.

"그냥…… 넌 워낙 예뻐서 유명하잖아. 많이들 알더라고."

"내가 왜 연예인 되라는 제의 다 거절하는 줄 알아? 초등학교 때부터 날 쫓아다니는 남자애들이 있었어. 아침저녁으로 집 앞에서 기다렸다가 놀라게 하고, 몰래 내 사진 찍어서 인터넷에 올리고…… 너 그런 게 어떤 기분인지 알기나 해?"

"그게…… 미안……."

"넌 나한테 모든 걸 다 말해? 하나도 숨기지 않고? 하루 24시간, 1440분 어떻게 보냈는지 다 이야기하고, 핸드폰, 이메일 비밀번호 공유하고, 그러고 싶어?"

혜지가 날카롭게 물었다. 당연히 그럴 수는 없었다.

"그러자는 게 아니라……. 미안해, 혜지야, 내가 잘못했어. 그냥 너무너무 보고 싶어서 왔어."

혜지는 야멸차게 돌아섰다. 나는 혜지를 가로막고 손이 발이 되도록 빌었다. 혜지는 가까스로 화를 풀고 돌아갔다.

차가 끊겨 택시를 타야 했다. 집에 오며 맥주를 한 캔 샀다. 샤워할 때까지만 해도 혜지가 화를 풀어 다행이라고 생각했다. 그런데 샤워를 마치고 맥주를 마시며 생각해보니 뭔가 말린 기분이 들었다.

연락도 없이 집 앞에 찾아간 건 경솔한 짓이었다. 혜지 입장에서는 불편한 일이라는 것도 듣고 보니 납득이 갔다. 그래도 왜 내가 그렇게 빌어야 하는 상황으로 이어졌는지 이해가 가지 않았다. 반지는 도대체 언제 오는 건지, 남자인 친구들은 몇 명이나 되는지는 묻지도 못하고 사과만 하다 돌아왔다.

인터넷에 상담 글이라도 올려볼까 싶어졌다. 공개 게시판을 훑어보니 이미 나와 비슷한 고민을 토로한 사람이 보였다. 댓글 수도 이백 개가 넘었다. 옳다구나 하고 읽으니, '어장 관리하는 거다' '무슨 어장 관리냐, 그럼 여자 친구만 만나야 하냐' '사회생활하다 보면 남자들과도 어울릴 수밖에 없다' '본문에 꽤 사적인 내용도 있어서 여자 친구 당사자가 보면 당황스러울 것 같다' '개인 정보를 올린 것도 아니고 뭐가 문제냐' '연애는 당사자 간의 문젠데 댓글 반응이 지나치게 과열되었다' '의견 달라고 글 올렸으니 댓글 다는 거 아니냐' 등등 고민에 대한 답은 없이 엉뚱한 사람들끼리 싸움만 벌였다.

유일하게 가입해 활동하는 카페에 들어갔다. 거기서 언뜻 일반인을 만나는 것에 대한 고민 글이 올라왔던 게 기억나서였다. 하지만 마찬가지로 '정말 사랑한다면 비밀을 지킬 거다. 우리 아빠도 일반인이다' '사랑해서 결혼해도 이혼할 수 있다' '결혼하는 것도 아니고 그냥 사귀는 건데 뭐가 문제냐' '지금 우리 부모님이 이혼할 거라는 이야기냐' '내가 언제 그렇게 적었느냐' 등등의 본문과 무관한 논쟁만 메아리처럼 이어졌다.

보통 사람이든 나와 같은 사람들이든 연애문제에 대해 답이 없긴 피차일반이었다. 고산지대에 올라온 양 숨 쉬기가 거북해졌다. 누구든 혜지는 절대 어장 관리 하는 애가 아니라고, 아마 뭔가 사정이 있을 거라고 말해줬으면 싶었다.

혜지는 다음부터 반지를 끼고 왔지만, 이번엔 나를 만날 때만 끼는 것 같다는 생각을 떨칠 수가 없었다.

5.

강의를 듣고 나오는데 누가 나를 잡았다. 한 학번 선배 최제운이었다.

"유혜지가 요즘 너랑 다닌다며?"

어쩐지 신경을 긁는 말투였다.

"네가 걔 남자 친구라도 되는 것 같냐?"

"무슨 말이에요?"

"걔 얼마 전까지 나 만났어. 같이 별짓을 다해놓고도 밥 몇 번 먹은 거 가지고 무슨 남자 친구냐고 하더라? 별짓이 뭔지 알아들었지?"

나는 잠자코 있었다. 제운 선배는 내가 따지고 들거나 캐묻지 않자 비슷한 말을 주절거리더니 제풀에 지쳐 가버렸다.

"너도 이제 알았구나."

어느새 오영이 옆에 와 있었다. 같은 교양 수업을 들었지만 그간 딱히 말을 섞지는 않았다.

"너 혜지랑 있을 때 걔가 핸드폰 꺼내놓는 거 본 적 있어?"

오영의 어조에서 질문을 가장한 악의가 느껴졌다.

"뭐?"

"보통은 카페 같은 데서 사람 만나도 핸드폰 탁자 위에 올려놓잖아. 혜지는 안 그럴걸? 걔 남자애들 만날 땐 핸드폰 무음 모드로 바꿔서 가방 속에 넣고 안 꺼내."

"무슨 말을 하고 싶은 거야?"

"나 걔랑 친하잖아. 걔가 만나는 애가 어림잡아도 열 명은 될걸? 못 본 척할까 했는데 계속 당하는 게 안쓰러워서 말해주는 거야."

"그 말을 믿으라고?"

"내가 거짓말하는 것 같아? 걔, 키 크고 체격 좋은 남자면

마다하지 않아. 키 작은 찌질이들은 딱 질색하고. 너도 키 크고 같이 다니면 괜찮아 보이니까……!"

오영이 발끈해서 목소리를 높였다.

"설사 그랬더라도 감춰줘야지, 친구면."

나는 오영을 남겨두고 그 자리를 떠났다. 혜지에게 전화했지만 받지 않았다. 혜지는 본디 한 번에 전화 받는 일이 드물었다. 이유를 물으면 휴대전화를 핸드백 속에 넣어둬서 몰랐다거나, 공부하느라 무음으로 해뒀었다고 대답했다. 내가 전화할지도 모르는데 좀 더 신경 써줬으면, 하는 마음에 섭섭하긴 했어도 의심한 적은 없었다.

불현듯 혜지를 처음 본 날이 떠올랐다. 혜지를 처음 봤던 고등학교 1학년 때 혜지는 나보다 15센티미터는 더 컸었다.

6.

중학교 때 내 키는 148센티미터였고, 몸무게는 41킬로그램이었다. 키 순서대로 자리에 앉는 교실에서 나는 맨 앞에 앉았다. 성적은 상위권이었다. 반에서 난폭한 애들이 그나마 날 덜 건

드리는 건 성적이 좋아 선생님들의 주목을 받는 덕이었다.

그렇다고 매번 무사히 지나간 건 아니었다. 내 학창 시절의 하루하루는 초등학교 때 날 괴롭혔던 재철이 같은 애들로 점철되어 있었다.

언젠가 하필 돈이 한 푼도 없던 날 평소보다 꼬여 있던 근찬이 패거리한테 걸렸다. 같은 반 용호도 함께였다. 몇 대 맞고 끝나는 줄 알았는데, 교감이 순시를 돈답시고 운동장을 돌다가 우리를 발견했다. 근찬이 패거리는 잽싸게 도망갔다.

교감은 담임에게 사안을 전달했고, 담임은 누구에게 맞았느냐고 물었다. 나와 용호는 모르는 애들이었다고 말했다. 그렇게 넘어가주길 바랐는데 담임은 기어이 부모님들에게 연락했고, 다음 날 용호 엄마와 우리 부모님이 학교에 왔다. 용호는 끝까지 교감 선생님이 잘못 봤을 뿐 별일 아니었다고 우겼다.

나나 용호나 크게 다치지 않아 담임은 이 정도에서 끝내고 싶어 했다. 나야말로 그러고 싶었는데 아빠 때문에 그러지 못했다. 아빠는 나를 붙들고 사나이라면 용기를 내야 한다고, 그 아이들을 그냥 놔두면 다른 피해자가 생기고 폭력의 강도도 점점 세질 거라고 했다.

아빠의 설득을 가장한 강요에 못 이겨 근찬이와 그 패거리

아이들의 이름을 댔고 그 애들의 부모가 학교에 불려왔다. 부모들은 하나같이 자기 애는 그럴 애가 아니라며 길길이 날뛰었으나 담임과 교감의 중재 끝에 보여주기식 화해가 이루어졌다. 담임은 그 애들에게 또 이런 일이 있을 경우 교내 봉사를 시키겠다고 주의를 주었다.

그걸로 끝이었다. 근찬이 패거리는 달라지지 않았다. 그래도 나는 녀석들의 가장 만만한 먹잇감에서는 벗어났다. 어쩌다 눈에 띄지 않는 곳을 몇 대씩 맞는 정도였다. 가끔 아빠가 날 등하교시킨 덕이었다. 아빠는 키 190센티미터에 체중 100킬로그램에 가까운 근육질의 거구였다. 근찬이 패거리는 내가 아빠에게 작정하고 이르지 않을 정도로만 날 괴롭혔다. 나는 그나마 나아졌다고 안도했다. 나한테 못 다 한 화풀이를 용호한테 하는 줄은 꿈에도 생각하지 못했다.

용호와 나는 그날 이후 데면데면하게 지냈다. 용호가 그 애들의 장난감이 되었음을 알게 된 건 2학기 영어 시간에 일어난 일 때문이었다.

선생님이 용호를 지목해 지문을 읽으라고 했다. 용호는 넋나간 얼굴로 앉아 있을 뿐 대답하지 않았다. 선생님이 짜증을 내며 큰소리로 용호를 불렀다. 그러자 용호는 자리에서 일어나

카디건을 벗었다. 뒷줄이 소란스러워졌다. 용호는 영화 속 느린 화면처럼 창가로 걸어갔다. 그제야 내게도 용호의 뒷모습이 보였다. 용호의 교복 셔츠 등이 칼로 난자되어 있었다. 용호는 창문을 열더니 평지를 걷듯 발을 내밀어서 떨어졌다.

교실은 3층이었다. 용호는 아래에 있던 향나무에 걸려 갈비뼈가 세 대 부러지고, 오른쪽 다리뼈에 금이 가고, 곳곳에 심한 타박상을 입었으나 구사일생으로 목숨은 건졌다.

학교가 발칵 뒤집혔다. 학교에 구급차가 왔고, 학교에서 알리지도 않았는데 어떻게 알았는지 교육청 직원이 파견되어 조사를 시작했다. 기자들까지 진을 치고 등하교 시간마다 아이들에게 온갖 것을 물어댔다.

우리 반 아이들은 따로따로 불려가 각기 종이를 한 장씩 받았다. 거기에 익명으로 용호의 문제에 대해 아는 것을 모두 적으라고 했다. 텅 빈 종이를 낼 수도, 무작정 모르겠다고 할 수도, 뭔가를 쓸 수도 없었던 나는 두서없는 말만 몇 마디 적어 제출했다.

그 후 담임과 학생부장이 나를 따로 불렀다. 몇몇 애들이 나와 용호가 1학기 때까지 잘 지내다가 2학기에 들어서면서부터 멀어졌고, 근찬이 패거리가 우리를 괴롭히는 모습을 본 적 있다고 적은 탓이었다. 더해 지난 번 일도 있었다.

나는 도돌이표의 주술에라도 걸린 사람처럼 사이가 멀어진 후 용호와 이야기해본 적이 없다는 말만 되풀이했다. 사실을 말하면서도 진실은 빠뜨리고 있다는 죄책감이 밀려왔지만 어떻게 해야 좋을지 알 수가 없었다. 수없이 아는 게 없다고 말해도 아빠는 용호를 위해 나서야 한다고 몰아붙였다. 집도, 학교도 싫은데 달리 갈 곳이 없었다.

아빠는 용호를 보면 내 마음이 달라질 거라고 생각했는지 문병을 가자고 했다. 아무리 싫다고 해도 막무가내로 병원에 끌고 가더니 자기는 병실 앞에서 기다리겠다고 했다. 떠밀려 안으로 들어갔다.

용호는 가슴과 머리, 다리에 붕대를 감고 병실 침대에 누워 있었다. 용호가 입원한 지 일주일이 넘었다. 위화감이 들었다. 왜 여전히 붕대를 감고 있지? 뼈가 붙는 데 그렇게 오래 걸리나?

"문병까지 와주고, 고맙구나."

용호 엄마가 냉장고를 열더니 사과를 깎아주었다.

"애가 며칠째 한마디도 안 해. 너랑 많이 친했니?"

나는 뭐라 할 말이 없었다. 용호 엄마가 사과를 찍은 포크를 내밀었지만 차마 받을 수 없었다.

"둘이 이야기할래?"

용호 엄마는 혹시라도 용호가 친구한테라면 무슨 말이라도 하지 않을까 기대하며 병실을 나갔다. 용호는 아무 말도 하지 않았다. 초점 없는 눈은 어느 곳도 보고 있지 않았다. 용호는 텅 비어 있었다. 더 이상 그 자리에 있을 수가 없어 병실을 나왔다. 복도에서 용호 엄마가 아빠와 이야기하고 있었다.

"애를 저렇게 만들어놓고…… 이제 와 CCTV를 설치하네 마네 하니……. 아니, 걔들이 아무리 크고 힘이 세다고 해도 반 애들이 다 덤비면 이길 수 있는 거 아니에요? 어떻게 저 지경이 되도록 아무도 나서주질 않아요?"

병실에서 나온 나를 본 아빠가 가까이 오라고 손짓했다.

"용호가 뭐라고 말하든?"

나는 고개를 저었다. 용호 엄마가 옷걸이에서 떨어진 옷처럼 허물어지며 울음을 터뜨렸다. 아빠는 한참 동안 반복되는 용호 엄마의 이야기를 지치지도 않고 들어주었다. 나는 그저 멀거니 서 있을 뿐 아무것도 할 수 없었다.

"그 애들이 너도 괴롭혔니?"

아빠가 집으로 돌아가는 차 안에서 물었다.

"응."

"언제?"

"학원 가는 길에 기다리고 그랬어."

"돈도 뺏고?"

"응."

"때리기도 하고?"

"응."

"왜 말 안 했니?"

"하면?"

아빠는 깊게 한숨을 쉬었다.

"집에 가면 보여줄 게 있다."

우리는 집에 도착할 때까지 그 이상 아무 말도 하지 않았다. 집에 들어서니 엄마가 기다리고 있었다.

"왜 이렇게 늦었어? 거긴 왜 데리고 가? 애가 뭘 안다고?"

"잠깐 둘이 이야기 좀 할게."

아빠는 오래된 앨범을 가지고 내 방에 왔다.

"아빠 앨범 본 적 없지?"

흑백 사진 속에 딱 나처럼 생긴 비쩍 마르고 작은 아이가 보였다.

"아빠란다."

아빠가 사진첩을 넘겼다. 흑백사진은 어느덧 컬러사진으로 바뀌고 대학 입학 사진이 나왔다.

"아빠란다."

대학 입학 사진 속 아빠는 더 젊을 뿐 지금처럼 건장했다.

"아빠도 중학생 때까지는 작았어. 고등학교에 입학할 무렵부터 키가 컸지. 너도 그럴 거야. 상은아, 너는 절대 다른 사람들한테 못되게 굴면 안 돼. 작고 약하다는 이유로 괴롭힘당한다는 게 얼마나 괴로운 일인지 잊지 말고 늘 약한 사람들을 도우며 살아야 해. 이 땅에 깊게 뿌리를 내리는 큰 나무가 되어야 한단다."

정말 실망이었다. 나는 아빠가 무언가 명확한 해결책을 제시해줄 줄 알았다. 그런데 큰 나무가 되라고? 도대체 그게 무슨 말이야?

밖에서 엄마 아빠가 언쟁을 벌이는 소리가 들려왔다.

"다 내 잘못이야!"

엄마는 155센티미터에, 좋게 말해 날씬하고 정직하게 말해 야위어 보일 만큼 말랐다.

"어허, 거참! 당신 잘못 아니래도."

"그럼 당신 탓이네! 걔들이 상은이도 괴롭혔다면서? 어떻게 그렇게 가만히 있어?"

"그럼 내가 어떡할까? 내가 그 애들을 때리기라도 해야겠
어?"

"그래! 말로 안 되면 때려서라도 듣게 해야지! 그 덩치는 어
디다 쓸 건데?"

"내가 어떻게 애들을 때려?"

"왜 못 때려? 걔네는 상은이를 때리는데 당신은 왜 못 때려?"

"상은이는 클 거야. 한두 해만 지나면 나만큼 클 거라고. 당
신도 알잖아."

부모님은 며칠을 연이어 부부싸움을 벌였다. 그러다 한번은
저녁을 먹던 도중 아빠가 고함을 지르며 식탁을 쓸었다. 밥그
릇이며 반찬 그릇들이 바닥으로 떨어져 깨졌다.

"상 치울 필요 없어 잘됐네."

엄마가 쏘아붙였다.

며칠 후 학교 앞에서 용호 엄마가 날 붙들었다. 근찬이 패거
리와 학교를 고소하려 하는데 증인이 되어달라는 이야기였다.
나는 부모님께 여쭤보겠다고 대답하고 도망치듯 학교로 들어
갔다.

그날 집에 가니 미처 신발을 벗을 새도 없이 엄마가 달려왔다. 용호 엄마한테 전화가 왔었다며 절대 나한테 그런 일을 시키지 않을 거라고 했다.

방에 들어서자마자 저금통을 확인했다. 아빠가 증인이 되라고 강요하면 가출할 생각이었다. 집과 학교에서 벗어날 수만 있다면 어디든 좋았다. 엄마가 절대 그런 일은 없도록 할 거라고 장담했지만 아빠가 가만있을 리 없었다.

아니나 다를까 퇴근한 아빠는 내 방에 와서 용호 엄마에게 전화를 받았다고 했다. 나는 무력하게 의자에 앉아 아빠의 말을 기다렸다.

"하고 싶니?"

나는 머리를 저었다.

"그럼 하지 마라."

예상치 못했던 말이었다. 아빠는 땅이 꺼져라 한숨을 내쉬었다.

"진짜 애들 문제라면 해야겠지. 살다 보면 힘들어도 올바른 일을 해야 할 때가 있단다. 그런데 지금은 그게 아니야. 돈문제가 되었더구나. 합의금을 얼마나 받느냐로 바뀐 거야. 그래도 네가 하겠다면 말릴 생각은 없다만……"

"싫어!"

"알겠다. 더 말하지 않으마."

말과 달리 아빠는 그 놈의 큰 나무를 또다시 들먹이며 한참 동안 이야기하다가 방을 나갔다.

근찬이는 전학 갔고 다른 애들은 정학 처분을 받았다. 다만 며칠이라도 그 애들이 반에 없으니 교실 분위기가 달라졌다. 오랜만에 환기를 한 것처럼 숨통이 트였다.

7.

고등학교 1학년 때 몇 년간 일본에 있는 병원에서 일해온 큰 아빠가 귀국했다. 여름방학에 큰아빠 가족과 우리 가족이 함께 일주일간 강원도 별장에서 시간을 보내기로 했다. 나는 모처럼 현목 형과 은선을 만날 생각에 들떴다.

새벽녘에 출발해 점심나절에 별장에 도착했다. 차에서 내리자 먼저 와 있던 큰아빠 가족이 마중 나왔다. 마지막에 봤을 때 은선이는 나와 키가 비슷했고 현목 형은 중학교 1학년이었지만 나보다 작아 뷔페에 갈 때 초등학생이라고 속일 수 있을 정도였다.

나는 내 앞에 있는 두 사람이 현목 형과 은선이라는 사실을 믿을 수가 없었다. 현목 형의 키는 185센티미터에 가까워 보였고, 은선이도 170센티미터는 되는 것 같았다. 현목 형은 날 보더니 씩 웃었다.

"작은아버지에게 넌 아직 안 컸다고 이야기 들었어. 걱정 마. 몇 개월이면 클 거야."

"난 그만 컸으면 좋겠어."

은선이가 툴툴거렸다.

"쟤 일본에서 에이전시 눈에 띄어서 모델 일도 했어. 근데 애가 키가 하도 크니까 남자애들이 부담스러워한다나 봐."

큰엄마가 엄마에게 자랑스럽게 말했다.

"나도 그만 크고 싶다. 밤마다 아파서 죽을 것 같아."

현목 형이 말했다. 나는 참담한 마음으로 서 있었다.

"걱정 마. 너도 클 거야. 나도 컸잖아."

현목 형이 내 기분을 눈치챈 듯 말했다. 위로를 받자 더 비참해졌다.

"넌 무슨 과에 갈 거야? 난 내과로 정했는데……."

저녁을 먹는 자리에서 현목 형이 물었다.

"난 피부과. 우리 병원에도 피부과 의사가 필요해. 요새 아토피 때문에 고생하는 애들 많아."

은선이가 말했다. 나는 그제야 무슨 얘기인지 이해했다.

"난 의대 안 갈 건데……."

내가 말했다.

"아, 그래?"

두 사람은 의대에 들어갈 생각이었다. 졸업하면 할아버지가 원장으로 있고, 아빠가 일하는 대주 병원에서 일할 계획이고 나도 당연히 그러리라 여겼다. 큰아빠가 이번에 귀국한 이유도 대주 병원에서 일하기 위함이었다.

"가업이라도 돼?"

나는 공연히 심사가 뒤틀려 불퉁거렸다.

"우리가 직접 일하면 좋지. 뭐, 너도 머지않아 알게 되겠지만……."

현목 형이 말을 이으려는데 은선이가 팔꿈치로 쳤다. 현목 형은 화급히 화제를 돌렸다.

큰아빠가 일본에 가기 전에는 방학 때마다 현목 형과 은선을 만났다. 형과는 프로레슬링 놀이를 했고, 은선이한테는 내가 두 달 먼저 태어났으니 오빠라고 부르라며 울 때까지 놀려

먹었다. 그런데 지금은 두 사람과 눈을 마주치기도 어려웠다. 분명 같은 출발선에서 시작한 100미터 달리기에서 친구들은 저만치 앞서가 이미 결승선을 통과했는데 나만 한참 뒤처진 곳에서 뛰는 것만 같은 창피함과 모멸감이 몰아쳤다.

불행인지 다행인지 다음 날 아빠와 큰아빠, 현목 형, 은선이는 따로 갈 곳이 있다며 자기들끼리 차를 타고 사라졌다. 나는 엄마, 큰엄마와 남았다. 떠나기 전 현목 형이 내년엔 같이 가자고 했지만 목적지는 말해주지 않았다.

일주일간 할 일이 아무것도 없었다. 인터넷이 느려서 게임도 제대로 하지 못했다. 자꾸 렉이 걸렸고, 렉이 풀렸을 때는 캐릭터가 죽어 있었다.

집에 돌아온 뒤 매일 우유를 1리터씩 마셨다. 그러자 살이 1킬로그램 쪘다. 하루는 자기 전에 우유를 마시는데 속이 불편했다. 그래도 꾹 참고 마셨다. 다음 날 꼭두새벽부터 배가 아파 화장실을 들락거렸다. 며칠 간 내리 설사를 했고 2킬로그램이 빠졌다.

방학이 끝나 학교에 가니 친구 한 놈이 그간 살이 확 쪄 있었다. 어떻게 했느냐고 묻자 저녁마다 게임을 하면서 프링글스 한 통과 콜라 1.5리터를 먹고 마셨다고 했다. 나도 그렇게 했다.

속이 느글거렸지만 억지로 삼켰다. 그러다 구역질이 밀려와 변기를 붙들고 토했다. 라면으로 바꿔 밤마다 하나씩 끓여 먹고 잤다. 살이 1킬로그램 쪘다.

주말에 엄마와 아빠가 여행을 갔다. 엄마가 반찬거리를 해놓고 갔지만 게임하느라 귀찮아서 아무것도 먹지 않았다. 살이 2킬로그램 빠졌다. 인터넷에 '살찌는 방법'을 검색했다. 자기 전에 뭘 먹으면 소화도 안 되고 다음 날 입맛도 없으니 오히려 좋지 않다고들 했다. 만사가 귀찮아졌다.

다음 날 학교에서 쉬는 시간에 쪽지 시험을 준비하는데 누가 의자를 뒤로 확 빼는 바람에 엉덩방아를 찧었다. 기겁해서 주위를 둘러보니 뒷줄에 앉은 애들이 날 둘러싸고 웃고 있었다. 교실에 있던 다른 아이들 모두 못 본 척 고개를 돌렸다. 올 것이 왔다.

이번에 나타난 패거리의 대장은 나와는 조금 떨어진 자리에 앉아 있는 유성철이었다. 성철은 심심했고 만만한 먹잇감이 필요했지만 굳이 자기가 직접 나설 건 없다는 듯 구경만 하고 있었다. 찰나에 재철과 근찬에 이어 용호의 얼굴이 머리를 스쳤다. 머릿속에서 무언가 끊기며 무의식적으로 땅을 박찼다. 눈 깜빡하기도 전에 성철의 얼굴이 내 코앞에 있었다. 나는 모든 힘을 무릎에 모아 성철의 머리를 찍었다. 성철이 뒤로 넘어 갔다. 나는 그 위에 올라타 왼손으로 목을 조르고 오른손으로 얼굴을 후려쳤다. 한 박자 늦게 성철이 패거리가 달려들었다.

이 뒤는 잘 기억나지 않는다. 내가 기억하는 건 팔꿈치로 누군가의 얼굴을 쳤고, 주먹으로 누군가의 배를 때렸고, 의자를 집어 내리쳤고, 쓰러진 성철을 발로 밟아댔다는 것뿐이었다.

"무슨 짓들이야? 수업 종 울린 지가 언젠데!"

지휘봉으로 교탁을 치는 소리가 들렸다. 그 소리에 나도 모르게 힘이 빠지며 주변 상황이 눈에 들어왔다. 나를 중심으로 폭탄이라도 떨어졌던 것처럼 의자와 책상이 바깥으로 밀려 있었고 성철이 패거리는 바닥에서 나뒹굴고 있었다. 내가 한 짓이었다. 이제 죽었구나 싶었다.

"다들 자리에 앉아."

국사 선생은 아무 일도 없었다는 태도로 교탁 뒤에 섰다. 명색이 선생이면서 애들이 쓰러져 있는데도 남자애들 사이에서 이 정도야 별일 아니라고 합리화하며 문제 삼지 않고 넘어가려 들었다.

그래, 선생이 다 뭐란 말인가. 종 치면 들어와 교과서 내용을 줄줄 읊고 종 치면 나가며 월급 받는 존재일 따름이었다. 배신감마저 느끼며 국사 선생의 배를 가르고 내장을 꺼내 목을 조르는 상상을 했다. 기분 탓인지 선생이 주춤거리며 뒤로 물러나는 것 같았다. 나는 책걸상을 바로 하고 앉았다. 피 묻은 손이 잘게 떨렸다. 있는 힘껏 주먹을 쥐며 두 번 다시 아무도 날 건드리지 못하게 하겠다고 다짐했다. 누가 뭐랄 것인가. 이제껏 날 괴롭힌 놈들에게도 아무도 뭐라 하지 않았는데.

8.

엄마가 카레를 만들었다. 레토르트 카레를 데워 먹고 학교에 갔다. 엄마가 찌개를 끓이면 라면을 끓였고, 무슨 말을 하든 대꾸하지 않았으며, 밤새 게임을 하거나 만화를 봤다. 성적이 떨어지며 수학 상반에서 하반으로 내려갔다. 처음 통보받았을 때는 충격이었지만 그렇다고 공부할 의욕은 들지 않았다.

학교에서 돌아오니 엄마가 나를 맞았다.

"오늘 아빠 연수 끝나는 날인 거 알지? 모처럼 셋이 외식할까?"

나는 엄마 말을 무시하고 즉석 밥을 뜯어 전자레인지에 돌렸다.

"너 도대체 요새 왜 이러니?"

엄마가 내 어깨를 잡았다.

"무슨 상관이야?"

나는 엄마 손을 뿌리쳤다. 엄마가 쪼그리고 앉아 울었다. 엄마의 우는 모습이 언젠가 병원에서 용호 엄마가 울던 모습과 겹쳐 보였다. 벌컥 성질이 났다. 밥이고 뭐고 귀찮아져 PC방이라도 가야겠다 싶어 나가려는데 어느새 들어온 아빠가 부엌에서 있었다. 아빠는 한걸음에 내 앞으로 와 뺨을 때렸다. 나는 허수아비처럼 날아가 부엌 구석에 내동댕이쳐졌다. 머리가 울리며 눈앞이 핑핑 돌았다. 아빠의 솥뚜껑만 한 손이 재차 치켜올라갔다. 왜 때려? 왜? 내가 뭘 잘못해서 맞아야 하는데? 응축됐던 절망과 분노가 용솟음쳤다. 내 심장박동 소리에 고막이 나갈 것 같았다. 안 맞아! 더는 안 맞을 거야! 아빠 체중은 내 체중의 두 배가 넘었다. 계란으로 바위 치기였다. 얼토당토 않은 오기 속에서 나는 반격할 태세를 갖췄다. 반성은 고사하고 대드는 모습에 아빠의 눈이 뒤집혔다. 이제껏 애들에게 당해온 경험으로 대번에 죽도록 맞으리라는 걸 알았다. 내 머리통만 한 아빠의 주먹에 퍼렇게 힘줄이 돋고 맥이 뛰는 게 보였다. 저길 물어뜯으면 나에게도 승산이 있지 않을까?

"내 아들이야! 때리지 마!"

엄마가 달려와 아빠의 허리를 붙잡았다.

"죽어버려."

나는 이를 악물고 말했다.

"뭐? 이놈의 자식이!"

운동화를 구겨 신고 집을 뛰쳐나왔다. 새벽에 들어가니 엄마
가 거실에서 기다리고 있었다.

"이제 와? 밥은 먹었어?"

나는 오면서 산 라면을 끓였다.

"저 새끼 용돈 주지 마!"

아빠가 고함쳤다.

"왜 애한테 큰소리야?"

엄마가 마주 소리를 질렀다.

"당신이 싸고도니까 버르장머리가 없는 거 아냐?"

"애가 기껏 집에 왔는데 왜 화를 내고 그래? 이러니 애가 집
에 오기 싫지!"

밤새 부모님이 싸우는 소리 때문에 시끄러워 잘 수가 없었다.

9.

점심을 먹고 엎어져 자는데 담임이 어깨를 흔들어 깨웠다.

"네 아버지가 교통사고를 당하셨댄다. 아버지 일하시는 대주
종합병원에 계시대. 어머니가 병원 앞에서 전화하면 택시비 들
고 나갈 테니 택시 타고 오라고 하셨어."

나는 얼이 빠져 가방을 들고 일어났다. 선생님은 괜찮다는데
도 따라 나와 택시를 잡아줬다.

"너 중학생 때까지는 모범생이었다며? 성적도 좋았고. 아직
늦지 않았어. 아버지 더 걱정시켜 드리면 안 된다."

이어지는 선생님의 당부를 귓등으로 흘리고 택시를 탔다. 병
원에 도착하자 택시 기사가 정말 여기가 병원이 맞느냐고 물었
다. 그도 그럴 것이 주변에는 온통 모텔과 카페뿐인 데다 병원
간판도 눈에 띄지 않아 병원처럼 보이지 않았다. 나는 건성으
로 그렇다고 대답하고 엄마에게 전화했다. 엄마가 한달음에 달
려왔다.

"아빠 많이 다쳤어?"

"내가 네 아빠 때문에 못살아, 정말."

눈이 퉁퉁 부은 엄마가 날 데리고 입원실로 갔다. 아빠는 미

라처럼 붕대를 감은 채 누워 있었다. 일바지를 입은 아주머니가 허리를 90도로 숙이며 죄송하다는 말을 거듭했고, 그 뒤로 일고여덟 살 정도 되어 보이는 애가 아주머니 옷자락을 잡고 서 있었다.

"일부러 애를 데려온 거야. 불쌍해 보이려고."

엄마가 말했다. 아빠는 아주머니에게 이 병원은 자신이 일하는 병원인 데다 보험이 있으니 병원비는 크게 부담되지 않을 거라고 설명했다.

"오십만 원에 다 합의해주겠단다. 네 아빠, 조금만 늦었어도 죽었을지도 몰라. 차는 폐차하게 생겼는데……."

엄마가 병실 문에 서서 아주머니 들으라는 듯 말했다. 아주머니는 몸 둘 바를 몰라 하며 거듭 사과했고, 애는 당장이라도 울음보가 터질 기세였다.

사고를 낸 사람은 아주머니의 남편인 택시 기사였다. 아주머니는 아이가 학교에 갈 나이가 되자 남편이 근무시간을 늘렸고, 무리한 나머지 깜빡 졸다가 사고를 냈다며 머리를 숙였다.

"남자가 이미 결정했는데 여자가 어딜 나서."

할아버지가 들어오며 말했다. 엄마는 황급히 고개 숙여 인사했다.

"아버님 오셨어요."

"아까도 봤는데 하루에 인사를 두 번씩 해?"

할아버지는 엄마를 지나쳐 아주머니와 아이에게 다가가 아빠 말대로 하면 된다며 데리고 나갔다.

요즘 같은 세상에 "남자가 이미 결정했는데 여자가 어딜 나서" 운운하는 할아버지도 대단하지만 할아버지 앞에서 꼼짝 못 하는 엄마를 이해할 수 없었다.

할아버지는 큰엄마한테도 저런 식이었지만 큰엄마는 항상 당당했고 할아버지가 도를 넘는다 싶으면 가차 없이 따지고 들었다.

아빠가 힘없는 목소리로 엄마를 불렀다.

"그쪽 택시도 망가졌어. 하늘이 도왔는지 그쪽은 크게 안 다쳤지만…… 생계 수단을 잃었잖아. 내년이면 애가 학교에 들어가야 하는데……."

"당신도 다쳤잖아! 죽을 뻔했잖아!"

엄마의 목에 핏대가 섰다.

"난 금세 나을 거잖아. 병원비 청구하려면 진단서도 떼야 해서 복잡하고……. 당신도 알잖아."

"기가 막혀, 기가 막혀, 정말. 변호사 있잖아! 그런 일 처리하라고 있는 거 아냐?"

"미안해, 여보……. 나 같은 남자랑 결혼해서…… 당신 너무 고생시킨다, 내가."

아빠가 말했다. 엄마는 아빠를 껴안고 대성통곡했다.

"죽는 줄 알았잖아. 당신 없이 나랑 상은이랑 어떻게 사나 하고……. 상은이가 자라면 설명해주고 잘 받아들이도록 격려할 사람도 필요한데!"

"미안해. 정말 면목이 없어."

아빠는 나에게도 손을 내밀었다.

"아빤 곧 나을 거야."

아빠는 키가 190센티미터나 되었다. 아빠는 언제나 거대했다. 하지만 병원 침대에 누워 있는 아빠는 엄마만큼이나 작아 보였다.

10.

화목하던 가정이 집안에 발생한 큰일로 인해 무너지기도 하고, 불화하던 가정이 당면한 큰일을 해결하는 과정에서 돈독해지기도 한다. 우리 집의 경우에는 후자였다. 아빠한테 일어난 사고는 하나의 전환점이 되었다. 나도 나 자신이 못나게 구는 줄 알면서도 제어하지 못했다. 엄마에게 함부로 굴고 나면 돌아서기 무섭게 후회했으면서도 막상 엄마 앞에서 좋은 말이 나오지 않았다. 아빠가 싫었고, 확 죽어버렸으면 좋겠다고 생각한 적도 있었다. 그래도 진짜 사고가 날 줄은 몰랐다.

아빠는 보름 후에 퇴원했다. 그 뒤 엄마와 아빠가 서로 큰소리를 내는 일은 눈에 띄게 줄었다. 나는 잊힌 채 먼지만 쌓여가던 책을 펼쳤다. 엄마는 학업 진도가 많이 뒤처진 내게 과외 선생님을 붙여주겠다며 일을 늘렸다. 덕분에 쓰레기통은 레토르트 카레 포장지와 라면 봉지, 고추참치 캔과 편의점 도시락 통들로 가득 찼지만 딱히 불만스럽진 않았다. 그저 이따금 궁금할 따름이었다. 아빠는 어떻게 보름 만에 퇴원할 수 있었을까? 용호는 낫는 데 몇 달이 걸렸는데……. 아빠가 이상한 걸까, 용호가 이상한 걸까?

시간이 흐르며 어느새 교실에 수능까지 남은 날짜를 세는 달력이 걸렸다. 그리고 3학년 2학기가 시작될 무렵 키가 자라기 시작했다. 한 달 동안 무려 10센티미터나 컸다. 졸업이 얼마

남지 않았는데 교복을 새로 맞춰야 했다. 밤마다 성장통에 시달리는 날 위해 아빠가 연고를 발라주고 마사지를 해주었다.

하루는 학교에서 코피가 터졌다. 반 친구들이 공부를 얼마나 하는 거냐며 야유했다. 공부 때문이 아니었다. 몸이 하루가 다르게 변하는 탓이었다. 양호 선생님이 약을 줬지만 나는 고개를 저었다.

"전 약 먹으면 안 돼요. 알레르기가 있어서요."

"무슨 알레르긴데?"

"약 알레르기요. 약 먹으면 큰일 난댔어요."

나는 그렇게 말하고 코를 틀어막았던 휴지를 뺐다. 피는 그새 멎어 있었다.

"어머, 그렇게 쏟아지더니 다행히 빨리 멎었네."

선생님이 눈을 동그랗게 뜨고 말했다. 어릴 때 저와 유사한 표정으로 날 보던 아주머니가 있었다.

초등학교에 들어가기 전일 것이다. 정글짐에서 장난을 치다 떨어졌다. 엄마가 달려왔고 옆에 있던 아줌마가 119에 신고했다. 엄마는 119 구급대원들에게 대주 종합병원에 가야 한다고 했다. 구급대원들은 위치를 검색하더니 근처에 더 가까운 병원이 있다고 했다. 하지만 엄마는 애 아빠가 그곳 의사기도 하고,

아이가 약 알레르기가 있어서 그 병원에서만 치료를 받을 수 있다고 아득바득 우겼다.

의사 가운을 걸친 아빠는 내 상태를 살피더니 어깨뼈가 탈골됐다고 했다. 무슨 말이냐고 묻자 어깨뼈가 빠졌다는 뜻이라며 집에 갈 즈음이면 펄펄 날아다닐 거라고 했다.

그날 119에 전화를 걸었던 아줌마가 며칠 뒤 나를 보고 놀라 눈을 크게 뜨며 "어머? 어떻게 멍 하나 없니?"라고 묻지 않았다면 그 일은 오래지 않아 잊혔을 것이다. 엄마가 나를 보호하듯 품에 안으며 "애들이잖아요. 금방 낫죠"라고 말했다.

대학교 입학식 날 엄마 아빠와 사진을 찍었다. 나는 아빠와 키가 비슷했다.

11.

대학교에서는 두려움에 떨며 누가 날 밥으로 삼을지 눈치를 보거나 죄책감을 안은 채 누굴 내 밥으로 삼을지 고민할 필요가 없었다. 무엇보다 아무도 내가 작았다는 걸 몰랐다. 영원히 아무도 모르길 바랐다.

가끔 학원 폭력에 대한 기사를 접할 때면 마음이 무거웠다. 전학을 가도 소용없었다. "너네 학교로 전학 간 애, 우리 학교 밥이었어"라고 한마디 전하면 끝이었으니까.

그렇다고 달리 할 수 있는 일도 없었다. 그래서 한때는 선생이 되어볼까 고민했었다. 하지만 길 가다 멀리서 중고등학교 건물이 보이기만 해도 트라우마처럼 숨이 막혔고, 선생이라고 뾰족한 수가 있을지 회의적이었다. 자원봉사 동아리에 들어가 고아원 봉사활동을 다닌 게 나름의 자구책이었다.

나는 직감적으로 괴롭힘당하는 애를 알아볼 수 있었다. 그런 아이에게는 내가 해줄 수 있는 최선의 일을 했다. 그 애의 학교에 찾아가 그 애를 괴롭히는 애들과 이야기를 나눴다. 중학교 남자애들이었다. 이제 와 하는 말이지만 커봐야 거기서 거기였다. 나는 그저 그 애에게 든든한 형이 있다는 걸 알려주는 것만으로 충분했다. 이 방식에 한계가 있음은 인지하고 있었으나 그렇다고 몇 년만 버티면 다 지나간다는 뻔한 위로만 늘어놓을 수는 없었다.

나는 앨범을 찾아 내 옛날 사진을 꺼냈다. 그리고 혜지에게 만나자고 문자했다. 혜지는 한 시간 후에 이제야 확인했다며 답장을 보냈다. 우린 혜지의 집 근처에서 만났다.

"이렇게 급하게 만나자 그러면 어떡해? 옷 입을 시간은 줘야지."

혜지가 뾰로통해서 말했다. 말과 달리 화장부터 옷차림, 지문 자국 하나 없이 반들반들한 하이힐까지 나무랄 데가 없었다. 보통 혜지만큼 키가 큰 여자애들은 단화를 신었다. 은선이만 봐도 그랬다. 하지만 혜지는 하이힐을 애용하며 자기가 하이힐을 신어도 내 키가 자기보다 더 커서 좋다고 말했다.

오영이 뭐라 했든 간에 나는 이제껏 단 한 번도 혜지의 입에서 키 작은 사람을 얕잡아보는 소리를 듣지 못했다. 지나가는 말로라도 언급했다면 내가 놓쳤을 리 없었다. 키가 큰 사람이 좋다는 말이 곧 작은 사람이 싫다는 말은 아니었다. 알면서도 불과 얼마 전까지만 해도 대한민국 평균 남자 키를 한참 밑돌던 내게는 키 큰 사람이 좋다는 말이 아프게 들렸었다.

"대충 나와도 되는데……"

"어떻게 대충 나와? 나 보고 싶다고 예고 없이 집 앞에서 전화하면 안 돼. 두 시간 전에는 연락해. 너도 나 만날 때 아무렇게나 입고 나오지 마."

나는 대답하지 않았다. 혜지는 내 안색을 살폈다.

"왜 그래? 무슨 일이야?"

나는 혜지와 눈을 마주치지 못하고 괜스레 발끝으로 땅을 찼다.

"맥주 한잔할래?"

혜지가 팔짱을 끼며 말했다. 우린 가까운 이자카야에 가서 맥주와 꼬치를 주문했다. 혜지는 닭발이나 닭똥집을 즐겨 먹었는데, 내가 그 사실에 놀랄 때마다 재미있어했다.

"왜 그러는데?"

혜지가 은근히 무언가 기대하는 듯 물었다. 나는 마시던 맥주를 비우고 한 잔 더 주문한 후 가방에서 고등학교 때 사진을 꺼냈다.

"네가 다니던 학교 교복이네. 누구야?"

"나야."

혜지가 믿을 수 없다는 눈초리로 날 바라보았다.

"너 나 기억 못 하는 거 당연해. 나 고3 1학기까지 148센티미터였어. 몸무게는 40킬로그램 정도였고."

"반년 동안 40센티미터가 넘게 큰 거야?"

"몸이 갑자기 자라서 무척 아팠어."

"힘들었겠다……."

맥주잔을 만진지라 차갑고 매끄러운 혜지의 손바닥이 내 손등 위에 포개졌다. 위로하듯 올린 손동작에 에어펌프 버튼이라도 눌린 양 심장이 급속도로 부풀어올랐다.

"우리, 뭐야?"

내가 물었다.

"그게 무슨 소리야?"

혜지가 눈을 피하며 말했다.

"우리, 사귀는 거 맞아?"

혜지가 살짝 눈을 들어 날 봤다가 급히 도로 내리깔았다.

"나 너 좋아해. 너랑 사귀고 싶어. 네가 다른 남자애들이랑 있을 때마다 내가 남자 친구인지, 그냥 친구 중 하나인지 고민하는 게 괴롭고 싫어."

나는 조금 전 영원히 비밀로 하리라 결심했던 내 과거 모습을 혜지에게 보여주었다. 만약 혜지가 거부한다면? 입안이 바싹 마르며 등을 타고 식은땀이 흘렀다. 혜지는 고개를 숙이고 있었다. 혜지의 표정을 확인할 엄두가 나지 않았다.

"난 우리가 이미 사귀는 줄 알았는데? 아니었어?"

바짝 움츠러들었던 근육들이 일시에 이완되는 바람에 하마터면 중심을 잃고 의자에서 굴러떨어질 뻔했다. 혜지가 고개를 들더니 배시시 웃었다.

"그 이야기 하러 온 거야?"

"어……"

양쪽 입가가 귀에 걸릴 듯 올라갔다. 잔이 비자 혜지는 사이다를 주문했다. 나도 사이다를 따랐다. 흥분했던 터라 몸 상태가 이상했다. 작년에 느닷없이 키가 자랄 때처럼 몸의 세포가 변하는 기분이었다.

혜지는 빈 잔을 쓰다듬었다. 감성은 분위기가 무르익은 지금이 기회니 술을 더 권하라고 부추겼다. 이성은 그러다 모든 걸 그르칠 수 있다고 말렸다. 이러지도 저러지도 못하는 사이 사이다도 바닥났다.

"그만 갈까?"

혜지가 말했다.

"그래."

우린 술집을 나왔다. 이대로 헤어지기 아쉬웠지만 더 붙잡을 핑계가 마땅치 않았다.

"이 밤에 나왔다가 술 마신 걸 알면 엄마가 뭐라 그럴 것 같은데……"

혜지가 말끝을 흐렸다.

"커피 마실까?"

"나 별로 안 마셨는데…… 이상하네……."

혜지가 양손으로 내 팔을 잡으며 기대왔다. 우린 캔 커피를 하나씩 사서 놀이터에 앉았다. 어느 순간 난 멀리서 보는 것만으로도 가슴 떨렸던 그 애의 입술에 입 맞추고 있었다. 그때 혜지 입술은 오렌지색으로 빛났다. 지금은 무슨 색이었는지 기억나지 않았다. 분홍이든, 빨강이든, 아니, 까만색이면 어떻단 말인가.

혜지가 치미는 마음을 주체하지 못해 손을 휘젓는 나를 진정시켰다. 혜지는 첫키스가 아니었다. 뒤늦게 내가 서툴렀을까 걱정스러웠다.

"늦었다."

혜지가 한 손으로는 가슴에서 내 손을 떼고, 다른 손으로는 내 등을 다독였다. 나는 혜지의 어깨에 이마를 가져다 댔다.

"집에 가기 싫다……."

"가야지, 막차 끊길라……."

"나 너 진짜 좋아해……."

"알아……. 나도 너 좋아해……."

혜지가 속삭이듯 말했다.

나는 취객처럼 몽롱한 상태로 집에 돌아왔다. 머릿속엔 온통 혜지의 입술과 옷 위에서 느낀 황홀함, 그 애의 마지막 말 뿐이었다. 세상을 다 가진 기분이었다.

12.

나는 콧노래를 흥얼거리며 집에 돌아왔다.

"뭐 좋은 일 있니?"

엄마가 물었다.

"좋은 일은 무슨."

나는 서둘러 표정 관리를 했다.

"너 여자 친구 생겼니?"

"아니?"

젠장, 이렇게 성급하게 부정하면 안 됐는데…….

"보통 여자애야?"

"아니? 나 여자 친구 없거든?"

"그럼 그 반지는 뭐야?"

나는 한 발 늦게 손을 뒤로 감췄다. 본시 집에 들어오기 전에는 뺐는데 오늘은 그만 깜빡했다.

"보통 여자애구나?"

"아니야, 아니거든?"

"이제 대학교 1학년이니 뭐라고 하진 않겠지만 보통 여자애
는 안 돼."

"왜?"

"몰라서 물어?"

엄마는 한숨을 쉬었다.

"됐다. 엄마가 괜한 걸 물었어. 뭐라고 안 할 테니 만나봐. 연
애도 경험이야."

엄마 말에 찬물을 뒤집어쓴 기분이었다. 엄마는 대학교 1학
년 때 사귄 애랑 얼마나 오래 갈까 싶어 넘어가기로 한 듯했
다. 정말 그럴까? 혜지와 나는 언젠가 헤어지게 될까? 혜지는
작고 초라했던 내 과거에 연연하지 않았다. 미래에는 어떨까?
나에 대해 다 알고 난 뒤에도 계속 날 만나줄까?

13.

대학 입학 전 한창 신나게 게임을 하고 놀러 다닐 때였다. 무

120

슨 날도 아닌데 엄마가 외갓집에서 하루 자고 온다며 짐을 꾸렸다.

"아빠 말 잘 듣고, 엄마한테 전화하고 싶으면 언제든 해."

엄마가 엊저녁부터 한 말을 재차 했다.

"엄마는, 내가 무슨 애야?"

"엄마 온 다음에 엄마한테 하고 싶은 말 있으면 뭐든 다 해도 돼. 이이는 정말…… 왜 친정까지 가 있으라는지……."

엄마는 우리 집 현관에서 길 잃은 노인처럼 오도카니 서 있더니 뜬금없이 날 꼭 안았다. 엄마의 머리는 내 가슴까지밖에 오지 않았다.

"엄마가 미안해. 다 엄마 잘못이야."

엄마는 훌쩍이며 집을 나섰다. 이것저것 닥치는 대로 다운받고 정리하지 않은 폴더처럼 마음이 어수선해서 게임에도 집중이 되지 않았다.

퇴근한 아빠가 김치찌개를 끓였다.

"김치찌개를 제대로 끓이려면 김치부터 잘 볶아야 해. 충분히 볶은 다음에 고기를 넣고 더 볶다가 뜨거운 물을 넣고 확 끓이는 거지. 그래야 비리지 않고 맛있어."

아빠가 식탁에 다 된 찌개를 올렸다.

"술은 어른한테 배우는 거야."

소주 뚜껑을 돌려 딴 아빠가 내 쪽으로 병 주둥이를 기울였다. 나는 두 손으로 잔을 들어 아빠가 따라주는 술을 받고 목구멍으로 넘겼다. 썼다. 서둘러 찌개 국물을 떠 삼켰다.

"다 마셨으면 잔 줘야지."

"아빠 술잔 거기 있잖아."

"잔을 받았으면 잔을 줘야지."

나는 마지못해 아빠에게 내 잔을 건넸다. 먹던 잔인데도 아빠는 전혀 개의치 않는 얼굴로 받은 잔을 내게 내밀었다. 얼결에 잔을 채웠다. 아빠는 단숨에 잔을 비운 뒤 돌려줬다. 내가 받자 새로 술을 부었다. 그러고 나서야 자기 잔을 들기에 거기에도 술을 따라주었다. 뭔진 모르지만 그걸 마지막으로 잔 주고받기는 끝난 듯했다.

아빠는 찌개를 한술 뜨더니 흡족한 기미로 말했다.

"그래, 이렇게 끓여야지."

"오늘 왜 이래? 성교육이라도 하려고?"

"자식이, 어차피 알 거 다 알잖아."

"그럼 무슨 말 하려고?"

나는 찌개를 뒤적였다.

"넌 더 클 거야. 키만 자라는 게 아니라 근육도 붙을 거다. 아빠랑 같이 운동할래?"

"좋지, 헬스 끊어줘."

안 그래도 몸이 근질근질하던 참이었다. 집에 있는 러닝머신에서 뛰고, 가벼운 웨이트 운동을 하는 걸로는 성이 차지 않았다.

"진작 너한테 이야기해주었어야 하는데⋯⋯. 아빠는 열다섯 살에 알았거든. 근데 너는 사춘기를 꽤 요란하게 보냈잖냐. 말할 새가 없었어."

"무슨 말?"

나는 퉁명스레 물었다. 아빠가 이렇게까지 분위기를 잡으면서 하려는 말이 무엇인지 종잡을 수가 없어 불안했다. 그래서 부러 귀찮은 듯, 웬 요란이냐는 듯 굴었다. 그렇게라도 하지 않으면 이 자리에 앉아 있을 수가 없을 것 같았다.

"상은아, 세상에는 말이다⋯⋯ 조금⋯⋯ 특별한 사람들이 있단다."

"우리가 무슨 초인이라도 돼?"

말을 뱉고 아차 싶었다. 내가 먼저 그 지점에 들어가버렸다.

"너도 느꼈겠지만 우린 다쳐도 순식간에 나아. 너는 성장이 조금 늦게 왔다만…… 앞으로 힘도 더 세질 거야. 네가 싫든 좋든 그 힘을 운동으로 풀어주지 않으면 스트레스를 받을 거고……. 자칫 잘못하다간 다른 사람들을 다치게 할 수도 있어. 아빠가 여름과 겨울에 일주일씩 연수 가는 거 알지? 사실은 연수가 아니야."

듣고 싶지 않았다. 나는 고개를 숙이고 애꿎은 젓가락만 만지작거렸다.

"일 년에 두 번 정도는 몸을 마음껏 써줘야 해. 그래야 사고가 안 생겨."

"무슨 사고?"

"몸이 갑자기 변하면 안 되니까."

"몸이 갑자기 변한다니?"

이런 식으로 미적거리는 대화를 더 이상 참을 수 없었다.

"아빠, 제대로 말해봐. 몸이 어떻게 변하는데?"

"세상에는 조금 독특한 핏줄을 타고나는 사람들이 있단다."

"도대체 무슨 소리야? 좀 알아듣게 말해봐!"

"보통 사람들은 우리를 늑대인간이라고 표현하지만, 그건 정확하지 않아."

"늑대…… 뭐?"

아빠의 설명은 이랬다. 우리 핏줄은 대체로 어릴 때는 작고 약하다가 십 대 중후반에 들어서면 키가 크고 근육도 자란다. 자칫 폭발적으로 몸이 커질 수도 있는데, 조절하는 법을 익히고 일 년에 한두 번 정도 마음껏 힘을 발산하게 하면 그런 일은 생기지 않는다.

"그런 거야? 몸에 털이 막 나고, 네발로 뛰어다니고, 손톱이랑 발톱도 무시무시하게 길어지고, 이성을 잃고 사람을 공격하고……."

"털은 생기지 않아! 네발로 뛰지도 않고. 멀쩡한 다리 놔두고 왜 손까지 써서 뛰어?"

"그럼?"

"근육이 부풀고, 손톱과 발톱이 단단해지긴 해. 네가 잘 조절하면 이성을 잃는 일도 없어."

"그러니까, 헐크 같은 거야?"

"네가 이해하기 쉽게 말하자면 그런 것 같구나."

"조절 못하면 사람들 앞에서 막 괴물로 변하는 거야?"

"미리 힘을 풀어주면 돼. 일 년에 두 번만 마음껏 힘을 발산하면 아무 문제없어."

"뭐가 문제없다는 거야?"

"상은아, 세상엔 다양한 사람들이 있어. 고혈압인 사람은 꾸준히 약을 먹어 관리하고, 당뇨인 사람들은 운동과 식이요법을 병행하지. 우리도 힘들긴 하지만 조절하며 살아갈 수 있어."

"이게 병이야?"

"아빠가 예를 잘못 들었구나. 이건 병이 아니야. 이건 그저 체질이고, 우리가 어떤 사람인지에 대한 이야기일 뿐이야. 동양인은 피부가 노랗고, 백인은 하얗고, 흑인은 까만 것과 같아. 우린 어릴 땐 작지만 십 대를 지나며 몸이 커지지. 그리고 일 년에 한두 번 자기 신체 능력을 마음껏 발산할 필요가 있고. 그뿐이야."

"마음껏 발산하지 못하면?"

"주말에 같이 병원에 가자. 네가 얼마나 성장했는지 정확히 확인하는 거야."

"엄마도 이 사실을 알아?"

"그래."

"근데 왜 할머니 집에 가 있으라 그랬어?"

나는 무언가 더 남은 이야기가 있을 것 같아 물었다.

"네 이야기만이 아니라 엄마 이야기도 하려고 그래. 엄마도 우리와 같은 핏줄이란다."

"엄마는 작잖아."

"네 엄마는 열성이거든. 우리 체질은 우성 인자를 가지면 발현되지만 열성일 경우에는 발현되지 않아. 그래서 엄마 아빠가 결혼할 때 할아버지 반대가 심했지. 네 엄마는 네가 발현이 늦는 게 자기 탓이 아닐까 노심초사했어. 하지만 넌 틀림없이 우성이야. 태어났을 때 즉시 검사했으니까. 가끔 늦는 사람이 있어. 네 엄마 탓이 아니란다."

그래서 엄마가 할아버지 앞에서 노상 기죽어 지냈던 거구나. 할아버지 때문이 아니라 엄마가 스스로에게 자신이 없었던 거였다.

"여름방학에 아빠랑 같이 캠핑 가자. 현목이도 네 첫 캠핑은 꼭 함께하겠다고 했어. 힘을 발산한다는 게 어떤 건지 겪고 나면 네 몸에 흐르는 피를 자랑스러워하게 될 거야."

"그게 그거였어? 큰아빠, 현목 형, 은선이랑 갔던 거?"

"그래."

"그때 엄마랑 큰엄마는 같이 가지 않았잖아. 그럼 큰엄마는
……?"

"형수님은 보통 사람이지만 우리에 대해 알아."

"할아버지가 반대 안 하셨어? 엄마는 같은 핏줄인데도 열성

이라는 이유로 반대하셨다며?"

"노발대발하셨지. 의절하네 마네 난리도 그런 난리가 없었
단다. 형이 아버지 등쌀에 못 이겨 형수님과 일본으로 가버리
고 나니까 이러다 진짜 절연하겠다 싶어 온 가족이 나서서 설
득해 종내는 받아들이셨지만……. 형수님은 형님이 변했을 때
모습을 보고서도 개의치 않으셨어. 강단이 있는 분이지."

"엄마도 이제 할아버지 앞에서 주눅 들지 않았으면 좋겠어.
내가 늦게 자란 건 엄마 탓이 아니고, 늦었지만 나도 자랐잖
아."

"그래……. 아빠도 네가 엄마를 이해해주면 좋겠구나."

고등학교 때 엄마를 함부로 대했던 일들이 상기되었다. 나는
고개를 숙이고 술잔을 비웠다.

"그때 때린 거 미안하다."

"나도 잘한 거 없지, 뭐. 그땐 왜 그랬는지 모르겠어."

나는 당황해서 말했다. 아빠가 사과할 줄 몰랐다.

"네 엄마가 그랬잖아. 내 아들이니까 때리지 말라고."

"그랬어?"

그건 전혀 생각나지 않았다.

"노파심에 하는 말인데…… 고등학교 때 널 괴롭힌 애들 있

잖니."

아빠가 무슨 말을 하려는지 짐작이 갔다.

"설마 내가 이제 와서 복수라도 할까 봐?"

"네가 그럴 리 있겠니."

아빠는 과하게 부정했다.

"어릴 땐 종종 그런 공상을 했어. 아빠만큼 자라서 걔들을 다 때려눕히는……. 지금도 스트레스 받으면 종종 그때 꿈을 꿔. 수능 전날에도 그랬어."

아빠는 놀란 표정을 지었다.

"고등학교 1학년 때 반 애들이 시비를 걸었어. 다들 못 본 체했고, 나는 고등학교에서의 삼 년도 악몽이 되겠구나 싶었지. 근데 그 순간…… 나도 어떻게 했는지 모르겠는데…… 내가 걔들을 다 때려눕혔어."

아빠는 잠시 생각하더니 말했다.

"보호 본능이지. 네 몸에 있는 힘이 널 지키기 위해 일시적으로 튀어나온 거야."

"애들이 의자를 빼서 날 바닥에 자빠뜨렸어. 덩치가 산만 한 애들이 내려다보며 낄낄거리는데 도와주는 애들은 아무도 없었지……. 그 막막한 순간이 가끔 꿈에 나와."

"사라질 거다. 네가 얼마나 대단한 존재인지 알아야 해. 그리고 너도 겪어봤으니 약한 사람을 괴롭힌다는 게 얼마나 나쁜 일인지 알겠지? 그러니……."

"그다음부터는 나도 다른 애들을 괴롭혔어. 안 그러면 내가 당하니까. 어쩔 수 없었어."

나는 참회하는 심정으로 말했다. 비참했다.

"요즘은 어떻게 된 게 애들 인성 교육은 뒷전이고 그저 공부만 잘하면 다라고 생각하지?"

"나도 그러기 싫었어. 하지만 중학교 때 겪었던 고통을 연거푸 겪고 싶지 않았어."

"우리 땐 작거나 늦되어서 놀이를 잘 못 하는 애들도 깍두기라며 그냥 끼워주곤 했어. 요즘 세상은 어떻게 된 게 주위 애들을 친구가 아니라 경쟁자로 몰아붙이고 있으니."

"적어도 날 괴롭히는 애들은 없다는 게 어떤 건 줄 알아?"

우리는 서로 다른 돌림노래를 부르는 것처럼 피차 상대방의 말은 듣지 않고 자기가 하고픈 말만 했다. 아빠는 자기가 한 말에 내가 감명받기를, 그래서 약한 사람들을 돕는 세상의 큰 나무가 된다는 다짐을 하길 바란 모양이었다. 나는 나대로 아빠가 내 고백에 놀란 다음 오죽 힘들었으면 그렇게까지 했느냐고, 네 탓이 아니라고 말해주길, 용서받길 원했다. 둘 다 끝내 상대에게 듣고 싶던 말은 듣지 못했지만 피차 오래 묵혔던 이야기를 꺼냈기에 해소되는 지점도 있었다.

식탁을 치우고 방으로 돌아왔다. 침대에 눕자 난데없이 눈물이 쏟아졌다. 막연하게나마 내 존재를 의심하고 있었다. 용호는 한차례 맞으면 며칠을 끙끙댔다. 나는 다음 날이면 멀쩡했다. 늘 키가 크길 갈망했지만, 별안간 키가 자라기 시작하자 밤마다 아파서 제대로 잠을 잘 수가 없었다. 무엇보다 내 몸의 세포가 무언가 다른 걸로 변해가는 것 같은 느낌이 너무나 생생해 끔찍했다. 설마설마했던 게 모두 사실이었다. 아빠가 뭐라든 나는 사람이 아니었다.

14.

채혈을 하고, 엑스레이를 찍고, 소변 검사에 위와 장 내시경 검사까지 받았다. 엄마는 내가 어린애라도 되는 것처럼 병원에서 검사를 받는 내내 같이 있었다. 검사를 마친 뒤 아빠 퇴근 시간을 기다리며 함께 병원 주변을 산책했다. 강이 흐르는 한

적하고 예쁜 곳이었다. 모텔들만 없었으면 딱 좋았겠다 싶었지만, 하긴 이렇게 분위기가 좋으니 모텔들이 늘어섰겠지.

"우리 병원은 우리 같은 사람들을 위해 있는 거였어?"

내가 입을 뗐다.

"그래. 우리 말고도 보통 사람과 다른 핏줄을 타고나는 사람들이 있어. 우린 보통 사람들이 다니는 병원에서는 치료를 받을 수 없잖니. 그래서 할아버지가 우리 병원을 지은 거야."

엄마가 설명했다.

"우리처럼 이상한 핏줄이 더 있어?"

"이상한 게 아니라 조금 다른 것뿐이야. 음, 보자…… 주기적으로 사람의 피를 먹어야 하는 핏줄도 있지. 그런 표정 짓지 마라. 누굴 해쳤다는 이야기는 들은 적 없으니까. 그쪽 핏줄은 대체로 모계로 유전된다더라. 아들은 열성일 경우가 많고. 우리 핏줄은 딸이 열성일 때가 많아. 아, 얼마 전 새롭게 발견된 핏줄도 있다고 들었어. 그 핏줄은 직계 가족 하나뿐이라더라. 딸에서 딸로만 이어진다나? 이십 대가 되면 더 이상 나이를 먹지 않는대."

"영원히 젊게 사는 거야?"

"영원히 사는 사람은 없어."

"그래도 사는 동안 젊게 사는 거네? 좋겠다."

"좋긴……. 신분 세탁하는 돈이 만만치 않다더라."

드문드문 우리 병원 환자복을 입고 근방을 산책하는 사람들이 보였다.

"저 사람들도 다른 핏줄인가?"

"알 수 없지. 멋모르고 오는 보통 사람들도 있으니까. 어떻든 상대가 먼저 자신의 핏줄을 밝히기 전에 물어보는 건 예의에 어긋나. 너도 절대 들키지 말아야 한다. 우리 핏줄에는 전쟁 때 끌려가서 실험 대상이 되었던 사람도 있어."

"진짜? 어쩌다가?"

"징병되었는데, 상처가 빨리 낫는 걸 숨길 방법이 없었으니까. 그나저나 그 여자 친구는 여전히 만나니? 기왕이면 같은 핏줄을 만나는 게 좋아. 아주버님이 형님과 결혼할 때 온 집안에 난리가 났었어. 우리 핏줄들이 다 들고 일어나서 반대했거든. 나도 처음엔 반대했어. 형님이 고생 많이 하셨지. 그러니 부인 고생 안 시키려면 같은 핏줄이랑 결혼해. 우리 핏줄 젊은 애들끼리 만든 카페가 있다더라. 거기 가입해봐."

"됐어, 내가 알아서 할게."

엄마랑 이런 이야기를 나누는 건 아무래도 간지러웠다. 다행히 때맞춰 아빠에게 전화가 왔다. 병원 주차장에서 만난 아빠는 내가 6개월 정도 더 성장할 거라며, 성장이 끝나면 첫 캠핑을 가자고 했다. 그날 밤에 엄마가 알려준 카페에 가입했다. 나와 같은 고민을 안고 살아온 아이들의 이야기가 큰 위로가 되었다.

15.

법대는 학업 강도가 워낙 높고, 혜지도 악착같은 타입이라 자주 만나긴 어려웠지만 우린 잘 지냈다. 입맞춤의 농도도 점점 짙어졌다. 그 이상을 함께하고 싶었다. 술을 마시다 몇 번 용기를 내어 말해봤지만 혜지는 애매한 태도로 확답을 주지 않았다. 싫다는 건 아니고 내가 찾아야 하는 과제가 있는 것 같은데 뭔지 감도 오지 않았다.

나는 에라 모르겠다는 심정으로 덮어놓고 매달렸다. 계획도 없이 마트에서 과자 사달라고 떼쓰는 아이마냥 조르기만 하는 내가 딱했는지 결국 혜지가 실마리를 주었다. 나는 인터넷을 뒤져 서울에서 멀지 않은 수목원 근처에 예쁜 펜션이 많다는 걸 알게 되었다. 혜지는 종강하면 시간이 나리라는 언질을 주었다.

기다리던 종강일에 혜지가 아닌 친구들이 기념으로 술을 마시자며 붙잡았다. 친구들은 무슨 이야기가 나올지 뻔해 뿌리치는 날 끌다시피 술집으로 데려갔다. 아니나 다를까 농구부에 들라는 소리가 나왔다. 번번이 거절하는데도 끈질기게 굴어 난감했다.

운동부는 곤란하다. 승부욕이 발동되어 아드레날린이 과도하게 분비되면 문제가 생길 수도 있다.

"야, 너 그 키 뒀다 뭐 할 거야? 너 운동신경도 좋잖아."

"농구 잘 못해."

"누군 처음부터 잘해? 기초부터 가르쳐줄게."

"딱히 운동 자체를 안 좋아해."

"그럼 헬스는 왜 하냐? 여자애들 앞에서 몸 자랑 하려고?"

"키 크면 꼭 농구해야 해?"

"꼭 그렇진 않지만 유리한 조건이니 해보라는 거지."

"농구 이야기는 그만하고 술이나 마시자."

"그냥 경험삼아 가볍게 해보자. 그래도 싫으면 말고."

내 대답이 궁색하다 보니 친구들도 포기하려 들지 않았다.

135

궁지에 몰린 나는 그만 자리를 모면하려 과하게 술을 마시고 말았다.

집에 돌아와 자는데 몸이 이상했다. 숨을 제대로 쉴 수가 없었고 온몸이 조각나는 듯한 통증이 느껴졌다. 나도 모르게 비명을 질렀는지 아빠와 엄마가 달려왔다.

"심호흡해. 깊게, 깊게……."

"술 조심하라니까……."

엄마가 발을 굴렀다.

"당신 가서 차에 시동 걸어. 병원에 전화해두고."

아빠가 말했다. 엄마가 달려 나갔다. 엄마는 운전석에, 아빠는 나를 부축해 함께 뒷좌석에 탔다. 난 병원에서 약을 타거나 무언가 응급처치를 받을 줄 알았는데, 아빠는 병원에 도착하자 지체 없이 나를 아무것도 없는 빈 방에 집어넣었다. 창문도 없이 벽과 바닥에 부드러운 쿠션을 대놓은 곳이었다.

"예정보다 빠르게 왔구나. 괜찮아. 심호흡해, 조절할 수 있어. 아빠를 봐라. 아무 일 없을 거야."

아빠가 문에 달린 작은 창살 너머로 날 지켜보며 말했다. 아빠 옆에는 격투기 선수처럼 건장한 경비들이 서 있었다. 만에 하나라도 내가 조절하지 못하면 날 제압하기 위해 대기하는 게 분명했다. 더럭 겁이 났다.

"아빠, 나 어떡해……."

"심호흡해. 조절할 수 있어."

아빠의 입에서는 잇따라 같은 말만 흘러나왔다. 다른 방법이 없다는 뜻이었다. 나는 시키는 대로 했다. 심호흡하며 내 속에서 용솟음치는 무언가를 제어하기 위해 안간힘을 썼다. 그러다 어느 순간 지쳐 기절하듯 잠에 빠졌다.

정신을 차렸을 때는 엄마가 옆에 있었다.

"나 괜찮은 거야?"

내가 물었다.

"그래, 잘 참았어. 며칠 병원에서 쉬다가 안정되면 곧장 첫 캠핑을 가게 될 거야. 현목이도 같이 가겠다더라."

몸을 일으키려는데 사지가 모두 여러 겹으로 침대에 꽁꽁 묶여 있었다.

"엄마…… 이건 뭐야?"

"당장 위기는 넘겼지만 그래도 안심하기는 일러서……."

"그냥 바로 캠핑 가면 안 돼?"

"네가 완벽하게 제어할 수 있어야 해. 이렇게 불안정할 때 변하면 안 돼."

마침 간호사가 내가 깨어났다는 걸 알렸는지 아빠가 들어왔다.

"아빠!"

나는 도와달라는 듯 아빠를 불렀다.

"걱정할 것 없어. 아빠도 다 겪어본 거야."

"변하면 어떻게 되는 건데? 얼마나 변하는 건데? 응?"

"직접 겪어보렴. 그럼 네 핏줄을 자랑스러워하게 될 거야."

"말도 안 돼."

침대에 묶여 있는지라 화장실도 갈 수 없었다. 남자 간호사가 소변기를 대주었을 땐 죽고 싶을 만큼 치욕스러웠다. 암만 조심하겠다고 다짐해도 간호사는 절대 풀어줄 수 없다는 말만 반복했다. 나는 친구와 약속이 있으니 휴대전화를 가져다달라고 엄마에게 사정사정했다.

"마음을 가라앉혀봐."

엄마 입에서 나오는 말도 아빠나 간호사와 같았다.

"휴대전화 달라니까!"

나는 고함을 질렀다. 그러자 엄마는 내 손에 숟가락을 쥐여주었다. 단단한 쇠숟가락이 은박지처럼 구겨졌다.

"이래서 안 된다는 거야."

엄마가 말했다. 식겁해 손에서 힘이 풀렸다. 숟가락이 바닥에 떨어지는 소리가 심장을 치듯이 울렸다.

날뛰던 세포들은 이틀이 지나서야 잠잠해졌다. 그제야 안정된다는 게 어떤 건지 알 수 있었다. 하나 이는 폭풍 전 고요였다. 내 몸을 이루는 세포들은 본격적으로 요동칠 준비를 하고 있었다.

휴대전화를 확인하니 혜지로부터 전화 세 통과 문자 다섯 개가 와 있었다. 나는 통화 버튼을 눌렀다. 혜지는 놀랍게도 단번에 전화를 받았다.

「너 어디야? 무슨 일 있어?」

"어, 나 지금…… 강원도 할아버지 댁에 와 있어."

「할아버지 댁?」

"할아버지가 조금 편찮으셔서…… 여기서 며칠 지내다 올라갈 것 같아."

「어디가 어떻게 편찮으신데?」

"어…… 검사 결과를 기다리고 있어."

긴 침묵이 내려앉았다. 도둑이 제 발 저린다고 혜지의 침묵이 속아줄지 말지 고심하는 것처럼 다가왔다.

「넌 별일 없는 거지? 어디 아프거나 한 거 아니고?」

이윽고 혜지의 목소리가 들려왔다. 내 말을 믿기로 한 건지, 속아주기로 한 건지 확신이 서지 않았다.

"응, 난 진짜 괜찮아. 아무 일 없어."

「알았어. 돌아오면 연락해.」

혜지는 쌀쌀맞게 전화를 끊었다. 급격히 우울해졌다. 예정대로라면 오늘 우리는 여행 일정을 짜며 함께 설레야 했다.

강원도에는 할아버지 소유의 작은 산이 있었다. 현목 형이 차를 몰고 왔다. 나는 울적한 기분으로 차에 올랐다. 형이 기분을 풀어주려고 애썼지만 헛된 노력이었다.

"놔둬. 해보면 알겠지."

아빠가 말했다. 현목 형도 어쩔 수 없다는 듯 어깨를 으쓱했다. 산장에 도착하자 형은 아이스박스를 열었다. 그 안에는 고기가 한가득 들어 있었다.

"이걸 누가 다 먹어?"

현목 형은 두고 보면 안다는 듯 씨익 웃고는 고기를 굽기 시작했다.

내가 원체 잘 먹는 편이긴 했다. 삼겹살 2~3인분에 밥과 냉면까지 먹을 수 있었다. 그런데 이날은 내가 생각해도 심했다. 먹어도 먹어도 성이 차지 않았다. 셋이 30인분은 족히 먹어치웠다.

식사를 마치고 밖으로 나갔다. 현목 형은 팬티 한 장 안 남기고 옷을 벗어 던졌다. 나는 목욕탕도 아닌데 팬티까지 벗기가 어색해 우물쭈물했다. 아빠가 격려하듯 등을 두드렸다. 눈 딱 감고 벗었다.

"심호흡해. 네가 자랄 때를 생각해봐. 세포들이 요동치는 느낌, 기억나지? 그 느낌을 불러와."

아빠가 말했다.

뭘 부르고 자시고 할 것도 없이 신경다발에서 전류가 튀고 혈액이 협곡을 통과하는 급류처럼 거세게 흐르고 그에 맞추어 혈관이 팽창하고 근육 세포가 분열하며 기하급수적으로 세를 불리는 게 느껴졌다. 요구르트를 얼리면 부피가 늘어나 병이 부풀듯 근육의 밀도와 부피가 늘어나며 피부가 찢어질 듯 당겼다. 등 근육이 혹처럼 치솟고 팔뚝이 허벅지만 해졌다.

나는 굵은 비명을 토했다. 내 몸 안에 갇혀 있던 무언가가 자기를 풀어달라고 몸부림쳤다. 나는 악령에게 빙의당하지 않으려 버티는 사람처럼 저항했다.

"너 자신을 믿고 받아들여. 처음에는 좀 아프겠지만 곧 괜찮아질 거야."

현목 형이 격려했다. 이게 좀 아픈 거라고? 내가 어딘가 이상

한 걸까? 형과 아빠는 조금 아픈 정도인데 나는 어딘가 잘못되어서…….

"겁먹지 마, 자연스러운 과정이야."

현목 형이 못으로 벽을 긁는 소리처럼 거칠고 소름 끼치는 목소리로 말했다.

"혀, 형……."

분명 가만히 서 있는데도 현목 형의 몸집이 앉았던 사람이 일어나는 것처럼 커졌다. 공포로 인해 이성이 날아가며 혼신의 힘을 다해 움켜쥐고 있던 내 몸의 통제권도 날아갔다. 동물 다큐멘터리에서 새끼 호랑이가 어른 호랑이가 되는 모습을 빨리 감기로 보여주듯 내 손이 배로 커지며 손톱이 맹금류의 발톱처럼 튀어나와 구부러지는 모습이 보였다. 나는 괴성을 지르며 나 자신에게서 도망쳐 달렸다.

현목 형과 아빠가 뒤쫓아왔다. 내가 뛰는 속도가 만들어낸 강풍으로 인해 머리카락이 사정없이 얼굴을 내리쳐 가시덩굴을 뚫으며 뛰는 것 같았다.

"이쪽이야!"

어느새 날 추월한 형이 외쳤다. 나는 형을 따라잡기 위해 달렸다. 커다란 바위를 단숨에 뛰어넘고, 물웅덩이를 한달음에

건넜다. 내 힘을 감당하지 못해 몇 번이나 넘어져 구르며 온몸이 진흙투성이가 되었다. 나는 직전까지 오금이 저릴 정도로 두려워했던 건 새까맣게 잊고 마음 깊은 곳에서 우러나오는 웃음을 터뜨렸다. 아빠가 말한 내 핏줄을 자랑스럽게 여기게 되리라고 되풀이해서 말했던 이유를 온몸으로 이해할 수 있었다. 이전의 나는 한정된 육체에 갇힌 존재였다. 독방에 갇힌 죄수였고 팔다리가 묶인 노예였다. 비좁은 방에서 바퀴가 망가진 장난감만 굴리며 놀던 아이가 갖은 놀이기구를 갖춘 드넓은 운동장에 나온 것처럼 속박에서 풀려난 나는 자유를 만끽하며 온 산을 뛰놀았다.

현목 형이 이십 미터는 훌쩍 넘을 법한 폭포 앞에 멈췄다. 그 아래에는 시퍼런 물이 날름거리고 있었다. 형이 먼저 뛰어내렸다. 나도 서슴지 않고 몸을 던졌고, 아빠가 뒤따랐다. 아래로 떨어지는 이삼 초간 전율이 전신을 휘감았다. 소름이 오소소 돋는 차가운 물이 몸의 열기를 식혀주었다. 나는 형과 아빠에게 물을 뿌려댔다.

완전히 녹초가 된 덕에 돌아올 땐 아빠 등에 업혀 와야 했다. 아빠는 날 업고도 거뜬히 산장까지 달렸다. 나는 업힌 채 잠들었다. 아침 일찍 일어나 전날보다 더 많은 고기를 먹고 산장을 나섰다. 어제는 몸이 커질 때 겁에 질려 소리 질렀지만 오늘은 놀이기구를 타기 전 짜릿한 긴장을 담은 환호성을 터뜨렸다.

아빠가 변한 내 키와 몸무게를 재는 짧은 시간조차 금단 증상에 시달리는 사람처럼 기다리기 초조했다. 기록을 모두 마치자 아빠도 변했다. 우리는 어제와 다른 길로 가서 더 높은 폭포에서 거침없이 몸을 던졌다.

셋째 날, 나는 더 크게 변했고, 변하는 데에 따르는 고통도 줄어들었다. 넷째 날에도 셋째 날과 같았다. 하지만 다섯째 날에는 전날만큼 크게 변하지 못했다. 서서히 몸에서 힘이 빠져나가는 걸 느낄 수 있었다. 마지막 날은 심하게 뛰지 않고 몸을 푸는 정도로만 움직였다.

우린 산 정상에 올라 아래를 굽어보았다. 형언하기 어려운 해방감이 온몸을 휘몰아쳤다. 아빠가 대견하다는 듯 내 등을 다독였다.

16.

첫 캠핑에서 돌아와 병원에서 몇 가지 검사를 받았다. 아빠는 전부 정상이라고 흡족해했다. 나는 혜지에게 전화를 걸었다. 지난 일주일간 전화는커녕 문자조차 보내지 않았다. 그럴 겨를이 없었다.

당연히 혜지는 머리끝까지 화가 나 있었다. 손이 발이 되도록 빌어 가까스로 만나기로 했다. 인터넷에서 주꾸미 전골 맛집을 찾아 예약하고 커다란 꽃다발을 준비했다. 혜지는 카페에서 만나 커피를 마시는 내내 심술을 부리다가 저녁을 먹으러 일어날 무렵에야 겨우 마음을 풀었다.

가정집을 개조해 만든 식당은 잎맥처럼 좁은 골목길이 큰길 사이사이로 뻗은 주택가에 자리했다. 호젓한 길을 따라 걸으며 여행 이야기를 꺼낼 기회를 노리는데 옆으로 이어진 골목에서 남자애들의 웃음소리가 들렸다. 무심코 눈을 돌리니 남자아이들 대여섯 명 정도가 둘러선 중앙에 한 남자애가 쓰러져 숨을 헐떡이는 모습이 보였다. 끽해야 중학생 정도로 보이는 아이들 손에 야구 방망이에 골프채까지 쥐여져 있었다. 여럿이서 한 아이를 폭행하는 현장을 들켰는데도 아이들은 눈썹 하나 까딱하지 않았다. 오히려 날 담장 넘어 남의 집을 엿보다 들킨 사람 취급하며 안 꺼지고 뭐 하느냐는 눈빛을 보냈다. 한 아이가 방망이를 위협적으로 빙빙 돌렸다.

"뭐 하는 거야?"

나는 차분하게 물었다. 아이들은 실소를 터뜨렸다. 당연히 내가 겁먹고 물러설 줄 알았나 보다. 고작 중학생들이면서 강도 높은 폭력을 사용하는 데 능숙했고 어른을 무서워하지도 않았다. 손에 무기가 있고 수가 많기 때문만은 아닐 듯했다. 이 아이들은 반에서 만만한 애들을 괴롭히는 수준을 넘어선 폭력성을 보이고 있었다.

우두머리로 보이는 애가 신호하자 아이들이 무기를 바닥에 끌어 살벌한 배경음을 만들며 다가왔다. 입가에는 잔혹한 미소를 머금고 있었다. 나를 위협하는 아이들의 모습에서 기이하게도 나는 공포가 아닌 안쓰러움을 느꼈다. 다 같이 어울려 축구나 농구를 하거나 PC방에서 놀 나이의 아이들이 자기들보다 덩치가 크고 어른인 날 때려눕힐 생각에 흥분했다. 뭐가 이 아이들을 이렇게 망가뜨렸을까?

"가서 경찰에 신고해."

나는 혜지에게 말했다.

"어떻게 널 혼자 두고 가?"

"가는 게 나한테 더 좋아, 가!"

그 말을 듣고서야 돌아서는 혜지 앞에 새로 두 명이 더 나타나 한 명은 팔을 잡고, 다른 하나는 각목을 들이댔다. 혜지보다 한참 작았지만 그래도 남자애들이었다. 혜지가 밀치고 도망가기에는 역부족이었다. 안 그래도 평소보다 높은 구두를 신어 걷기 힘들어하던 참이었다. 맞던 아이는 자기에게 관심이 없어진 틈을 타 슬금슬금 자리를 피했다. 저 애가 경찰에 신고하면 좋으련만 그러지 않으리라는 걸 알고 있었다. 혜지가 도망가는 아이의 팔을 잡고 뭐라고 말하는 게 보였다. 그 애는 대답하지 않고 도망쳤다. 혜지를 잡은 애가 혜지를 끌고 갔다.

"난 괜찮아, 따라오지 마!"

혜지가 날카롭게 말했다. 말도 안 되는 소리였다. 내가 뒤따라가자 아이들이 날 포위했다. 아드레날린이 치솟고 세포들이 반응하기 시작했다. 아빠가 절대 운동부에 들어서는 안 된다고 했던 이유였다. 근육이 커지는 느낌이 들었다.

"놔줘. 남자들끼리 해결하자."

애들은 그저 낄낄대고 웃을 뿐이었다.

"너희 이러는 거 부모님도 아시니?"

"난 성적 좋거든?"

우두머리가 어깨에 골프채를 걸치며 말했다. 성적만 좋으면 사람을 패고 다녀도 된다는 건가? 기막힌 동문서답이었다.

말할 필요도 없이 이 애들은 나한테 아무것도 아니었다. 아이러니하게도 바로 그게 문제였다. 혜지나 보통 사람들에게 내가 변한 모습을 보여선 안 될뿐더러, 일단 변하고 나면 힘을 조절할 자신이 없었다.

혜지가 꽃다발로 얼굴을 가리고 자기를 잡은 남자애에게 무언가 말하는 듯했다. 그러자 남자애가 혜지를 잡은 손을 놨다. 혜지는 뒷걸음친다 싶더니 그대로 달리기 시작했다.

"야! 그냥 보내면 어떡해?"

우두머리가 외쳤다. 나는 달려들어 그 애의 골프채를 뺏은 다음 손쉽게 구부렸다.

"나 너희들 다치게 하기 싫거든?"

그 모습에 기세등등하던 애들의 태도가 한풀 꺾였다. 아이들은 잘못 건드렸나 싶은 듯 어떻게 할지 의논하는 눈짓을 주고받았다.

"까!"

아이들이 멈칫거리는 기색을 읽은 우두머리가 사납게 외쳤다. 각목이 날아들었다. 야구 방망이를 뺏다가 실수로 한 명을 치고 말았다. 맞은 애가 바닥에 나뒹굴었다.

"그만!"

나는 목청껏 소리 질렀다. 애들이 잠깐 주춤했다. 자신은 없었지만 야구 방망이를 허벅지에 올리고 온 힘을 다해 양끝을 눌렀다. 야구 방망이가 휘는 게 보였다.

"나 진짜 너희 다치게 하기 싫다?"

나는 제발 애들이 그만두길 바라며 말했다.

"에이 씨발, 뭐 저런 게 다 있어? 까!"

우두머리가 지시하자 아이들이 죄다 달려들었다. 겁을 먹은 여파로 아까보다 공격이 더 거칠었다. 나는 제대로 싸우는 법을 몰랐다. 호신술을 배워야겠다고 생각했다. 나를 위해서가 아니라 상대를 다치게 하지 않기 위해서 말이다. 날아오는 각목을 막는 틈에 다른 녀석이 뒤에서 종아리를 쳤다. 나는 그대로 무릎을 꿇고 쓰러져 팔로 머리를 감쌌다. 몽둥이와 발길질이 날아왔다.

그때 어디선가 호루라기 소리가 들렸다. 애들이 욕설을 내뱉으며 내뺐다. 경찰이었다. 나도 정신없이 내달렸다.

담벼락 밑에 기대 앉아 가쁜 숨을 몰아쉬었다. 흥분이 가라앉지 않아 전신이 비포장도로를 달리는 자동차처럼 덜덜거렸다. 티셔츠가 찢어져 있었는데 맞아서가 아니라 몸이 커졌던 탓이었다. 바지 주머니에서 진동이 울렸다. 혜지일 텐데 지금 휴대전화를 집었다간 부서뜨릴 터라 받을 수가 없었다. 나는 빨리 안정되기를 바라며 긴 들숨과 날숨을 반복했다.

한참이 지나서야 떨림이 멎었다. 전화부터 확인했다. 혜지로부터 온 부재중 전화가 열 통이 넘었다. 나는 다급하게 통화 버튼을 눌렀다.

「상은아, 괜찮아?」

"응, 경찰이 와서 애들 다 튀었어. 넌 괜찮아?"

「난 아무 일 없어. 어디야?」

"모르겠어. 넌 어디야?"

「나도 여기가 어딘지 모르겠어.」

우린 주꾸미집에서 만나기로 했다. 휴대전화로 위치를 검색해보니 나는 주꾸미집에서 한참 떨어진 곳에 와 있었다. 몸이 커졌던 만큼 뛰는 속도도 빨라졌던 모양이었다. 돌아가는 데 삼십 분이나 걸렸다.

"상은아! 세상에, 어떡해?"

혜지가 나를 보고 달려와 소매로 이마에서 흐르는 피를 닦아주었다.

"난 괜찮아. 네가 경찰 불렀어?"

"아니, 도망간 애가 불렀나 봐."

"걔가 불렀을 것 같진 않은데……."

"걔 맞아, 내가 신고하라 그랬어."

"그런 애들은 쉽게 신고 못 해."

"내가 하라 그랬다니까!"

혜지가 날카롭게 외쳤다. 나는 혜지를 끌어안았다.

"알았어. 무사해서 다행이다."

"걔네 중학생 같던데, 무슨 애들이 그렇게 무섭게 나와?"

"다행이다……. 정말 놀랐어. 무사해서 다행이야……."

"이 피 좀 봐, 병원 가자."

"아니야!"

나는 화들짝 놀라 손을 휘저었다.

"별거 아니야. 봐, 피도 얼추 멎었어."

"그래도 병원에 가봐야지."

"글쎄 괜찮다니까……. 그런데 너, 어떻게 한 거야?"

"뭐가?"

"붙잡고 있던 애가 널 놔줬잖아. 곱게 보내줄 것 같지 않았는데, 뭐라고 말한 거야?"

"내가 무슨 말을 해?"

"네가 뭐라고 말하는 것 같던데?"

"아무 말 안 했어!"

혜지가 신경질적으로 부인했다.

"그래, 아무 일 없으면 됐지. 밥이나 먹자. 뛰었더니 배고프다."

혜지는 못내 불만스러운 티를 냈지만 더 우기지는 않았다. 밥을 먹고 나오는데 골목 아래 경찰이 보였다. 도망간 애들을 찾는 걸까? 행여나 우릴 찾는 건 아니겠지?

화장실에서 대충 피를 씻어내긴 했어도 상처는 남아 있었고, 티셔츠도 군데군데 찢어진 게 누가 봐도 수상쩍은 모양새였다.

"귀찮은 일 만들 거 없겠지?"

내가 말하자 혜지도 동의한다는 듯 즉각 고개를 주억거렸다. 우린 경찰을 피해 반대 방향으로 걸었다.

혜지를 바래다주고 집에 돌아오는 길에 한 가지 의문이 솟았다. 의문은 꼬리에 꼬리를 물고 이어졌다. 혜지는 왜 신고하지 않았을까? 나야 경찰에게 진술했다가 병원에라도 가게 되면 문제가 생길 테니 피했다지만 혜지가 경찰을 보고 그토록 긴장할 이유는 없었다. 그리고 어째서 거짓말을 했을까? 나는 분명히 혜지가 그 아이에게 뭐라고 말하는 걸 봤다. 꽃다발로 얼굴은 왜 가렸을까? 마치 나한테 뭘 감추는 것처럼 말이다.

17.

가능하면 조용히 집에 들어가고 싶었다. 엄마가 자고 있길 빌며 현관문을 열었다.

"이제 오니?"

거실에서 텔레비전을 보던 엄마가 문소리에 일어났다.

"아, 엄마 안 나와도……."

"너 꼴이 그게 뭐야?"

엄마가 소스라쳤다. 아빠도 무슨 일인가 하고 방에서 나왔다가 같은 반응을 보였다. 중학생한테 맞았다고 말하기는 죽기보다 싫었지만 도리가 없었다.

"잘 참았다."

아빠가 말했다.

"잘 참긴 뭘 잘 참아?"

엄마가 빽 소리를 질렀다.

"상은이가 거기서 변하기라도 했으면 걔들이 무사했겠어?"

"어떻게 이십 년을 똑같은 레퍼토리로 싸워?"

내가 그쯤에서 끼어들어 말을 잘랐다.

"내일 병원 가자. 변할 뻔했으니 혹시 몰라. 이상이 없는지 검사부터 하고 힘을 풀어줄 필요가 있으면 풀어줘야지."

"산장 가야 해?"

이런 일을 겪고도 또다시 며칠간 연락을 못 한다면 펜션은 꿈도 꾸지 말아야 했다.

"병원에 우릴 위해 만든 체육관이 있으니, 심한 정도만 아니면 병원 안에서 해결될 거야."

"알았어."

나는 시무룩해서 방으로 돌아갔다. 잠들기 전 혜지와 통화했다. 나는 내일 사촌 형을 만난다고 했고 혜지는 도서관에 간다고 했다.

병원에 가서 기본적인 검사를 했다. 하루 사이에 머리 상처는 거지반 아물었고, 맞은 곳의 붓기도 빠졌다.

"다행히 산장까진 안 가도 되겠다. 힘만 발산하면 될 것 같구나. 은선이와 현목이가 같이해줄 거야."

아빠는 날 데리고 병원 체육관으로 갔다. 운동복 차림의 현목 형과 은선이가 기다리고 있었다. 먼저 러닝머신과 기본 운동 기구들을 활용하여 몸을 풀었다. 그다음엔 몇 가지 프로레슬링 기술을 배워서 은선이와 링 안에서 한참을 뒹굴었다. 현목 형은 끼지 않고 지켜보며 내가 적절히 몸을 쓸 수 있도록 조언해주었다. 은선이는 여자였지만 내가 몸을 사릴 필요가 없었다. 고등학교 1학년 때 이미 변화를 겪었기 때문에 자기 몸을 다루는 데 나보다 월등히 뛰어나 도리어 내가 당했다. 힘을 마음껏 발산하자 묵은 때를 벗긴 듯 기분이 후련해졌다.

"좋냐?"

은선이 물었다.

"어, 시원하네."

"중학생들한테 맞았다며?"

은선이가 깔깔 웃었다.

"그럼 내가 때리리?"

"그렇다고 맞냐? 덩치가 아깝다."

"폭력은 힘의 문제가 아니라 공격성의 문제야."

현목 형이 말했다.

그렇구나……. 그래서 마음만 먹으면 한주먹도 안 되는 애들에게 그렇게 일방적으로 당한 거구나. 나는 때리고 싶지 않았고 그 애들은 날 때려눕히길 바랐다. 그러고 보니 무리에서 우두머리가 제일 체구가 작았다. 워낙 흉흉해 그때는 작다는 생각을 못했었다.

"확실히 우릴 위한 도장이 필요해. 누가 하나 만들어주면 좋겠는데……."

현목 형이 중얼거렸다.

"일반인 접근 금지라고 써놓고?"

은선이 키득키득 웃었다. 현목 형은 큰아빠랑 이야기할 게 있다며 나와 은선에게 근처 카페에서 기다리라고 했다. 우리는 샤워를 하고 밖으로 나왔다.

"너도 우리랑 같이 캠핑 가는 거야?"

내가 물었다.

"같이 가긴 하는데 우릴 인솔하는 아줌마가 따로 있어. 남자들 구역과 여자들 구역도 분리되어 있고."

은선은 거기까지 말하더니 뒤에서 내 목을 졸랐다.

"에라, 인간아, 무슨 생각을 하는 거냐?"

"항복, 항복! 나 아까 힘 다 뺀 거 알잖아!"

은선이의 손에서 풀려나려 발버둥치던 내가 흡사 구멍에서 나오다 입구에서 기다리던 고양이를 본 쥐처럼 얼어붙었다. 내 기색이 심상치 않자 은선이 팔을 풀었다. 혜지가 웬 남자와 카페에서 나오고 있었다.

"너 도서관 간다며?"

내가 물었다.

"넌 사촌 형 만난다며?"

혜지도 앙칼지게 되물었다.

혜지는 내가 자기한테 거짓말을 하고 예쁜 여자애와 있다는 사실에 충격 받은 것 같았다. 심지어 바짝 붙어 스스럼없이 장난치고 있었다. 내가 받은 충격도 혜지에게 뒤지지 않았다. 외모로 사람을 평가하면 안 되는 줄 알지만 혜지의 옆에 선 남자는 법대생보다는 유도 선수를 연상시켰다.

은선이 어깨를 으쓱하더니 말했다.

"사실대로 말해, 사촌이라고."

"사촌?"

혜지가 반신반의하며 물었다.

"그래, 내 사촌 은선이야. 사촌 형도 곧 올 거고."

"둘 다 머리는 왜 젖었어?"

혜지가 예리하게 지적했다. 아까 체육관에서 샤워하고 머리를 말리기 귀찮아서 그냥 나온 게 화근이었다.

"찌, 찜질방에 있었거든."

내가 말했다.

"이 근방에 찜질방이 있어?"

혜지가 따졌다.

마침맞게 구세주처럼 현목 형이 등장했다. 형은 날을 세우고 대치하는 혜지와 나를 번갈아 보다 설명을 구하는 눈으로 은선을 바라보았다.

"우리 사촌 형이야. 가족관계증명서라도 떼서 보여줄까?"

"이 사람도 우리 과 선배거든? 학생증 보여줄까? 공부하던 책도 꺼내줘?"

"커플링은 왜 안 꼈어?"

"자자, 이러지 말고……. 우리 같이 어디 가서 저녁이라도 먹죠. 제가 사겠습니다."

무슨 일인지 감지한 현목 형이 우릴 중재했다.

"죄송한데 그만 가려던 참이었어요."

혜지는 카페 앞에 있는 차로 향했다. 선배라는 남자가 보란 듯이 문까지 열어줬다. 차는 흙먼지를 일으키며 사라졌다.

"나 저 카페 가봤거든?"

은선이 팔짱을 끼며 말했다.

"저기서 공부를 한다고? 저기 조명이 얼마나 어두운데? 그게 다가 아니야. 테이블마다 칸막이를 설치해둬서 자리에서 뭘 하든 아무도 못 봐."

18.

　우리 사이에는 냉기가 감돌았다. 차라리 터놓고 싸웠다면 좋았을 텐데, 혜지가 꼬치꼬치 물어보면 나도 답이 궁한 형편이다 보니 따지고 들 수가 없었다. 전날까지만 해도 머리에서 피를 질질 흘렸으면서 그다음 날 운동을 했다고 말할 수도, 병원에 대해 자세히 설명할 수도 없었다.

　혜지와 싸울 때면 잘잘못을 떠나 먼저 사과한 건 언제나 내 쪽이었다. 하지만 이번엔 그럴 수 없었다. 나는 곧바로 카페에 뛰어들어 내부를 확인했다. 은선의 말마따나 공부하라고 만든 카페가 아니었다. 학교와 멀리 떨어진 데다 모텔이 가득한 이 동네까지 와서 공부한다는 것도 믿기 어려웠다.

　이 년 같은 이 주가 흘렀다. 가만히 있으면 이대로 헤어지게 될 것 같은데 그렇다고 무턱대고 덮고 지나갈 수도 없었다. 최소한의 변명이라도 해야 하는 거 아냐? 배신감과 상처로 속이 곪아갈 무렵 혜지에게서 만나자고 연락이 왔다. 손가락에는 커플링을 끼고 있었고 문제의 선배도 대동했다.

　"제 남자 친구 차상은이에요. 상은아, 이쪽은 그날 말했다시피 우리 과 선배야."

"만나서 반가워요. 난 그냥 혜지 선배예요. 그날 괜히 오해하게 해 미안합니다."

선배는 슬픈 눈으로 우리에게 저녁을 사고 자리를 떠났다.

"됐지?"

혜지가 눈을 가늘게 떴다.

"앞으론 커플링 절대 빼고 다니지 마."

"이거 순 족쇄야."

혜지가 투덜거렸다. 일순 울컥했지만 속으로 삼켰다. 그날 싸우고 근 보름 만에 만나는 자리였다. 혜지를 보자 이내 처음 봤을 때처럼 가슴이 격하게 두방망이질 치며 다시 잘해보고 싶다는 마음이 솟구쳤다.

어느새 2학기가 지나 겨울방학이 왔다. 이번 겨울에는 우리 가족 외에도 몇 가족이 함께 캠핑을 갔다. 내가 다른 애들보다 작거나 약하면 어쩌나 걱정했지만 막상 변하고 나자 그런 생각은 씻은 듯 사라졌다. 우린 벌거벗고 눈 덮인 산을 뛰놀다 저녁이면 고기 잔치를 벌였다. 우리 핏줄에 우성인 여자애들은 많지 않았기 때문에 여자애들은 남자애들의 관심을 한 몸에 받았다. 하지만 나는 지조를 지켜 그저 친절히 대할 뿐 어떤 여자애한테도 관심을 보이지 않았다.

혜지에게는 가족 여행을 떠날 예정이라 연락하기 힘들지도 모른다고 미리 말해두었다. 혜지는 아무리 그래도 문자도 못 보내는 게 말이 되느냐며 단단히 토라졌다. 물론 변신이 끝나면 손아귀 힘은 원래대로 돌아왔다. 그래도 캠핑 기간에 본연의 나는 사라지고 철저히 다른 존재가 되는 듯했다. 무언가에 취한 듯 지내다가 정신을 차려보면 일주일이 지나가 있었다. 이번에 혜지의 화를 풀어주려면 선물이라도 하나 해야 할지 모르겠다.

아빠와 큰아빠, 현목 형, 은선이는 변신 전후 사람들의 키와 체중을 기록하고 피를 뽑느라 바빴다. 은선이는 겉으로는 괜히 의사가 되기로 했다며 불평했지만 속으로는 이 일을 정말 좋아한다는 게 읽혔다. 나도 뭐든 다른 사람들에게 도움이 되는 일을 하고 싶어졌다.

캠핑 다음 순서는 병원이었다. 건장한 남녀 수십 명이 한꺼번에 검사를 받느라 병원이 한바탕 북적였다. 나는 검사를 마친 뒤 로비에 앉아 아빠를 기다렸다. 현목 형이 지친 얼굴로 다가와 내 옆에 앉았다.

"형도 고생이네. 커피 뽑아줄까?"

"좋지."

자리에서 일어나는데 눈에 확 띄는 미인이 로비를 지나갔다. 나도 모르게 눈이 돌아갔다. 여자가 스치듯 눈웃음쳤다. 작은 웃음 하나에 얼굴이 벌겋게 달아오르고 맥박이 빨라졌다. 그 모습에 현목 형이 주의를 주듯 내 머리를 잡아 돌렸다.

"쳐다보지 마."

"왜?"

현목 형은 어깨만 으쓱했다.

"되게 예쁘네. 아는 여자야?"

"몰라."

"뭔가 아는 눈친데? 저 사람도 뭔가 특이한 핏줄이야?"

"묻지 마. 스스로 밝히면 모를까, 다른 사람이 어떤 핏줄인지 말하는 건 실례니까. 나도 처음 보는 사람이야. 어느 핏줄인지 짐작은 간다만⋯⋯. 그나저나 아무리 우리 병원이 남다른 핏줄들이 찾는 곳이라 해도 그렇지, 저렇게 티 낼 거 있나."

집에 가는 길에 혜지에게 메시지를 보냈다. 혜지는 읽지 않았다. 전화를 거니 휴대전화가 꺼져 있었다. 화가 나서 일부러 안 받으려니 했다.

사흘이 지났다. 메시지는 읽음으로 바뀌었지만 여전히 답문은 없었다. 전화도 받지 않았다. 나도 피치 못할 사정이 있었던 건데 이해해줄 수도 있는 거 아닌가? 원망하는 마음이 피어올랐다. 닷새가 지나자 작은 불이 산불로 번지듯 서로 서운한 마음이 쌓이다 이대로 어긋나버리는 건 아닐지 조바심이 일었다. 화해한 지 얼마 되지도 않았는데…….

여자 친구가 생기면 마냥 좋고 행복하기만 할 줄 알았다. 몇 달간 한 아르바이트비를 송두리째 박은 주식 그래프가 오르락내리락하는 걸 보듯 마음과 상황이 널을 뛸 줄은 미처 몰랐다. 좋을 때는 이보다 더 좋을 수가 없지 싶다가도 조금이라도 틀어지면 세상이 다 무너지는 것 같았다.

일주일이 흘렀다. 혜지와 주고받는 메시지함에는 내가 보낸 메시지만 저물녘 그림자처럼 외롭게 늘어졌다. 이대로 돌이킬 수 없게 되는 건가 싶은 염려를 넘어 무슨 일이 있는 건 아닌지 진지하게 걱정되었다. 제발 받아달라는 심정으로 전화를 걸었다.

「유혜지 전화입니다.」

전화를 받았다고 안도했던 것도 잠시 낯선 여자 목소리가 날 혼란에 빠뜨렸다.

"저…… 혜지 친군데요……."

나는 마른침을 삼켰다. 전화기 너머로 문이 열렸다 닫히는 소리와 함께 말소리가 들렸다.

「귀염둥이 전화 왔다.」

「언닌 왜 남의 전활 함부로 받고 그래?」

전화기 너머에서 혜지의 입에서 나오는 소리라고는 믿기 힘들 정도로 서슬 푸른 목소리가 들렸다.

「여보세요?」

이어 직전에 들린 목소리와는 딴판인, 특유의 새침한 목소리가 전화를 받았다.

"어, 난데…… 어디야?"

「병원이야.」

"어디 아파?"

「그냥 감기야.」

"어느 병원?"

「지금은 통화하기 좀 그래. 이따 전화할게.」

뭐라 더 말을 붙여볼 새도 없이 전화가 끊겼다. 그래도 전화는 받아 안심이 되었다. 화난 건 아닌 듯해 다행이었고 병원이라는 말에는 근심이 일었다. 아프면 아프다고 얘기해주지……. 설마 큰 병은 아니겠지? 혜지의 목소리는 평상시와 같았지만 어디가 얼마나 아픈 건지 애가 탔다. 그래도 이따 전화한다고 했으니 우선 기다려보기로 하고 윤애에게 전화를 걸었다. 산장에 가느라 자원봉사를 빠졌는데, 정신이 없어 사전에 연락도 못 했다. 나는 윤애에게 불참해서 미안하다고 했다.

「이해해. 여자 친구가 입원했다며.」

"혜지가 입원했어?"

「내 친구가 그러던데? 아파서 며칠 입원하느라 스터디 모임 못 나온다고…….」

"어느 병원이래?"

「뭐야, 너 모르고 있었어?」

"어느 병원이냐니까?"

나는 언성을 높였다.

「나도 몰라. 내 친구가 스터디 자료 전해주겠다고 병원이 어딘지 물어봤는데 안 가르쳐주더래. 걔네 언니가 와서 대신 받아 갔다던데? 그 언니도 무슨 병원인지는 말 안 하고 그냥 주치의가 따로 있다고만 하더래.」

전화를 끊는데 머리가 아득했다. 주위 사람에게 어느 병원인지 정확히 말하지 않는다, 주치의가 따로 있다고 한다……. 아빠 병원에 갈 때의 내 모습이 오버랩되었다.

나는 택시를 잡아타고 택시를 탈 때면 늘 그러듯 대주 병원 위치를 설명했다. 입원실이 있는 6층까지 올라갔지만 양쪽에 늘어선 문들을 보니 막막해졌다. 무작정 복도를 걷는데 한 입원실 문이 열리더니 환자복을 입은 혜지가 수액걸이를 밀며 나왔다.

"팔 조심해, 줄 걸린다."

뒤따라 지난주에 병원 로비에서 스친 미인이 나와 혜지의 수액줄을 정돈해주었다.

"상은아⋯⋯."

혜지도 날 발견했다. 외나무다리에서 만난 원수도 아니거늘 혜지와 나는 빳빳이 경직된 채 서로를 향해 한 걸음도 다가가지 못했다.

"여긴 어쩐 일이야?"

혜지가 물었다.

"문병 왔어."

내가 대답했다.

"누구 아는 사람 입원했어?"

"응⋯⋯."

"나도 여기 입원했는데⋯⋯. 아는 의사 선생님이 계시거든⋯⋯. 근데 별거 아냐. 걱정시키기 싫어서 말 안 한 거야."

"그렇구나."

우린 둘 다 거짓말을 하고 있었다. 혜지 옆에 서 있던 여자가 더는 두고 보지 못하겠다는 듯 웃음을 터뜨렸다.

"언니는 가 있어."

혜지가 말했다.

"왜? 남자 친구 아니야? 소개 안 해줘?"

"가 있어, 좀!"

혜지가 날카롭게 말했다. 혜지 언니가 날 보더니 눈웃음을 쳤다.

"우리 언니 보지 마!"

혜지가 소리쳤다. 혜지 언니는 어쩐지 도발적인 걸음으로 나를 스쳐 지나갔다. 나는 혜지와 병실에 들어갔다. 혜지는 사색이 되어 침대에 걸터앉았다. 그 모습이 마치 집에 돌아오니 엄마가 깊이 숨겨둔 일기장을 쥐고 있는 광경을 본 사춘기 아이 같았다. 엄마가 벌써 읽었을까? 아니면 이제 갓 찾은 걸까? 읽었다면 어디까지 읽었을까? 나에 대해서는 의심할 겨를도 없어 보였다.

모든 게 명백해졌다. 내가 운을 뗐다.

"우리 할아버지가 이 병원 원장이야."

혜지의 눈이 커다래졌다.

"원장님 손자라고? 그럼 너 늑대 핏줄이야?"

"늑대 아냐!"

나는 발끈해서 반박했다.

"너 저번에 캠핑 갔던 거였어?"

"어, 맞아…… 잘 아네. 너는? 너도 뭔가 핏줄이야?"

"나는……"

혜지는 주저했다.

"뭔데? 난 말했잖아."

"별거 아냐, 우린 그냥 가끔 사람 피가 필요할 뿐이야."

어느새 나타난 혜지 언니가 문간에 기대서서 말했다.

"언니!"

혜지가 눈을 길게 찢었다.

"나가 있어!"

"왜, 내가 설마 네 남자 친군데 유혹하기라도 할까 봐?"

"나가 있으라니까!"

"어쩔 수 없어, 이 웃음은. 핏줄이거든."

혜지 언니는 가볍게 웃더니 사라졌다. 나는 어안이 벙벙해져
서 물었다.

"사람 피를 마셔? 유혹해서?"

"너한테는 한 번도 그런 적 없어. 단 한 번도! 넌 날 그냥 좋아한 거야! 그렇지? 내가 얼마나 조심했는데! 혹여 그렇게 웃게 될까 봐……."

"한 번도 안 그랬다고?"

나는 녹음기처럼 혜지의 말을 반복했다.

"너는 나 그냥 좋아한 거여야 해. 그렇지? 그런 거지? 너, 내가 웃었을 때 돌연 멍해지는 기분 들었던 적 없지? 그렇지?"

혜지는 언제나 도도했고 자기를 멋지게 단장해왔다. 핏줄의 비밀이 들키자 다른 사람처럼 필사적으로 구는 혜지를 보니 그간 얼마나 마음을 졸여왔을지 눈에 훤해 마음이 욱신거렸다. 누가 나만큼 혜지를 이해할 수 있을까.

"나는…… 네가 웃으면 늘 가슴이 뛰었지……."

"그건 네가 날 좋아해서 그런 거야. 내가 유혹해서가 아니라!"

나는 혜지의 어깨를 감싸 안았다. 혜지의 눈에서 눈물이 흘러 내 옷자락을 적셨다.

"다른 남자애들 만났던 건…… 피가 필요해서 그랬을 뿐이야. 그게 다야. 절대 너한테 떳떳하지 않은 행동 한 적 없어. 딱히 키 큰 애들을 좋아하는 것도 아니야. 그냥 체격이 크고 건강해야 내가 피를 좀 마셔도 괜찮으니까……"

"그냥 내 피 마시지 그랬어?"

"그럼 유혹해야 한단 말이야. 네가 그 순간을 기억하면 안 되니까. 너한텐 그러기 싫었어. 난 다만 너를 좋아했어."

19.

혜지의 증상은 감기와 가벼운 빈혈이었다. 그날 병원 앞 카페에서 나를 마주친 이후 죄책감이 들어 피를 마시지 않은 탓이었다. 나는 얼마든지 내 피를 마셔도 좋다고 했다. 나는 보통 사람보다 훨씬 튼튼하기 때문에 혜지가 피를 마시는 정도로는 끄떡없다고 큰소리쳤다. 혜지는 선뜻 응하지 못했다. 피를 마시는 모습을 보이고 싶지 않았기 때문이었다. 나도 혜지가 변화한 내 모습을 보는 게 무서웠다. 그러나 그 이상으로 혜지에게 숨겨진 내 모습을 보여주길 열망했다. 우리 사이에 아무런 비밀도 없길, 혜지가 날 있는 그대로 사랑해주길 바랐다. 나는 나도 내가 변한 모습을 보여줄 테니 너도 내 피를 마시라고 설득했다.

혜지가 병원에서 제공한 피를 마시고 몸을 회복한 주말, 우리는 펜션 대신 산장에 갔다. 혜지와 나는 산장에 있는 벤치형 그네에 나란히 앉아 피차 이제껏 감춰왔던 일들을 진솔하게 이야기했다.

"그러니까 그때 중학생은……."

"어린애들은 더 쉽게 걸리거든. 신고하라고 말하니까 신고했고, 놔달라니까 놔준 거야."

"너네 가족은 다 변호사라며?"

"우린 특별한 핏줄들을 위해 법률적인 일들을 처리해. 새 신분을 만들어주기도 하고."

혜지는 곰곰이 생각하더니 말을 이었다.

"그래서 그렇게 농구부를 기피했구나. 왜 그러나 했어."

"응, 아빠가 위험해서 안 된대."

나는 주저하다 물었다.

"내일 나 변하는 모습 보는 거 안 무서워?"

"온몸에 털이 나고 네발로 뛰어다니고 그래?"

"털 안 나! 왜 멀쩡한 두 발 놔두고 굳이 네발로 뛰겠어? 그리고 이거 발 아니라 손이거든?"

난 혜지한테 두 손을 펼쳐 보였다. 혜지가 소리 내어 웃었다.

"어릴 땐 가수가 되고 싶었어."

혜지가 말했다.

"그런데?"

"역시 위험하니까. 불특정 다수의 사람을 과하게 홀리게 될 수도 있거든."

"솔직히 나도 농구부에 들어가고 싶었어. 우린 우리 장점을 못 살리는구나."

나는 한숨 쉬듯 말했다.

어릴 때는 작고 힘이 없어서 날 괴롭히는 애들한테 맞설 수 없었다. 자라서야 내가 유독 작았던 이유가 핏줄 때문임을 알았다. 지금은 핏줄 덕에 키가 컸지만 중학생들한테 어찌지 못하고 맞아야 하는 건 달라지지 않았다.

"누군들 하고 싶은 걸 다 하며 살겠어. 난 변호사도 좋아. 이 미모에 변호사라는 것도…… 괜찮잖아?"

혜지가 자랑하듯 과장되게 말하고는 제풀에 웃음을 터뜨렸다.

"확실한 진로가 있다니 좋겠다. 난 뭘 해야 좋을지 모르겠어. 우리 같은 사람들이나 아이들을 위해서 무언가 하고 싶어. 근데 그러려면 뭘 어떻게 해야 하는 건지……."

"어릴 땐 뭐든지 할 수 있을 것 같았어. 누구든 마음만 먹으면 날 좋아하게 할 수 있으니까. 하지만 성적은 별개의 문제였어. 또 그런 식으로 자꾸 홀리면 사람들이 날 진짜로 좋아하는 건지 알 수 없게 되거든. 그래서 그냥 체질이라고 생각하기로 했어. 사실 체질 때문에만 가수를 포기한 건 아니야. 나 음치에 박치, 몸치거든. 그냥 사람은 각기 타고나는 게 다른 거구나 싶어. 노래는 잘하는데 목소리는 좋지 않은 사람도 있듯이."

혜지는 잠시 말을 끊었다가 이었다.

"우리 핏줄은 다른 핏줄들을 돕는 일을 가업처럼 이어왔어. 그러다 보니 집안 분위기 때문에 정해진 일처럼 법대에 들어왔지만 정말 변호사가 되고 싶은지는 잘 모르겠어."

"나도…… 내가 하고 싶은 일이 뭔지 모르겠어."

대화가 멈췄다. 혜지가 가만히 내 어깨에 자기 머리의 무게를 실었다. 먼 훗날 뭘 하고 싶은지는 몰라도 지금 뭘 바라는지는 명백했다. 나는 혜지 어깨에 팔을 둘렀다. 혜지가 자지러지게 웃더니 날 밀어내고 달렸다. 나는 흔히 말하는 대로 늑대답게 쫓아갔다.

3화 : 붉은 오렌지 주스

1.

동화 속 주인공들은 대개 막내딸이다. 그들은 자매 중 단연 출중한 미모를 지녔다. 인어공주는 막내이자 최고로 예쁜 딸이다. 새엄마가 데려오는 언니들은 결단코 막내의 미모를 따라가지 못한다. 심지어 성질머리도 못돼먹었다. 그와 달리 막내는 한없이 착하다. 신데렐라는 새엄마와 새언니들의 구박을 인내했고, 콩쥐도 새엄마와 새언니인 팥쥐가 자기를 괴롭힌다는 걸 누구에게도 이르지 않았다. 동화의 주인공이 되는 막내들은 언제나 어리고 예쁘다. 어리고 예쁘다는 건 착하다는 뜻이다. 막내들은 그래야 한다.

나는 세 자매 중 막내였고, 가장 예뻤다. 엄마는 우릴 공평하게 키우려고 나름 최선을 다했다. 친척들이나 친구들이 우릴 보고 셋 중 내가 확연히 예쁘다고 말하면 그러지 못하게 만류했다.

"우리 딸들이 다 예쁘지. 혜인이, 혜지, 인아, 셋 다 똑같이 예뻐."

엄마가 그렇게 말하면 어른들은 잠자코 웃을 뿐 더 말하지 않았다. 그래도 난 어른들의 표정에서 언니들보다 나를 월등히 더 예쁘게 본다는 걸 읽을 수 있었다. 내 눈은 순정만화 주인 공처럼 컸고 속눈썹은 볼펜을 올려놓아도 될 만큼 길었다. 중학생이 된 뒤에도 여드름 같은 건 하나도 나지 않았다.

나는 어리고 예쁜 막내딸이었다. 그러니 착해야 했다.

큰언니랑 작은언니는 유치원에 다니지 못했다. 유치원은 착한 아이만 갈 수 있는 곳이었다. 내가 두 살이 되자 엄마는 토요일마다 날 데리고 키즈카페에 갔다.

"아무도 깨물면 안 돼?"

엄마가 새끼손가락을 내밀었다. 나는 엄마의 커다란 손가락에 내 작은 손가락을 걸고 약속했다. 6개월 동안 나는 아무도 깨물지 않았다. 누가 날 때리거나 밀쳐도 울기만 했다. 그러면 상대 아이의 엄마가 허둥지둥 달려와 사과했다. 엄마는 예의

바르게 사과를 받은 다음에 내 머리를 쓰다듬었다.

"우리 딸, 정말 착하네?"

"나는 착한 딸이야."

내가 말했다. 엄마는 "어이구, 어이구, 예쁜 내 딸"을 반복하며 뽀뽀해주었다.

얼마 후 나는 유치원에 들어가게 되었다. 내 생애 첫 시험을 통과한 것이다.

유치원에 들어가면서 엄마와 두 번째 약속을 했다.

"엄마가 뭐라고 했지?"

"너무 예쁘게 웃지 말 것."

내가 또박또박 대답하자, 엄마는 환하게 웃었다. 두 번째 시험이 시작되었다. 이 시험에 통과하지 못하면 초등학교에 가지 못한다. 큰언니는 키즈카페에서 애들을 물어 유치원에 다니지 못했다. 작은언니는 어지간하면 참아보다 임계점을 넘으면 물었다. 엄마는 작은언니를 유치원에 보내지 않으려 했다. 작은언니는 울며불며 매달렸다. 절대 물지 않겠다고 다짐하고 또 다짐했다. 어렵게 유치원에 들어간 작은언니는 몇 주는 잠잠히 지내는가 싶더니 결국 잠투정하던 친구를 시끄럽다고 물어버렸다.

보통 둘째가 제일 말썽꾸러기라고 하는데 작은언니가 딱 그랬다. 이제 마음을 놓아도 되겠다 싶으면 누굴 물거나 자기를 좋아하게 만든 다음에 다른 친구를 만들었다. 덕분에 유치원은 중간에 그만둬야 했고 초등학교는 3학년이 되어서야 들어갈 수 있었다.

나는 착한 막내딸답게 아무도 물지 않았고 착한 척 다가갔다가 못되게 굴지도 않았으며 아침마다 엄마가 주는 오렌지 주스도 얼굴 한 번 찡그리지 않고 마셨다.

"다 마셨어요. 맛있어요."

내가 빈 컵을 보이며 말할 때마다 엄마는 "우리 착한 딸, 어쩜 이렇게 잘 마시니?"라고 말하며 생긋 웃었다.

작은언니와 큰언니는 오렌지 주스를 싫어했다. 엄마는 매일 아침 두 언니에게 오렌지 주스를 먹이느라 전쟁을 치렀다. 특히 작은언니는 엄마가 주스만 꺼냈다 하면 도망쳤다. 아빠가 도망친 작은언니를 잡아오면 엄마는 우는 언니의 입에 숟가락을 가져다 대고 오렌지 주스를 한 숟갈씩 떠먹였다.

"아, 동생도 저렇게 잘 마시잖니?"

어느 날 보다 못한 아빠가 한마디 했다.

"그런 말 하지 마. 혜지는 혜지고, 인아는 인아야."

엄마가 지친 얼굴로 말했다.

"잘 마셨습니다."

나는 빈 컵을 식탁 위에 놓았다.

"맛있었니?"

아빠가 어쩐지 어색한 얼굴로 물었다. 그게 맛있을 리가 없는데, 꼭 그렇게 말하는 듯한 표정이었다.

"네, 맛있어요."

"그래, 우리 인아, 착하기도 하지."

아빠가 머리를 쓰다듬었다. 나는 방긋 웃었다.

"맛없잖아. 맛있는 척하긴……."

초등학교 3학년 큰언니가 빈정거렸다.

"또, 또 동생한테……."

아빠가 나무랐다.

"맛있었지?"

아빠가 다짐받듯 물었다.

"네."

아빠가 착한 딸이라고 칭찬하며 뺨을 쓰다듬었다. 나는 배시시 웃었다.

"뻥 치시네. 맛없으면서."

큰언니가 말했다.

"맛있거든?"

"맛없거든?"

"맛있거든?"

"맛없거든?"

"진짜 맛있거든?"

"구라 치지 마."

"그런 말은 어디서 배웠어? 누가 동생한테 그렇게 못된 말을
해?"

아빠가 꾸중했다.

"왜 만날 나한테만 뭐라 그래? 쟤가 거짓말하잖아!"

큰언니가 두 주먹을 단단히 쥐고 흔들며 난리를 피웠다.

"아유, 그만들 해. 늦겠다!"

엄마가 끼어들었다.

"나도 학교 갈래!"

작은언니가 떼를 쓰기 시작했다.

"자자, 혜인이 학교 가자."

아빠는 나한테 거짓말쟁이라고 소리를 지르는 큰언니를 끌

다시피 데려갔다. 엄마는 자기도 학교에 가겠다는 작은언니를 붙들었다.

"학교 가고 싶어? 그럼 얼른 주스 마셔."

엄마가 말하자 작은언니는 방으로 도망갔다. 엄마는 주스를 들고 쫓아갔다. 나는 늘상 그러하듯 부엌에 혼자 남겨졌다. 우리 집 살림을 돌봐주는 아줌마가 와서 식탁을 치웠다.

"나 거짓말쟁이 아닌데……."

눈물이 뚝 하고 떨어졌다. 아줌마가 따뜻한 손으로 내 눈물을 닦아주었다.

"그렇고 말고, 우리 인아가 얼마나 착하고 예쁜데. 언니가 괜히 샘나서 그래. 아줌마가 과자 줄까?"

"고맙습니다."

아줌마가 과자를 먹는 내 눈치를 살폈다.

"아줌마는 설거지해야 하는데 혼자 치카치카 할 수 있지?"

"네."

"아유, 우리 인아는 참 착해. 혜지가 인아 반만큼만 돼도 엄마 아빠가 훨씬 편할 텐데……."

식탁에 단정히 앉아 기다리면 과자를 얻어먹을 수 있었다. 주스는 지독하게 맛이 없었다. 과자를 먹지 않으면 아무리 치카치카를 해도 주스에서 나는 쇠 맛이 사라지지 않았다.

2.

내가 초등학교에 입학할 무렵 마침내 작은언니도 학교에 갈 수 있었다. 나는 유치원에서 그랬듯 초등학교에서도 친구가 많았다. 엄마는 내 생일이면 집에 마술사를 부르고 아이들을 초대했다. 엄마가 직접 만든 케이크는 빵집에서 파는 것보다 훨씬 맛있을 뿐 아니라 먹기 아까울 만큼 예뻤다. 엄마는 딸기, 블루베리, 초콜릿으로 케이크를 곱게 장식한 뒤 그 위에 내 이름을 썼다.

내 방에는 문을 열면 불이 켜지는 인형의 집과 실제처럼 작동하는 가스레인지가 달린 장난감 부엌, 움직이는 신데렐라 마차가 있었다. 인형 옷만 해도 수십 벌이나 되었다. 아이들은 전부 우리 집에 놀러 오고 싶어 했고, 자기 부모님이 나와 친하게 지내라고 했다고 말했다.

우리 부모님은 둘 다 변호사였고, 부부 명의로 변호사 사무실을 개업했다. 우리 자매도 머리가 좋았다. 큰언니는 영어 말하기 대회에서 1등을 했고, 나도 공부를 잘했다. 뒤늦게 학교에 들어간 작은언니도 마찬가지였다. 엄마는 주위에 작은언니가 아파서 학교에 늦게 들어갔다고 설명했다.

중학생이 되었다. 초등학교 때 친구들과는 대부분 학교가 갈라졌다. 나는 난생처음 교복을 입고 낯선 의자에 앉았다. 옆자리에 앉은 애가 말을 걸었다.

"안녕? 난 영지야, 조영지. 너는 이름이 뭐야?"

"유인아."

"와, 이름 되게 예쁘다. 난 내 이름 촌스러워서 싫어. 졸업하면 개명할 거야."

"하나도 안 촌스러워. 예쁜데?"

"정말?"

영지의 얼굴에 화색이 돌았다.

그 뒤 우린 자연스레 단짝이 되었다. 같은 초등학교에서 올라온 몇 안 되는 친구 중 하나였던 효순과는 천천히 멀어져 복도에서 마주치면 눈인사나 하고 지나가는 정도가 되었다. 내심 안도했다. 효순은 내가 다른 친구들과 친하게 지내면 샘내며 어떻게든 내 관심을 자기에게 돌리려 들었다. 이해하며 수

용해보려 했으나 갈수록 심해져 나도 버거워지던 차였다.

영지와 나는 서로의 부모님에 대해서도 이야기했다. 영지네 아빠는 회사원이고 엄마는 마트에 나간다고 했다. 나는 당연히 마트를 운영하는 줄 알았는데 영지는 쑥스러워하며 말했다.

"계산대에서 일해."

착한 아이는 어려운 사람을 상냥하게 대해야 한다. 나는 영지에게 잘하리라 다짐했다.

어느 날 영지는 학교에 오자마자 가방에서 만화책을 꺼냈다. 모서리는 닳고 종이는 누렇게 변한 오래된 만화책이었다.

"담임 오는 거 보이면 말해줘. 이거 절대 걸리면 안 돼. 학교에 가져왔다는 걸 들키면 이모한테 죽어. 이 책 우리 이모 보물이거든."

"보물?"

고물이 아니라?

"너도 볼래? 나 1권 다 봤어."

"그래."

나는 만화책이나 웹툰을 보지 않았다. 그저 낡고 허름한 책을 보물처럼 대하는 영지의 마음을 헤아려 받아들었다. 책 제

목은 '별빛 속에'였다. 나는 무심히 첫 장을 펼쳤다. 이렇게 낡은 만화책이 뭐 얼마나 재밌으랴, 얕보는 마음으로 넘기다가 영지가 내 어깨를 칠 때까지 정신없이 읽었다.

"종 쳤어."

나는 허겁지겁 만화책을 서랍에 넣고 교과서를 꺼냈다. 그리고 공연히 마음 졸이며 1교시가 끝나기만을 기다렸다. 쉬는 시간을 알리는 종이 치고 선생님이 나가기 무섭게 다시 만화책을 꺼냈다.

"재밌지? 우리 이모가 제일 좋아하는 작가야."

"응!"

나는 만화가도 작가라고 하나, 생각하며 읽던 쪽을 찾았다. 쉬는 시간 십 분이 한순간에 증발했다. 3교시 끝난 뒤 영지가 말했다.

"우리 매점 가서 뭐 좀 사 먹고 점심시간에 만화 보지 않을래?"

엄마는 나에게 바깥에서 군것질을 하지 말라고 타일렀다. 나는 착한 딸답게 엄마의 뜻을 고분고분 따라왔다. 엄마가 재료와 모양을 달리해가며 날마다 쿠키나 빵을 구웠기 때문에 간식은 항시 풍부했다. 엄마 말을 어기고 매점에서 뭘 사 먹는 것도, 점심시간을 통으로 할애해 만화책을 보는 것도 내키지 않았으나 영지의 초롱초롱한 눈빛을 보니 거절하는 말이 나오지 않았다.

"그래."

매점에서 파는 빵은 퍽퍽하고 싸구려 맛이 났지만 그래서인지 오히려 더 입맛이 당겼다. 이래서 언니들이 툭하면 엄마 몰래 군것질을 한 걸까.

4교시는 담임 선생님 시간이었다.

"누가 매점 다녀왔니? 빵 냄새가 나네. 창문 좀 열자."

아이들이 웃으며 창문을 열었다. 죄 지은 사람처럼 맥박이 빠르게 뛰었다.

우리는 약속한 대로 점심시간을 꼬박 바쳐 만화책을 봤다.

"다음 권은?"

내가 물었다.

"나머지는 이모 집에 있어. 이따 같이 갈래?"

나는 친구 집에 놀러 가본 적이 없었다. 주로 친구들이 우리 집으로 왔다.

"그래."

3.

나는 엄마에게 전화를 걸어 허락을 받고 영지 이모네 집에 갔다. 영지 이모의 집은 우리 동네에서 버스로 세 정거장 떨어져 있었다. 영지는 고만고만한 낡은 빌라가 늘어선 주택가를 앞장서서 걷다 깨진 현관 유리를 교체하지 않고 녹색 청테이프로 붙여둔 빌라에 들어갔다. 나는 영지를 따라 좁고 불도 들어오지 않는 어두운 계단을 4층까지 올라갔다. 영지는 문 옆에 있는 초인종은 건드리지도 않고 비밀번호를 눌렀다.

"들어가자."

영지가 자기 집에 들어가듯 말했다. 나는 얼떨떨한 기분으로 집 안에 들어갔다. 거실에는 아무렇게나 옷을 널어둔 건조대가 있었고, 바닥에는 빈 택배 상자들이 어지럽게 흩어져 있었다.

"영지니?"

인기척을 듣고 방에서 영지 이모가 나왔다. 무릎이 늘어난 트레이닝복 차림의 영지 이모는 멍한 얼굴로 날 보더니 말했다.

"얘는, 친구가 오면 온다고 말을 해야지!"

"안녕하세요."

나는 공손하게 인사했다. 아줌마는 인사를 받는 둥 마는 둥 하고 다시 방으로 들어갔다. 영지는 서랍장에서 일바지 두 벌을 꺼냈다.

"입어."

영지는 교복 치마 밑으로 바지를 입더니 치마를 훌렁 벗었다.

"치마 입고 있으면 불편하잖아."

나는 빨갛고 노란 꽃무늬의 검은색 일바지를 멀거니 바라보았다. 예능 프로그램에서나 봤던 바지였다. 나는 영지처럼 바지를 입고 치마를 벗었다. 벗은 치마를 어디다 놔야 할지 감이 오지 않았다. 영지는 천연스럽게 바닥에 벗어놨는데 나는 남의 집인 건 둘째 치고 우리 집에서도 옷을 아무 데나 두지 않았다. 영지가 머뭇거리는 나를 보고 내 치마를 받아 건조대에 걸었다. 자기 치마는 바닥에 그대로 놔두었다. 그러더니 내 손을 잡고 한쪽 방으로 데려갔다.

작은 방에 책장이 빼곡하게 줄지어 있었다. 도서관처럼 방 중앙에도 등을 맞대고 책장을 놓아두었는데 책장과 책장 사이의 공간이 비좁아 게걸음으로 걸어야 했다. 책장에는《댕기》

《르네상스》《이슈》《칼라》 등 들도 보도 못한 만화 잡지들부터 『슬램덩크』『꽃보다 남자』『열왕대전기』『바람의 나라』 같은 알록달록한 표지의 만화책들이 콩나물시루처럼 빼곡히 꽂혀 있었다.

"무슨 만화책이 이렇게 많아?"

나는 깜짝 놀라 물었다.

"우리 이모 웹툰 작가거든."

영지가 킥킥 웃으며 말했다.

"너네 이모 만화가야?"

"응."

이모가 만화가라니, 신기했다. 영지는 그 많은 책들 중 곧바로 『별빛 속에』를 찾아 꺼냈다.

"너 먼저 봐. 난 다른 거 보고 있으면 돼."

그래서 나는 『별빛 속에』 4권을 읽었다. 5권까지 다 읽고, 6권을 읽으려는데 영지 이모가 불렀다.

"밥 먹자!"

"이거 마저 보고!"

"밥 먹고 봐!"

그러자 영지는 한숨을 쉬더니 내 손을 잡아 일으켰다. 나는 얼결에 식탁에 앉았다. 식탁 위는 두루마리 휴지, 물티슈, 가위, 향초, 바닥에 액체가 말라붙은 컵 등의 물건들로 가득했다. 영지는 팔뚝을 빗자루 삼아 한쪽으로 물건들을 슥 밀고는 중앙에 냄비받침을 놓았다. 영지 이모가 그 위에 프라이팬을 올려놓았다. 김치볶음밥이었다. 그게 전부였다.

"이모, 설거지 좀 해!"

"네가 해! 해진이는 이제 안 오니? 걔가 설거지 하나는 기가 막히게 잘했는데."

영지가 개수대에서 숟가락을 꺼내 씻어 왔다. 당혹스러운 광경이었다. 우리 집에서는 수저통에서 수저를 꺼냈다. 애초에 개수대에 설거지감이 쌓여 있는 법이 없었다. 물방울이 그대로 맺혀 있는 숟가락은 채 씻지 않은 숟가락처럼 느껴졌다.

"먹자."

영지 이모가 말했다. 영지 이모와 영지는 덜어 먹을 그릇도 꺼내지 않고 프라이팬에 숟가락을 바로 가져갔다. 식탁에 밥풀을 떨어뜨린 영지 이모가 무심코 손으로 주워 먹었다. 머리는 대충 올려 묶었고 브래지어도 하지 않았다.

나는 용기를 내 숟가락을 들었다. 햄 하나 들어 있지 않았는데 뜻밖에 맛있었다. 바닥까지 긁어 먹고 나자 영지 이모가 개수대에 프라이팬을 던져놓았다.

"이모 작업한다. 과자 먹어."

영지 이모는 다시 방으로 들어갔다. 문을 여닫을 때마다 담배 냄새가 났다.

"담배 좀 줄여! 여기만 왔다 가면 교복에 냄새 밴단 말이야!"

영지가 소리쳤지만 영지 이모는 대꾸도 하지 않았다. 영지는 찬장에서 먹다 남아 묶어둔 커다란 과자 봉지를 꺼내 열었다.

"과자 먹고 손 씻어야 돼. 우리 이모가 청소는 안 하면서 책은 깨끗이 보거든."

나는 아홉 시가 넘어 영지 이모 집을 나왔다. 영지는 신발장 앞에서 방향제를 뿌려주었다.

우리 아파트 단지에 들어서자 경비 아저씨가 인사했다.

"안녕하세요."

"그래, 오늘은 늦었네."

엘리베이터에 올라 4층을 눌렀다. 벨을 누르자 도우미 아줌마가 반갑게 문을 열어주었다. 담배 냄새가 난다고 말할까 봐 조마조마했다.

"어머니한테 전화 받았어. 친구 집에서 놀다 온다고 했다면서? 잘 놀았니? 저녁은?"

"먹었어요."

"과일 줄까?"

"네."

아줌마는 토끼 모양으로 껍질을 깎은 사과와 반으로 가른 귤, 엄마가 구워둔 과자를 정갈한 접시 두 개에 나눠 담아 내 방으로 가져다주었다. 나는 포크로 사과를 집었다. 꿈을 꾸고 온 기분이었다.

4.

얼마 뒤 영지도 우리 집에 놀러 왔다. 중학교에 입학하며 가구를 새로 들여 침대부터 책장, 책상까지 고스란히 새것이었다. 영지는 자신은 여동생이랑 한 방을 쓴다며 부러워했다. 서로 친구를 데려오면 싸움이 난다고 했다. 그래서 나는 영지 집에 놀러 갈 수 없었다. 대신 영지 이모 집에 갔다.

다른 아이들이 아이돌에 빠져 있을 때 우린 『별빛 속에』의 레디온, 『아르미안의 네 딸들』의 미카엘, 『비천무』의 자하랑에게 열을 올렸다. 우리가 침을 튀기며 『북해의 별』 이야기를 할 때 효순이 "부케의 별이 뭐야?"라고 물어 한참을 웃기도 했다. 이런 옛날 만화를 보는 애들은 전교생을 통틀어 우리뿐이었다. 친구들이 드라마 속 남자 주인공들을 놓고 열띤 토론을 벌일 때 우린 미카엘이 샤르휘나 따위에게 헌신한다 성토했고, 샤르휘나가 끝내 미카엘이 아닌 아레스를 선택하자 발을 굴렀다. 영지와 나는 남자 주인공 취향도 비슷했다.

학교가 끝나면 정해진 일과처럼 영지 이모 집에 들렀다가 우리 집에 왔다. 엄마가 내가 매일 다른 친구 집에서 저녁 먹는 걸 싫어한 탓이었다. 밤늦게까지 일하는 영지 부모님은 영지가 집에 늦게 들어와도 상관하지 않았다.

영지는 우리 엄마가 만든 간식을 뇌물로 이모 집에서 만화책을 빌려 왔다. 우린 사이좋게 만화책을 보고 숙제를 했다. 시험 기간에는 함께 공부했다. 여름방학에는 영지 이모가 배낭여행을 간 틈을 타 영지 이모 집에서 잤다. 외박하는 건 처음이었다.

엄마는 남의 집을 어지럽히면 안 된다고 누누이 당부했다. 이부자리도 꼭 직접 치우라고 했다. 정리정돈 따위는 일절 하지 않고 이불을 장판처럼 상시 펼쳐놓고 사는 집인데도 말이다. 나는 설명하는 대신 얌전히 있다 오겠다고 대답했다. 우린 밤새 만화책을 봤다. 영지가 나에게 자기가 보던 만화 잡지를 건넸다.

"이거 봐봐. 단편이야."

울었는지 영지가 코맹맹이 소리로 말했다.

한 남자를 좋아하게 된 두 친구의 이야기를 담은 만화였다. 결국 둘 다 그 남자를 포기했다. 나는 뺨을 타고 흐르는 눈물을 손바닥으로 닦았다.

"너 남자 친구 생기면 무조건 나부터 소개해줘야 해?"

영지가 말했다.

"당연한 소리! 너도 나중에 남자 친구 생겼다고 배신 때리기 없기다?"

"너야말로 남자 친구 생겨도 내가 만나자 그러면 나부터 만나야 한다?"

우린 그날 밤 한 번도 다른 사람에게 말하지 않았던 비밀 이야기를 나누었다.

5.

영지와 나는 같은 고등학교에 입학하더니 운명처럼 한 반에 배정받았다. 우리가 다니게 된 고등학교는 남녀공학이었다. 교실 문을 열자 남자애들이 보였다. 괜히 긴장되었다. 믿을 사람은 영지뿐이었다. 영지는 아직 오지 않은 것 같았다. 나는 조심스레 빈자리를 찾다가 그만 뭐에 걸렸는지 넘어질 뻔했다.

"어어."

옆에 있던 키가 크고 얼굴이 말쑥한 남자애가 내 팔을 잡아주었다. 등교 첫날부터 이게 웬 망신이란 말인가. 나는 목덜미까지 빨갛게 물들어 제대로 고맙다는 말도 못 하고 아무 데나 앉았다.

"쟤야, 쟤."

"성지중 F4?"

옆에 있던 애들이 수군거리는 소리가 들렸다. 그 남자애를 두고 하는 말이었다. 몇몇 여자애들이 상기된 얼굴로 그 남자애를 힐끔거렸다.

"효순아!"

그중 아는 얼굴이 눈에 띄어 불렀다. 초등학교 때 단짝 효순이었다.

"난 아까부터 너 보고 있었어."

효순이 반갑게 말했다. 효순이도 아는 아이가 없어 뻘쭘하게 앉아 있다가 날 봤는데 워낙 오랜만이라 말을 걸지 못하고 있었다고 했다. 나는 효순에게 손짓했다. 효순이 내 옆자리에 앉으려고 했다.

"영지도 우리 반이래."

내가 말하자 효순은 앞자리에 앉았다.

"너 잡아준 애, 성지중 F4 최해진이야."

효순이 말했다.

"F4?"

"말이 그렇다는 거지. 쟤 꽤 유명한 앤데 몰라? 성지중 학생 회장이었잖아."

효순은 자기 흥에 겨워 남자애들에 대한 갖은 이야기를 풀어놓았다. 쟤는 공부를 잘한다, 쟤는 공부와는 담쌓고 노는 애인데 농구할 때 괜찮다, 쟤는 문제아니 피해라 등등. 남녀공학에 들어왔다는 게 실감 나는 순간이었다. 영지는 지각 직전에 아슬아슬하게 뛰어 들어왔다.

"조영지?"

나보다 먼저 영지를 부른 사람은 최해진이었다. 영지가 어리둥절한 얼굴을 했다.

"뭐야, 너 우리 반이야?"

영지가 놀란 어조로 묻는 말에 해진이 해맑게 웃었다.

"일찍 일찍 다녀."

"시끄러워!"

영지는 내 옆자리에 가방을 내려놓았다.

"아침에 동생이 교복 블라우스 안 다려놨다고 지랄을 하는 바람에 늦었잖아. 자기 교복은 자기가 다려야지. 어, 효순이도 우리 반이구나?"

"너 재 알아?"

효순이 대답 대신 물었다.

"어, 친구야."

"친구?"

효순이 눈을 휘둥그레 떴다.

"어릴 때부터 같은 동네 살았거든."

"나한테 그런 이야기 한 적 없잖아."

내가 말했다.

"없다고? 몇 번 얘기했을 텐데?"

영지가 의아한 얼굴을 했다. 그제야 기억났다. 영지가 마트에서 초등학교 때 친구와 우연히 마주쳤는데 등을 치고 가더라, 같은 이야기를 했었다. 해진이 문자로 보내왔다는 사진을 보여주기도 했다. 길고양이나 거리 풍경 따위를 찍은 사진들이었는데 느낌이 따뜻했다.

"해진이가 남자였어?"

내가 물었다.

"아…… 여잔 줄 알았구나. 쟤 이름이 좀 그렇지?"

"해진? 딱 들어도 남자 이름 아니야? 유해진도 남자잖아."

효순이 말했다.

"유해진이 누구야?"

영지가 되물었다.

"어휴, 너네 아직도 만화만 보고 사니?"

나는 둘이 나누는 이야기를 남 이야기처럼 들었다. 편하게 문자를 주고받는, 어릴 때부터 자란 동네 남자 친구, 그것도 잘생기고 여자애들에게 주목받는……. 만화에서나 나오는 이야기 같았다.

나도 같은 아파트에 살던 남자애와 한 유치원에 다녔다. 초등학교도 같이 올라갔다. 가끔 이야기도 나누었지만 크면서

자연스레 멀어졌다. 남자애와 오래도록 계속 친하게 지내는 건
흔한 일이 아니었다.

6.

첫날 이후 효순과는 그다지 이야기를 나누지 않았다. 효순
은 그날 옆에 앉았던 은주랑 친해졌다. 은주는 판타지소설광
이었다. 효순은 만화책을 보지 않아 나와 사이가 벌어진 줄 아
는지, 은주가 보는 책을 열심히 따라 읽었다.

"야, 이거 봐봐."

효순이 우리에게 몸을 돌리고 가방에서 책을 꺼내 건넸다.

"어제부터 읽기 시작한 책인데 되게 재밌어."

할머니는 손녀의 머리맡에 준비해둔 컵을 손녀에게 쥐여주었
다. 내용물이 식지 않도록 따뜻하게 데워놓은 컵을 들고, 소녀는
안에 담긴 비릿하고 붉은 액체를 천천히 마셨다.

"그런데요, 할머니."

"왜 그러니, 서니?"

"이게 정말 붉은 오렌지 주스 맞아요? 어제 학교에서 배웠는데 붉은 오렌지는 없대요. 그리고 오렌지 주스는 따뜻하지도 않고 비리지도 않대요. 선생님이 그러셨어요."

"아니야, 서니. 이건 선생님이 모르는 종류의 오렌지란다. 오렌지 주스가 싫으니?"

"아뇨, 좋아요. 하지만 학교에서 다른 아이들에게 들키지 않고 혼자 마시기가 힘들어요."

"아이들이 봤다간 네 주스를 다 빼앗아 먹을지도 몰라. 그러니 절대로 주스 마시는 모습을……."[*]

"이 할머니랑 손녀, 뱀파이어인가 봐."

효순이 말했다. 영지가 긴장한 듯 내 손을 잡았다.

"야! 너 뭐야?"

머리 위에서 성난 은주의 목소리가 들렸다.

"어, 왔어?"

"너 왜 다른 애들한테 먼저 책 보여줘? 난 맨날 너부터 보여주잖아."

---

* 김이환, 『뱀파이어 나이트』, 로크미디어, 2010, 12~13쪽.

"무슨 내용인지 이야기만 한 거야."

"우리 매점 가자."

영지가 날 데리고 일어났다.

"조회까지 삼 분밖에 안 남았는데?"

효순이 말했다.

"남이사!"

은주가 자리에 앉으며 신경질적으로 말했다.

"빨리 갔다 오면 되지, 뭐."

영지가 내 손을 잡고 뛰었다. 나도 달렸다. 매점 냉장고에 오
렌지 주스가 보였다.

유치원에 들어갈 때 엄마가 말했다.

"유치원에서도 간식으로 오렌지 주스가 나올 거야."

유치원에서까지 오렌지 주스를 마셔야 한단 말인가?

"남기지 않고 다 잘 먹을게요."

나는 시무룩하게 대답했다.

"유치원에서 주는 오렌지 주스는 엄마가 주는 주스랑 맛도,
색깔도 다를 거야. 신경 쓰지 말고 주는 대로 마셔. 집에서 마
시는 오렌지 주스랑 다르다는 말은 하면 안 돼. 엄마랑 약속."

엄마가 새끼손가락을 내밀었다. 나는 마주 걸었다.

유치원에서 주는 오렌지 주스는 달고 시원했다.

영지가 손에 잡히는 대로 커피우유 두 개를 꺼냈다.

"가자."

"응."

계산대에 서고 보니 둘 다 지갑이 없었다. 무안해서 얼굴이 벌겋게 달아올랐다. 진열대에 돌려놓기 위해 집으려는 찰나, 영지 옆에서 하얀 와이셔츠 소매가 나타나더니 천 원짜리 두 장을 내려놓았다.

"아, 해진아……."

영지가 살았다는 듯 웃었다.

"커피우유 마시면 키 안 커."

"시끄럽거든?"

"빨리 가자, 종 친다!"

해진이 영지의 어깨를 안고 뛰었다. 영지가 내 손을 놓지 않아 나도 뛰었다. 우린 종소리를 들으며 교실에 들어왔다.

은주는 여태 삐쳐 있었다. 효순은 초등학교 때 나 때문에 마음고생을 많이 했다. 날 독차지하고 싶었지만 그렇게 되지 않았다. 중학교에 들어오며 다른 애들과 헤어지게 되어 안심했던 것도 잠시, 내가 영지와 단짝이 되며 완전히 밀려났다. 그 뒤 효순은 친구를 다루는 자기만의 전략을 만들었다. 이따금 날 이용해 은주가 질투하게 했다.

그러나 지금은 효순이를 신경 쓸 때가 아니었다. 만화책을 보는 시간도 줄여야 했다. 중학교 때까지만 해도 공부가 쉬웠다. 작은언니는 학원을 다녔지만 나는 그럴 필요가 없었다. 학교에서 수업 듣고, 집에서 공부하는 것만으로도 충분히 반에서 1, 2등, 전교에서 5등 안에 들었다.

하지만 고등학교에서는 달랐다. 나는 첫 시험에서 전교 26등을 했다. 충격이었다. 하필 우리 반에 공부 잘하는 친구들이 모여 반 등수도 7등으로 밀려났다. 믿을 수가 없었다.

"잘 봤어? 잘 봤겠지."

영지가 성적표를 내밀며 말했다. 지금껏 성적표를 공유해왔기에 나도 성적표를 건넸다. 손이 다 떨렸다. 영지는 내 성적표를 보고 흠칫 놀랐다가 이내 어깨를 두드렸다.

"괜찮아. 잘 봤네."

"잘 보긴……."

"나도 있잖아."

나도 영지 성적표를 보았다. 반에서 19등이었다. 영지는 대체로 25등 안팎이었다. 원래는 30등 후반이었는데 나랑 공부하면서 그나마 오른 성적이었다.

"너는…… 많이 올랐네."

"운이었어, 운. 다 찍은 거야."

영지가 날 위로하자 더 참담해졌다. 위로는 응당 내 몫이었는데……. 순식간에 전교 1등이 누군지 소문이 퍼졌다. 최해진이었다.

부모님에게 성적표를 보여주는 게 무서웠다. 반 애들이 성적표만 나오면 앓는 소리를 하던 심정을 알 것 같았다. 엄마는 찬찬히 보더니 말했다.

"이제 시작이잖아. 벌써부터 스트레스 받을 거 없어."

"그래, 아빠도 상관없어. 꼭 법대를 가야 하는 것도 아니니 괜한 압박받지 마라."

어릴 때부터 친척들이든 엄마 아빠 친구들이든 다 한결같이 우리 자매에게 법대에 갈 거냐고 물었다. 엄마 아빠뿐 아니라 외가 친척은 대부분 변호사였다. 얼마 전부터 이모들 사이에서 같이 로펌을 만들자는 이야기가 오갔다. 큰언니도 서울대 법대에 들어갔다.

"시험 잘 봤냐?"

모처럼 가족들이 다 모인 토요일 저녁 식사 자리에서 작은 언니가 물었다. 공부와 사무실 일로 각기 바쁘다 보니 주말이 아니면 한자리에서 얼굴을 보기 힘들었다.

난 잠자코 젓가락만 놀렸다.

"망쳤구나? 내가 뭐랬어? 고등학교는 중학교랑 다르니 미리 공부해두랬지? 주구장창 만화만 볼 때부터 알아봤다."

작은언니가 고소하다는 듯 말했다. 나는 못 들은 척 계속 밥을 먹었다.

"대학 가고 싶으면 고등학교 시기를 무사히 보내야 해. 이때가 고비니까. 알지?"

큰언니가 거들었다. 난 한 번도 문제를 일으킨 적이 없었다. 큰언니는 충동을 억제하지 못해 유치원에 다니지 못했고, 작은언니는 초등학교도 늦게 들어갔다. 내가 왜 그런 언니들한테 저런 말을 들어야 한단 말인가?

"영지는?"

작은언니는 내 표정을 살피더니 자기 일인 양 의기양양한 미소를 띠었다.

"걘 올랐구나? 고등학교 올라가서 오르는 애들이 있지. 이제 만화 그만 보고 공부해."

입맛이 뚝 떨어졌다. 이쯤 하고 멈췄으면 좋겠는데 작은언니는 심심하던 차에 좋은 건수라도 잡은 양 속사포처럼 말을 이었다.

"중학교 성적, 그거 대학 가는 데 아무 의미 없거든? 지금부터가 진짜야. 너 그러다 영지가 너보다 좋은 학교 가면 어쩌려고?"

"걔가 어떻게 나보다 좋은 학교를 가? 언니나 잘해. 나한테 잔소리하지 말고!"

나는 더 참지 못하고 소리쳤다.

"왜 언니한테 소리를 지르고 그래? 다 너 생각해서 하는 말인데……."

아빠가 말했다. 아빠한테 주의를 듣다니……!

"언니가 계속 나한테 뭐라 그러잖아."

"적당히 흘려들으면 되지, 뭘 일일이 대꾸하고 그래."

"계속 못 들은 척했어. 그런데 언니가……."

"혜지 고3이야. 네가 이해해야지."

"고3이면 다야?"

"성적이 떨어지더니 아빠한테 말대꾸를 다 하고…… 사춘기

205

다 이거야? 왜 안 하던 짓을 하고 그래?"

아빠가 못마땅한 얼굴로 꾸짖었다. 가슴이 내려앉았다. 줄곧 참다가 딱 한마디 했는데 언니를 놔두고 날 혼내다니. 나는 숟가락을 내려놓았다.

"다 먹었어요. 가서 공부할래요."

아무도 날 붙잡지 않았다. 나는 방에 들어가 책상 앞에 앉았다. 작은언니는 어릴 때부터 입맛이 까다로웠다. 작은언니가 주스를 마시지 않겠다고 하거나 밥을 먹다 말면 엄마는 숟가락을 들고 쫓아가서 먹였다. 나한테는 아무도 관심을 두지 않았다. 나는 가만둬도 스스로 잘하는 착한 막내딸이었다.

7.

1교시가 끝나고 효순이 내게 말했다.

"너 그거 있어?"

나는 한 박자 늦게 '그거'가 의미하는 바를 깨닫고 가방을 뒤지는 시늉을 했다.

"나 있어."

영지가 재빨리 가방에서 생리대를 꺼내 슬쩍 건넸다. 효순은 은주 손을 잡고 화장실에 갔다.

"우리도 화장실 가자."

영지가 말했다. 일어나다 앞자리 의자에 걸려 제대로 넘어졌다. 남자애들도 있는데……. 얼굴이 벌겋게 달아올랐다. 뒷자리에 앉은 남자애들이 큰소리로 웃어댔다.

"그만해!"

영지가 남자애들에게 소리를 지르며 날 일으켜주었다. 그래도 남자애들은 웃음을 멈추지 않았다.

"그만해라."

그러나 굵직한 목소리가 들리자 다들 조용해졌다. 소위 학교 짱이라는 김영우였다. 영지가 날 붙들고 교실을 빠져나갔다.

"괜찮아?"

"응."

화장실에서 돌아오던 효순이 우릴 보고 말했다.

"너네도 화장실 가? 너도 그날이야?"

"뭘 그런 걸 묻고 그래?"

영지가 핀잔을 주었다.

"여자끼리 뭐 어때."

효순이 말을 받았다. 영지는 효순에게서 날 보호하듯 내 팔짱을 단단히 끼고 지나쳤다. 2교시 내내 효순은 배를 쥐고 앓는 소리를 냈다.

삼 년 전 영지 이모의 집에서 베개를 맞대고 자던 밤, 영지는 속삭이듯 물었다.

"너 첫 생리 언제 했어?"

초등학교 때 첫 성교육을 받고 돌아온 날 엄마가 내게 말했다.

"사람은 누구나 비밀이 있단다. 모두 아닌 척 감출 뿐이야. 그러니 너도 네 비밀을 잘 지켜야 해. 그럴 수 있지?"

나는 착한 아이답게 그러겠노라 약속했다. 고학년이 되며 브래지어를 착용하는 아이들이 생겼다. 나는 6학년에 올라가서야 엄마 손에 이끌려 백화점에 갔다. 언니들을 보아왔기에 나도 이때쯤 사려니 하고 있었다. 큰언니는 자기 취향이 확고했고 작은언니는 답답하다고 벗어던지기 일쑤였다.

매장 탈의실에서 엄마의 도움을 받아 브래지어를 착용했다. 2차 성징이 시작되지 않아 내 가슴은 밋밋했다. 패드가 들어간 브래지어로 인해 티셔츠 윗부분이 불룩 튀어나오는 게 거슬렸다. 엄마는 이제부터 몸가짐을 더 조심해야 한다고 했다. 나는 뜻도 모르면서 "네"라고 대답했다.

"너는?"

내가 물었다.

"난 5학년 때."

영지는 이어서 자기 비밀을 말했다.

"아무한테도 말하면 안 돼? 너에게만 말하는 거야."

심장이 방아 찧듯 쿵쿵쿵 뛰었다. 나는 언제나 마음 한 켠으로는 친구들과 거리를 두고 있었다. 내겐 다른 사람에게 말하면 안 되는, 절대로 들켜서는 안 되는 비밀이 있었다. 그래서 가까이 붙어 다니는 친구들을 두고도 난 항상 혼자인 것 같았다. 나는 영지에게 속삭였다.

"난 생리 안 해."

영지는 내 손을 잡고 내 비밀을 무덤까지 가져가겠노라 맹세했다.

수업이 끝나자 김영우가 내 자리 근처에 와 서성였다. 나는 왜 그러느냐는 듯 쳐다봤다.

"괜찮냐?"

영우가 물었다. 나는 잠시 무슨 소린가 하다 뒤늦게 넘어졌던 걸 떠올렸다.

"물론 괜찮지."

나는 냉담하게 말하고 다음 수업 책을 꺼냈다. 영우는 머쓱하니 날 보다 자리로 돌아갔다.

영지와 단짝이 되고 난 후 만화책에 빠져 사느라 잊고 있었던 건데, 나는 남자애들에게 인기가 많았다. 초등학교 5학년 때 우리 반 부반장이었던 남자아이는 키가 작고 피부가 까무잡잡했다. 한편으로 이목구비가 선명하고 귀여워, 그 아이를 좋아하는 여자애들이 있었다. 나는 반장이었지만 꼭 필요할 때 외에는 달리 그 애와 이야기를 나누지 않았다. 그 애는 5학년 말에 전학 갔다. 다음 날 학교에 가니 내 서랍 안에 그 애가 쓴 편지가 들어 있었다.

야간자율학습까지 모두 마쳤다. 나는 기지개를 켜고 일어나며 말했다.

"김밥이랑 라볶이 먹자. 내가 쏠게."

영지가 좋다며 일어났다. 둘이 재잘거리며 교문을 나서는데 어디선가 나타난 해진이 영지 어깨를 쳤다.

"배고프다. 떡볶이 사라."

"나 돈 없어. 나도 인아가 사준다 그래서 가는 거야."

"그래?"

해진이 천연덕스럽게 내 쪽으로 고개를 돌렸다.

"너, 너도 같이 가든가."

나는 얼결에 말했다.

"야, 됐어! 넌 집에 가서 라면이나 끓여 먹어!"

"친구의 친구면 친구지!"

해진이 가운데에 서며 우리 어깨에 손을 올렸다. 해진은 중학교도 남녀공학을 다녀서 그런지 여자애들과 이야기를 나누는 데 스스럼없었다. 셋이서 학교 앞 분식집에 들어갔다.

"너 돈 얼마 있어? 나 돈가스 먹어도 돼?"

해진이 물었다.

"어, 어. 시켜."

"얻어먹는 거면서 염치 좀 있어라!"

"인아가 괜찮다는데, 네가 왜 그래?"

해진이 날 보며 씩 웃었다.

"그래, 먹어. 오늘 이 누님이 쏜다!"

어색한 마음을 누르느라 도리어 호기롭게 말했다. 우린 시시

한 잡담을 나누며 라볶이와 김밥, 돈가스를 나눠 먹고 일어섰다. 사는 동네가 달라 혼자 가는 날 배려해 둘은 내가 타야 할 버스가 올 때까지 기다려주었다. 내가 버스에 오른 뒤에도 버스가 떠날 때까지 지켜보았다. 나는 창문에 붙어 둘에게 웃으며 인사했다. 버스가 움직이고 남은 둘과 거리가 벌어지자 소풍 가는 날 하필 몸살에 걸려 집에서 꼼짝 못하는 아이처럼 외로움이 밀어닥쳤다. 어깨에는 계속 남자애의 커다란 손이 닿았던 감촉이 남아 있었다.

8.

집에 오기 무섭게 서랍을 뒤졌다. 초등학교 때 일기장 사이에서 옛날 그 애가 준 편지를 찾을 수 있었다. 5학년치고는 단정한 글씨로 건강하게 잘 지내고, 공부 열심히 하라고 쓰여 있었다.

이게 다였단 말인가? 서랍 안에서 편지를 발견한 순간 마치 채집망에 갇힌 나비가 출구를 찾듯 몸 안에서 심장이 빠져나갈 곳을 찾아 숨 가쁘게 날아다니는 것 같았다. 내 마음에 내가 놀라 편지만이 아니라 마음까지 감추듯 책 사이에 집어넣고 집에 와서야 몰래 뜯어 봤다. 만에 하나라도 누가 들어올까 한 글자 읽고 문을 살피기를 반복했다. 몇 년이 지난 오늘까지도 그날의 두근거림이 생생한데 내용이 이게 다였다고?

초등학교 5학년 때였다. 그 애에게도 이게 최선이었으리라……. 문득 아는 사람이 들었으면 펄쩍 뛸 말인 줄 알면서도, 해진의 웃는 얼굴이 그 애와 닮은 것 같다는 생각이 들었다.

영지야 어릴 때부터 친구였다지만 왜 내 어깨에도 손을 올렸을까?

그 뒤 우리 셋은 친해졌다. 일주일에 두세 번은 야자를 마치고 분식집에 갔다. 어울려 보내는 시간은 짧으면 삼십 분, 길어야 한 시간이었다. 나누는 이야기들도 평범했다. 해진은 돈가스, 오므라이스, 라면 등 매번 내키는 걸 먹었다. 그러면서 번번이 라볶이와, 참치김밥 아니면 치즈김밥을 시키는 우리에게 질리지도 않느냐고 타박했다. 놀랍게도 해진이도 레디온과 미카엘을 알았다. 어릴 때 영지 이모 집에 종종 놀러 왔었기 때문이라고 했다.

"거기 완전 만화방이지."

해진이 말했다. 영지 이모는 과자를 흘리고 먹든, 거실을 어지럽히든 상관하지 않았다. 작업실에 들어와 훼방 놓지 않고 책을 깨끗이 보고 제자리에 꽂기만 하면 무엇을 하든 내버려 두었다.

"우리 아지트였지."

영지가 말했다. 해진은 초등학생일 때 지난주에 와서 먹은 라면 냄비가 개수대에 그대로 있는 걸 보고 참지 못해 설거지를 시작했다고 했다. 덕분에 이모가 제일 좋아하는 방문자가 되었다고.

"중식이랑 현영이는 지금 뭐할까?"

영지와 해진은 초등학교 때 친했던 친구들과 그에 얽힌 추억을 되새기기 시작했다. 나는 끼기 어려운 화제에 소외감이 밀려왔다.

"난 모르는 애들인데……."

어조에 서운함이 묻어났다.

"아, 미안. 걔넨 다 초등학교 때 이사 갔어."

영지가 더 이상 그 애들을 화제에 올리지 않겠다는 뜻을 표했다.

"너네 이모 연재 시작했더라?"

해진이 말머리를 돌렸다.

"응, 월요일마다. 별점 다섯 개씩, 알지?"

"당근 매주 하고 있지."

"난 미처 못 봤는데 내용이 뭐야?"

내가 물었다.

"뱀파이어라는 정체를 숨기고 고등학교에 다니는 미모의 여자애와 바보처럼 착한 남자애의 로맨스."

해진이 설명했다. 갑작스레 손이 떨린 나는 그만 젓가락을 떨어뜨리고 말았다.

"괜찮아?"

영지가 얼른 새 젓가락을 꺼내주더니 해진을 보았다.

"물 좀 떠다 줄래?"

"어."

해진이 물을 가지러 일어났다.

"이모가 옛날부터 구상했던 거야."

영지가 다급하게 말했다. 나는 웃으며 영지 손을 잡았다. 영지와 나에게는 그걸로 충분했다.

"간만에 너네 이모 집 한번 갈까? 모의고사 끝나는 날 어때?"

해진이 돌아와서 말했다. 우린 그러기로 하고 헤어졌다. 친구들끼리 모이는 아지트라니, 말만 들어도 설렜다. 심지어 그 아지트가 웹툰 작가의 작업실이었다.

모의고사를 마친 날, 우린 약속대로 영지 이모 집에 갔다.

"해진이 너…… 키 많이 컸구나. 내 라면도 끓여라."

영지 이모는 평상시처럼 부스스한 머리로 나와 그렇게만 말하고 작업실로 들어갔다. 우린 만화책을 보고, 라면을 끓여 먹었다.

"아, 맞다, 엄마가 이모 김치 갖다 주랬는데. 잠깐 기다려."

영지가 우리를 두고 나갔다. 해진과 좁은 서재에 단둘이 남자 느닷없이 가슴이 콩닥거렸다. 나는 해진을 곁눈질했다. 슬램덩크 만화책을 빠르게 넘기던 해진이 뺨에 여문 여드름을 벅벅 긁었다.

"그거 그렇게 긁으면 덧나. 이리 와봐."

나는 가방에서 면봉을 꺼냈다.

해진은 선뜻 얼굴을 내밀었다. 나는 면봉으로 해진의 여드름을 짜주었다. 그 애의 얼굴이 코앞에 있었다.

영지 이모 집과 영지 집은 고작해야 5분 거리인데 1시간이 넘어서야 돌아온 영지는 집에 가니 동생이 뭘 해달라고 졸라 댔다며 투덜거렸다. 혹여 일부러 피해준 걸까? 그날 밤 마음이 꼭 민들레 홀씨처럼 살랑거렸다. 불을 끄고 누웠는데도 방이 어둡게 느껴지지 않았다. 여리기에 더 찬란한 반딧불이 방 안을 가득 채우고 있는 것만 같았다.

모의고사 성적표가 나왔다. 반에서 6등, 전교 21등. 그렇게 열심히 했는데 등수는 제자리나 마찬가지였다.

"성적 올랐네! 잘됐다."

영지가 내 성적표를 보고 말했다.

"너는?"

영지가 배시시 웃으며 성적표를 보여주었다. 반 등수는 15등에 전교 등수도 50등이나 껑충 뛰었다. 게다가 수학 하반에서 상반으로 올라왔다.

"많이 올랐네?"

"너랑 나랑 같냐. 근데 상반 수업은 많이 어려우려나? 그래도 너랑 같이 수업 듣게 되어 정말 좋아."

영지가 활짝 웃었다.

이번에도 전교 1등은 해진이었다. 해진이 야자 끝나고 떡볶

이를 먹으러 가자고 했다. 주방 아주머니가 바뀌었는지 떡볶이
는 맵고 짜기만 할 뿐 맛이 하나도 없었다.

며칠 동안 날 듯이 들어갔던 집에 축 처져서 돌아오니 엄마
가 기다리고 있었다.

"늦었네."

나는 성적표를 꺼냈다. 엄마가 성적표에 쓰인 숫자를 확인하
더니 말했다.

"과외 받아볼래?"

"응."

방에서 인강을 듣는데 작은언니가 들어와 전교에서 3등을
했다며 자랑했다.

"나가."

"왜 성질이야? 엄마가 너도 올랐다던데?"

"나가, 좀!"

"웃겨, 정말. 툭하면 떡볶이 먹는다고 늦게 들어올 때부터 알
아봤다."

나는 참지 못하고 옆에 있던 베개를 움켜쥐었다.

"왜? 던지려고?"

작은언니가 팔짱을 끼고 물었다. 나는 분을 참으며 베개를 쥔 손의 힘을 풀었다. 아빠한테 왜 안 하던 짓을 하느냐는 소리를 연이어 들을 수는 없었다.

"인아 놔둬. 오늘 심기가 불편할 거야."

엄마가 문밖에서 작은언니를 부르며 타일렀다. 성적이 오른 게 아니라 떨어진 것 같았다. 언제는 성적 신경 안 쓴다고 해놓고 과외 이야기를 꺼내다니. 실은 신경을 쓰지 않은 게 아니라 신경 쓸 필요가 없었던 거다. 우리 자매는 다들 알아서 잘했으니까. 큰언니는 한 번도 과외를 받지 않았고, 작은언니는 고삼이 되어서야, 그것도 자기가 먼저 요청해서 받기 시작했다.

영지에게 문자가 왔다. 우리는 집에 들어오면 늘 문자를 주고받았지만 오늘은 대답할 마음이 들지 않았다. 다음 날 영지에게 피곤했는지 집에 가자마자 뻗어 잤다고 말했다.

9.

엄마가 독서실을 끊어주었다. 두세 번 오늘은 같이 못 간다고 말한 뒤부터 영지와 해진은 더 이상 떡볶이를 먹으러 가자고 권하지 않았다. 그래도 매번 내가 버스를 탈 때까지 기다려 주었다. 나를 바래다주고 함께 멀어져가는 둘의 모습을 볼 때마다 속상했다. 해진도 속상할 거다. 그래도 성적을 확실히 올릴 때까지는 참아야 했다. 해진도 이럴 수밖에 없는 나를 이해하리라 믿었다.

어느덧 하복을 입을 계절이 돌아왔다. 기말고사까지 고작 3주 남았다. 월요일에 학교에 가니 영지가 효순, 은주와 무슨 이야기인가를 신나게 하다가 나한테 빨리 오라고 손짓했다.

"아빠가 여름방학에 일본 여행 가재!"

영지가 얼굴에 웃음꽃을 피웠다.

"일본? 갑자기 웬 일본 여행?"

내가 물었다.

"요새 엄마랑 아빠 사이가 부쩍 좋아졌어. 뭐가 계기가 되었는진 몰라도 밤에 둘이 소주도 한 잔씩 하고 그러더라. 그러더니 나도 성적 많이 올랐다고, 우리도 가족 여행 한번 가보재. 넌 해외 나가봤어?"

"아니, 제주도만 가봤어……."

"난 비행기도 안 타봤어. 어떡하지? 벌써 떨려."

"그렇게 좋냐? 비행기 탈 땐 신발 벗는 거 알지?"

해진이 불쑥 끼어들었다.

"언제적 개그를 치시고 그래?"

영지가 받아쳤다. 해진은 이미 영지가 해외여행을 간다는 사실을 알고 있었다. 밤에 독서실에서 공부하느라 영지와 문자를 주고받은 지 오래되었다.

"곧 담임 와."

영지가 책을 꺼내며 말했다. 해진이 자리로 돌아갔다. 뭔지 모를 위화감이 느껴졌다. 영지와 해진이 서로의 눈을 피하고 있었다.

야자를 마치고 버스 정류장을 향해 걸으며 의심은 확신으로 바뀌었다. 영지는 나한테만 말을 걸었고, 해진은 말없이 발만 놀렸다.

영지와 해진은 어린 시절 내가 잘 모르는 애들 둘을 포함해 넷이 사총사처럼 붙어 다녔다. 그러다 다른 친구들이 이사 가고, 둘도 중학교가 갈리며 연락이 뜸해졌다가 고등학교에 올라와서 다시 만났다. 둘 다 더 이상 철부지 어린애가 아니었다. 밤늦게 단둘이 떡볶이를 먹고, 인적 없는 길을 따라 보폭을 맞춰 걷고…… 그러다 지난 주말에 둘 사이에 무언가가 생긴 거다. 아마도 그건…….

　죽어도 인정하기 싫었지만 해진이 쪽에서 다가갔을 가능성이 압도적으로 높았다. 해진은 영지를 항상 살뜰하게 챙겼다. 영지가 소외되지 않도록 배려하는 행동이리라 지레짐작했었다. 나는 유인아였다. 남자애가 교문 밖에서 기다리다 선물을 주고 간 적도 여러 번이었다. 영지는 한 번도 받아보지 못했다. 해진의 선택도 의심의 여지없이 나일 줄 알았다. 내 마음에 정신이 팔려 헛다리를 짚고 있는 줄 몰랐다.

　우리 집으로 가는 버스가 왔다. 내가 가고 나면 영지와 해진, 둘만 남는다. 둘은 무슨 이야기를 나눌까? 나만 방향이 다른 게 원망스러웠다.

　현관문을 열고 들어서니 집이 어쩐지 어수선했다.

　"언니 여름에 프랑스 간대."

　작은언니가 입을 비쭉였다.

　"프랑스? 나도 갈래!"

　나는 엄마한테 달려갔다.

　"언니 놀러 가는 거 아니야. 작은이모가 그쪽에서 처리할 일이 생겼는데 경험 쌓으라고 데리고 가는 거야."

엄마가 내 쪽은 돌아보지도 않고 말했다.

"관광도 할 거잖아."

"이다음에 대학 가거든 가."

"나도 갈래!"

영지는 여름방학에 일본에 간다. 다녀오면 일본 어디를 돌아다녔고, 뭘 보고, 뭘 먹었는지 실컷 자랑을 늘어놓을 게 뻔했다. 나도 들려줄 이야기가 필요했다.

"기말고사에서 전교 5등 안에 들어가면 데려갈게."

큰언니가 마치 결코 일어나지 않을 일인 양 말했다.

"5등은 무리지! 10등도 될까 말까 아냐?"

작은언니가 참견했다. 엄마가 재듯이 나를 바라보았다.

"몇 등이면 되겠니?"

엄마가 물었다. 심장이 내려앉는 것 같았다.

"15등."

나는 조그맣게 대답했다.

"너랑 맨날 떡볶이 먹으러 다니는 애, 걔는 전교 1등이라며?"

작은언니가 조롱조로 말했다.

"언니가 어떻게 알아? 나 감시해?"

"너네 반에 내 친구 동생 있거든."

"나도 올리면 되잖아!"

"그게 말처럼 쉽니?"

"그만 됐다. 15등 안으로, 약속한 거다?"

엄마가 상황을 정리했다.

"응."

나는 방으로 돌아와 책을 펼쳤다.

10.

학교에 가니 효순이 은주와 휴대전화를 바꿔 서로가 결제한 웹소설을 읽고 있었다. 평소 종 치기 직전에야 오는 영지의 자리는 예상대로 비어 있었다.

"이거 괜찮네."

"응, 얼마 전에 시작한 건데, 재밌지?"

둘은 두런두런 이야기를 나누었다. 자리에 앉은 나는 효순의 어깨를 쳤다.

"머리 풀렸다. 새로 묶어줄까? 아침에 오다 샀는데 너한테 어울릴 것 같아."

"갑자기?"

효순이 얼떨떨한 얼굴을 했다. 은주도 마찬가지였다. 나는 머리끈을 꺼내며 싱긋 웃었다.

"얘 묶고 너도 묶어줄게."

"그래."

나는 효순의 머리를 공들여 땋아주었다. 그때 영지가 왔다.

"담임 아직 안 왔지?"

영지가 숨이 턱에 차 말했다.

"네 차례야."

나는 은주에게 말했다. 은주가 잽싸게 머리를 내밀었다. 머리 묶는 데 집중하느라 영지 말에 대답하지 못했다. 수업이 끝나면 즉시 책을 펼쳤다. 그러다 보니 영지와 하루 종일 한마디도 못했다. 야자 시간에 영지가 쪽지를 보내왔다.

「무슨 일 있어?」

나는 도통 무슨 소리인지 모르겠다는 표정으로 쪽지를 읽고는 답장을 써서 돌려주었다.

「아니?」

영지는 더 말을 붙이지 못했다. 야자가 끝났다. 나는 해진을 불렀다.

"모처럼 셋이 떡볶이 먹자."

해진이 반가운 낯으로 다가왔다. 나는 영지 팔짱을 꼈다. 영지가 마음이 놓였는지 날 잡은 팔에 힘을 줬다. 나는 언제 쌀쌀맞게 굴었냐는 듯 영지를 다정하게 대했다. 휴지를 깔아 수저를 놔주고 물도 가져다주었다. 해진에게 말도 많이 붙였다. 내가 애당초 기회를 주지 않았다.

혼자 버스를 타며 그래봐야 부질없다는 생각이 들었다. 나는 해진과 단둘이 있을 기회가 없었다. 영지를 빼고 둘이서 보자고 하자니 생뚱맞고 부자연스러웠다.

보통 자정까지 독서실에 있었지만 이날부터는 1시 반까지 공부하기로 했다. 해진과 가깝게 지내면서 성적을 올리려면 잠을 줄여야 했다. 자정 무렵 영지가 카톡을 보냈다.

「이제 집에 갈 시간이네. 오늘도 고생했어.」

카톡은 메시지를 받은 사람이 읽었는지 읽지 않았는지 보낸 사람이 알 수 있다. 나는 읽고도 일부러 시간을 두었다가 「응.」이라고만 답장했다. 영지는 한참 말이 없었다. 조용한 화면 너머로 영지가 뭐라고 답장할지 고민하는 얼굴이 보이는 듯했다.

「잘 자.」

영지가 카톡을 보냈다. 우린 마지막 카톡 메시지는 문장을 마무리 짓는 마침표처럼 '내 꿈 꿔'라는 말과 더불어 달달한 이모티콘을 붙이곤 했다. 나는 카톡을 읽지 않은 상태로 놔뒀다.

한 주가 지났다. 아무것도 달라지지 않았다. 해진의 시선은 한결같이 영지에게 고정되어 있었다. 도대체 왜? 내가 더 날씬하고 예쁘다. 공부도 내가 더 잘한다. 둘이 같은 동네 사는 것 빼고 영지가 나보다 나은 게 뭐란 말인가?

필시 영지가 무언가 수를 쓴 거다. 해진과 영지는 내가 모르는 과거를 공유했다. 그걸 이용해서 무언가를 한 게 틀림없었다. 나도 가만히 있을 수 없었다. 그런데 어떻게? 어떻게 하면 좋지?

웃는다면……

엄마는 내가 말귀를 알아들을 만큼 자란 이후 내내 고의로 예쁘게 웃으면 안 된다고 신신당부해왔다. 중고등학교, 다른 말로 사춘기 때가 제일 조절하기 힘들지만 이때만 잘 넘기면 괜찮을 거라고 했다. 대학생이 되면 아침마다 마시는 지긋지긋한 오렌지 주스도 마시지 않아도 된다. 대신 다른 게 필요해진다. 더 어려운……

"아무도 다치지 않아."

엄마가 온화하게 말했다.

227

목이 마르면 물을 마신다. 배가 고프면 음식을 먹는다. 웃고 싶으면, 웃으면 된다. 간단한 논리였다. 문득 내 웃음이 정말 통할지 시험해보고 싶어졌다. 이게 도대체 뭐라고 웃으면 안 된다고 귀에 못이 박히도록 들어온 건지, 왜 웃지 않아야 대학에 갈 수 있는지 알아야 했다.

나는 효순의 어깨를 쳤다. 효순이 돌아보자 은주도 덩달아 나를 보았다. 나는 둘에게 상냥하게 웃으며 말했다.

"전에 너네가 재밌다던 웹소 나도 보기 시작했거든."

"아, 그거? 그거 그만 봐. 아니다, 40화까지만 봐."

"맞아. 그건 40화까지만 보면 됨. 나도 초반 흡입력이 엄청나서 따라갔는데 맥락 없이 주인공에게 몰빵해서 하차함."

"혹시 이건 봤어?"

과묵하던 사람도 자기가 좋아하는 것에 대해서는 끝없이 말할 수 있는데 둘은 심지어 수다스러운 성격이었다. 효순과 은주는 앞다투어 나에게 재밌게 본 웹소설을 추천하고 읽다 만 웹소설에 대해서는 불평을 터뜨렸다. 사이사이 내가 모르는 약어들이 튀어나왔다. 더러는 눈치껏 알아들었고 더러는 생판 모르는 외국어처럼 들렸으나 대강 고개를 주억거리며 들었다.

"오늘 식단 별로던데 차라리 매점 갈래?"

잠시 말이 끊긴 틈을 타서 묻자 효순이 난감한 얼굴을 했다.

"용돈 얼마 안 남았어."

"내가 살게."

"오올, 웬일이래."

그때 영지가 왔다. 우린 영지를 내버려둔 채 계속 웹소설 이야기를 했다.

점심시간이 왔다. 내가 일어서자 영지만이 아니라 효순과 은주도 따라왔다. 급식실은 지하 1층에, 매점은 옥상에 있었다. 우리가 올라가는 계단에 발을 디디자 영지는 내려가지도 올라오지도 못하며 갈팡질팡했다. 나는 두세 발 올라가다 뒤를 돌았다.

"넌 매점 안 가?"

"어? 어. 같이 가."

영지가 황망한 발걸음으로 올라왔다. 효순과 은주가 내 양옆에 붙어서 영지는 반 발짝 떨어져서 따라왔다.

나는 매점에서 레토르트 떡볶이, 컵라면, 김밥에 과자까지 샀다. 영지가 지갑을 꺼냈지만 못 본 체하고 싹 다 내가 계산했다. 효순과 은주는 미리 말을 들었던 터라 희희낙락했다.

"잘 먹을게!"

효순과 은주가 흥겹게 말했다. 영지도 조그맣게 고맙다고 말했다.

"너 해진이랑 사귀어?"

효순이 뜬금없이 물었다.

"아냐, 우리 그냥 동네 친구야."

영지가 당황한 얼굴로 고개를 도리질했다.

"에이, 남녀 사이에 친구가 어딨어?"

"너네 사귀지?"

"사귀는 것 같은데?"

은주와 효순이 번갈아가며 추궁했다.

"얘네 어릴 때부터 동네 친구야. 영지 이모 집에서 같이 만화책도 보던."

내가 말했다.

"해진이가 영지 이모 집에도 놀러 가?"

효순이 놀라 물었다.

"영지 이모 웹툰 작가잖아."

"우와, 왜 여태껏 그런 이야기를 안 한 거야?"

"나도 가봤는데, 만화책 되게 많아. 방 하나가 책장으로 꽉 차 있어."

"어머 어쩜, 그 좁은 방에서 해진이랑 단둘이……"

효순이 말하며 부끄러움을 이기지 못해 발을 동동 구르는 시늉을 했다. 가슴이 철렁했다. 그 생각은 미처 해보지 못했다. 나는 그곳을 유일하게 내가 해진과 단둘이 있었던 공간이라고 생각하고 있었는데. 누가 내 비밀 공간을 침범한 것 같았다.

"너네 키스도 했어?"

은주가 물었다.

"아니야, 아니라니까! 우리 진짜 아무 사이 아니야!"

영지가 목소리를 높였다.

"아니래잖아."

나는 영지의 편을 들었다.

"아니면 됐지, 왜 흥분하고 그래?"

"강한 부정은 강한 긍정."

은주와 효순이 깔깔거렸다. 영지는 손사래까지 치며 해명하다 그만 컵라면을 엎지르고 말았다.

"괜찮아?"

나는 황급히 휴지를 찾았다. 죄책감이 밀려왔다. 뜨거울 텐데……. 내가 무슨 짓을 한 거지? 그때 언제 왔는지 해진이 뛰어와 영지 치마를 닦아주었다.

"괜찮아!"

영지가 해진을 밀어냈다.

"괜찮긴. 잘한다, 잘해. 안 데였어?"

입으로는 면박을 주면서도 몸짓에는 염려가 가득했다.

"내가 화장실 데려갈게."

나는 영지 팔을 잡아끌었다. 은주와 효순도 가세했다. 우린 영지를 에워싸고 화장실에 갔다.

"안 사귀긴……."

"총알같이 뛰어오던데? 오, 기사도 정신."

은주와 효순이 웃었다. 영지의 귓바퀴가 빨개졌다. 그날 야자 끝나고 해진과 영지에게 떡볶이를 먹으러 가자고 했다. 분식집 앞까지 왔을 때 영지가 말했다.

"오늘은 먼저 갈게. 둘이 먹어."

"왜? 속 안 좋아?"

해진이 근심스런 낯으로 물었다.

"그러지 말고 같이 먹자. 둘이 무슨 재미야?"

내가 잡았다.

"그래, 떡볶이는 너 괜찮아지면 먹자. 골목도 어두운데 나랑 같이 가."

해진의 말에 손끝으로 피가 몰리는 듯했다. 영지가 없으면 아예 안 먹겠다고?

"해진아."

영지가 해진을 불렀다. 무언가 의미가 담긴 듯한 어조에 해진이 조금 긴장했다.

"오늘은 너희 둘이 먹으면 어떨까? 다음에 같이 먹자."

해진은 가만히 영지를 보더니 말했다.

"알았어, 먼저 가."

"내일 봐."

영지가 인사했다.

"문자할게!"

나는 마음 깊은 곳에서 우러나오는 웃음을 머금으며 대답했다. 영지는 뛰다시피 사라졌다. 비로소 해진과 단둘이 남았다. 크리스마스에 함박눈이 내린 것처럼 마음이 들떴다.

"떡볶이 말고 샌드위치 먹을래?"

조금만 더 가면 늦게까지 하는 카페가 있었다. 해진은 고개를 가로저었다.

"아니, 다 왔는데 뭘. 들어가자."

해진이 앞서 들어가며 문을 잡아주었다. 자리에 앉은 나는 괜히 아래를 보며 치맛자락을 정돈했다. 해진의 얼굴을 도무지 똑바로 볼 수가 없었다. 분식집이 더운지 얼굴에 열이 올랐다.

"인아야."

"응?"

꼭 소리 지르는 것처럼 높은 톤이 튀어나왔다.

"왜, 왜?"

이번에는 더듬었다. 내가 왜 이러지? 침착하자, 침착해야 해.

나는 용기를 내 해진을 응시했다. 해진이 진지한 얼굴로 나를 마주보았다. 무슨 말을 하려는 걸까?

"영지 오늘 무슨 일 있었어?"

해진의 입에서 영지 이름이 나왔다. 한겨울에 따뜻한 커피인 줄 알고 마셨는데 다 식은 커피가 입안에 들어온 듯 확 깼다.

"나도 잘 몰라. 애들이 너네 사귀냐고 물으니까 그냥 동네 친구라더라. 그런 말 하지 말라고 마구 화를 냈어."

내가 말했다. 해진이 진심으로 상처받은 얼굴을 했다. 그 얼굴에 나야말로 상처받았다. 내가 잘못 짚었을지도 모른다는 한 가닥 희망이 산산조각 났다. 해진은 먹을 때 외에는 입을 벌리지 않았다. 앞에 앉아 있는 날 두고 이 자리에 없는 영지에게 온 신경이 쏠려 있었다. 분식집을 나온 우리는 서먹한 침묵 속에서 버스정류장으로 갔다.

다시 해진과 둘이 만날 수 있을까? 아니, 이제 셋이 보지도 못할 것이다. 정류장에는 아무도 없었다. 우리 둘이 있는 날은 지금이 마지막이었다.

아무도, 다치지 않는다. 효순과 은주에게도 통했다.

나는 해진의 팔을 잡았다.

"난 안 바래다줘도 돼?"

나는 해진을 보며 예쁘게 웃었다.

11.

며칠이 지났다. 해진은 아침마다 내 책상에 따뜻한 캔커피를 사다 놓았다. 나는 효순과 은주에게 넌지시 해진과 사귄다는 티를 냈다.

"대박! 역시 유인아……."

효순이 감탄사를 뱉었다. 나는 해진 쪽을 보며 싱긋 웃었다. 해진도 마주 웃었다.

"축하해. 잘됐다."

영지가 말했다. 꼭 진심처럼 들렸다. 진심일 것이다. 우린 중학교 때부터 단짝 친구였다.

영지와 나는 예전으로 돌아갔다. 독서실을 나올 때면 잘 자라는 인사에 하트 이모티콘도 잊지 않았다. 영지도 같은 이모티콘을 돌려주었다. 하굣길에 해진과 나란히 영지를 먼저 보내면 해진이 날 독서실까지 바래다주었다. 해진이 힘들 것 같아 학교에서 가까운 독서실로 옮겼다.

두 번째 모의고사를 봤다. 반 등수는 2등, 전교 등수는 5등이 올라 17등이었다. 이대로만 하면 이번 기말고사에서 무리 없이 15등 안에 들 것이고, 잘하면 10등 안에도 들어갈 수 있을 것 같았다. 영지는 반에서 11등을 했다. 이제 상위권이 코앞이었다.

밤에 독서실에서 공부하는데 은주가 효순과 내가 있는 단톡방에 카톡을 보냈다.

「나 오늘 엄마한테 충격적인 말 들음!」

「무슨 말?」

효순이 물었다.

「미희라고 내 중학교 친구의 엄마가 영지 엄마랑 같은 교회 다니거든. 미희 엄마가 영지 성적 어떻게 올랐는지 물어보니까, 해진이가 밤마다 같이 공부한다 그랬대. 해진이 수학 짱이잖아. 걔가 수학 다 가르쳐준대.」

「뭐? 헐, 미친 거 아냐?」

나는 반쯤 넋이 빠져 효순과 은주가 주고받는 카톡을 바라보았다. 나는 기계처럼 팔을 움직였다.

「해진이가…… 해진이가 착해서 그래. 동네 친구가 빌빌거리니까…….」

「그래, 해진이는 완전 착하지. 영지가 꼬리 친 거야.」

「아무리 동네 친구라지만 자기 친구 남자 친구랑 밤에 둘이서 공부를 해? 제정신이야?」

우린 새벽까지 카톡을 주고받았다. 혼이 나갈 것 같았다. 독서실 총무가 내 어깨를 쳤다.

"아주머니 오셨어."

"아, 네, 네!"

나는 경찰을 본 현상수배범이 도망치려 급하게 짐을 싸듯 가방에 책을 쑤셔 넣고 나왔다. 아줌마가 택시를 불러놓고 기다리고 있었다.

"공부 열심히 했니?"

"네."

"집 근처에서 다니면 편한데……."

아줌마가 혼잣말처럼 말했다. 나는 대답할 겨를이 없었다.

12.

다음 날 학교에 갔다. 은주와 효순도 일찍 왔다. 우린 태연자약하게 전날 본 드라마 이야기를 나누었다.

"와, 유연석 살인 미소! 심쿵사할 뻔. 너도 봤지?"

효순이 막 교실에 들어와 자리에 앉는 영지에게 물었다.

"그게 누군데?"

영지가 물었다.

"어우야, 너 숨도 안 쉬고 공부만 하나 보다? 어떻게 유연석을 몰라?"

"이승기는 알아?"

"에이, 그래도 이승기는 알겠지?"

은주와 효순이 번갈아 물었다. 뭔가 이상한 기미를 느낀 영지가 입술을 꾹 다물었다.

"공부하느라 그런가 봐."

"기지배, 너 요즘 밤새워 공부한다며?"

"아냐, 공부는 무슨……."

"친구 남친한테 과외받으면서 뻔뻔하긴……."

은주가 이 말만 기다렸다는 듯 응수했다. 영지가 항변할 새
도 없이 담임이 들어왔다. 담임이 교탁을 손으로 두어 번 두드
렸다.

"자자, 조용. 조회 시작한다."

그날 온종일 여자아이들 사이에서 쪽지가 돌았다. 영지만
쪽지를 받지 못했다. 나는 쪽지를 보고 뒤로 넘겼다.

"무슨 내용이야?"

영지가 속삭이듯 물었다.

"아, 드라마 이야기. 넌 드라마 안 보잖아."

내가 대꾸했다. 채 하루도 지나지 않아 영지는 반의 모든 여
자아이들에게 친구 남자 친구에게 꼬리 친 애로 낙인찍혔다.

영지가 교실을 이동하느라 움직일 때마다 주위에 있던 여자
애들이 쑥덕거렸다. 들으라는 듯 "나쁜 년"이라고 말하는 애도

있었다. 영지가 기겁해서 돌아보면 딴청을 부렸다.

　며칠이 지났다. 아이들은 갈수록 재미를 붙였다. 영지가 교실에 들어오자 효순의 눈이 빛났다. 사전에 준비한 게 있었다. 영지가 효순이 곁을 지날 때 효순이 은주에게 속삭였다.

　"조……ㅈ 영지."

　"뭐?"

　영지가 파랗게 질려 물었다. 효순이 까르르 웃었다.

　"농담이야, 농담."

　나는 공부만 할 뿐 영지를 쳐다보지 않았다. 영지는 그날 내가 모르는 쪽지를 받았다. 영지가 점심시간에 내 팔을 잡았다.

　"화장실 가자."

　영지가 간절한 눈빛을 보냈다. 나는 따라 일어났다. 아이들의 시선이 우리 뒤를 좇았다. 영지가 나한테 익명으로 쓰인 쪽지를 보여주었다.

　「친구 남친한테 수학 과외 받으니 좋냐?」

　"이거 때문이야?"

　"무슨 소리야?"

　순진무구한 얼굴을 지으려 했는데 실패했다. 맞은편 거울에 내 일그러진 얼굴이 비쳤다.

"아니야, 그런 거. 몇 번이나 말했잖아. 동네 친구일 뿐이라고. 안 풀리는 문제 몇 개 물어본 게 다야."

"그랬겠지. 너네 이모는 작업실에서 나오지 않고, 사실상 둘이 있는 거나 다름없는 비좁은 서재에서, 공부만 했겠지?"

감춰왔던 본심이 튀어나왔다. 거울 속 내가 날 응원하듯 바라보았다.

"말하려고 했어. 근데 네가 요즘 내 연락 잘 안 받아줬잖아."

"공부하느라 바빴어. 우리 이제 고등학생이잖아."

영지는 차마 은주나 효순하고는 카톡을 주고받지 않느냐고 따지지 못했다.

"너랑 같은 대학 가고 싶었어. 너도 그렇다고 말했잖아. 나랑 같은 대학 가기 싫어?"

영지가 정곡을 찔렀다. 입버릇처럼 영지와 같은 대학에 가고 싶다고 말해왔으나 내심 영지에게는 어림없는 목표라고 여기고 있었다.

"그럴 리가 있겠어? 반드시 너와 같은 대학에 가고 싶어."

지나치게 강조하는 바람에 역으로 거짓임이 드러났다. 최악은 그동안 내가 해온 말들이 가식에 불과함을 들켰다는 데 있었다.

"해진이랑 공부하는 거, 그만둬."

영지가 뒷걸음질 치듯 말했다. 나는 방금 전 말이 영지에게 치명타를 안기며, 그간 날 이해하려 안간힘을 쓰며 쌓아온 댐에 구멍을 뚫었음을 직감했다. 찰나의 죄책감은 온데간데없이 사라지고, 던전을 헤맨 끝에 보스 방을 찾은 것처럼 필경 영지의 아킬레스건을 찾았다는 희열이 밀려왔다. 나는 모든 걸 다 읽는 영지의 눈을 똑바로 바라보며 입술을 뗐다.

"왜? 오래된 동네 친구일 뿐이라면서? 찔리는 거 없잖아. 나너희 믿어, 알지?"

나는 끝끝내 영지를 무너뜨리는 데 성공했다는 잔혹한 쾌감속에서 추호의 흔들림 없이 연기를 이어갔다.

화장실에 효순과 은주가 들어왔다.

"둘이 무슨 이야기해?"

효순이 물었다.

"해진이랑 영지는 친구일 뿐이니까 같이 공부해도 좋다 그랬어."

나는 보란 듯이 다정하게 영지의 손에 내 손을 포갰다.

"하란다고 진짜 같이하냐? 나 같으면 절대 안 그래."

"야, 넌 속도 없어? 둘이 말대로 공부만 하는지 알 게 뭐야?"

은주와 효순이 호흡을 맞춰 영지를 몰아세웠다. 다른 친구들도 돌아가는 상황에 호기심을 가득 품고 화장실로 몰려왔다.

"영지가 해진이에게 공부 봐달라고 한 거야?"

그중 한 명이 물었다.

"해진이 인아 남친 아냐?"

"해진이도 어떻게……."

몰려든 애들이 수군덕댔다.

"해진이가 착해서 그래. 내가 그러라 그랬어."

나는 선량한 얼굴로 영지를 옹호했다.

다음 주 화요일은 내 생일이었다. 토요일에 반 애들을 있는 대로 불러 생일 파티를 열었다. 해진은 내가 은근히 암시한 대로 장미 꽃다발과 커플링을 사 들고 왔다. 참석한 아이들은 하나같이 우릴 부러워했다. 생일 파티를 마친 후 해진이 독서실까지 날 바래다주었다.

"영지한테 수학 가르쳐줬어?"

독서실 앞에서 해진에게 물었다. 해진은 당황해 눈을 피했다.

"괜찮아. 영지가 수학 못하니까······."

"영지도 잘해. 내가 가르쳐준 거 아니야."

해진이 말을 끊었다.

"이제 안 하면 안 돼? 나는 상관없는데 애들이 영지한테 뭐라 그런단 말이야."

"애들이 뭐라 그러는데?"

해진의 목소리가 커졌다.

"친구 남친한테 꼬리 친다, 뭐 그렇게들 오해하잖아."

"그런 거 아냐! 우린 어릴 때부터 친구야!"

"나도 그렇게 말했어. 내가 다 설명했으니 이제 괜찮을 거야. 네가 좋아하는 건 나니까. 나, 너 믿으면 되지?"

나는 해진을 향해 웃으며 말했다. 해진의 눈동자가 흔들렸다. 나는 기다렸다. 해진은 대답하지 못했다. 나는 애써 마음을 가라앉히고 해진의 두 손을 잡았다. 해진이 움찔하며 손을 빼려고 했다. 믿을 수가 없었다. 나는 더 세게 쥐었다.

"해진아, 해진아, 나 봐······."

나는 해진을 데리고 가로등 밑 밝은 곳으로 갔다.

"넌 날 좋아해, 그렇지?"

나는 사력을 다해 예쁘게 웃었다.

"응."

해진이 대답했다.

"이제 영지 멀리할 거지?"

해진은 주저했다.

"꼭…… 그래야 해? 우린 어릴 때부터 친구인데……."

"그럴 거지?"

나는 절박하게 말했다.

"인아야, 나는……."

나는 머리카락이 뺨을 때리도록 머리를 흔들어 해진의 말을 막았다. 그리고 심호흡을 했다. 이렇게 매달리듯 말하면 안 되었다. 가까스로 마음을 다잡고 곱고 예쁜 얼굴로 말했다.

"그럴 거지?"

해진은 오래도록 날 보더니 말했다.

"알았어, 그럴게."

나는 해진의 허리를 끌어안았다. 해진이 내 어깨를 토닥였다. 남자애와 이렇게 가까이 맞닿다니……! 해진도 조금 떠는 것 같았다.

"나랑 같은 독서실 다니면 안 돼?"

"내 방도 있는데, 아빠한테 말하기가 좀 그래."

해진의 어머니는 어릴 때 돌아가셨고, 아버지가 트럭 과일 장사를 하며 혼자 해진을 키웠다. 독서실비를 달라고 말하기가 쉽지 않을 것이다. 나는 해진한테서 떨어져 잘 가라고 했다. 해진도 상냥하게 웃으며 인사했다.

"보기 좋다?"

난데없이 들린 소리에 식겁해서 돌아보니 김영우가 서 있었다. 나는 무시하고 독서실로 들어가려 했다.

"야, 유인아!"

"왜?"

마지못해 몸을 돌렸다. 영우가 가까이 왔다. 어제 등교 정지 처분을 받고도 정신을 못 차리고 그새 누구랑 싸웠는지 입가가 부어 있었다.

"생일 축하한다."

영우가 리본으로 묶은 상자를 내밀었다.

"내가 너한테 이런 걸 왜 받아?"

"토 달지 말고 받아. 다신 귀찮게 안 할 테니까."

영우는 해진이 사라진 곳을 턱짓했다.

"너한테는 저런 놈이 어울려."

받아야 가겠다 싶어 받았다.

"간다."

영우는 손끝을 모아 슉 던지는 시늉을 하더니 돌아섰다. 툭 내뱉는 말과 정체불명의 손짓이 멋있는 줄 아는 남자애에게 오그라들 여력도 들지 않았다. 날 보는 영우의 눈빛과 태도는 도수가 맞는 안경을 낀 것처럼 모든 걸 명백히 보게 해주었다. 해진은 한 번도 영우 같은 눈으로 날 본 적이 없다. 해진의 여자 친구는 난데 해진의 마음속에 있는 사람은 영지였다.

13.

영지 별명은 '좆영지'를 줄여서 '좆지'가 되었다. 아이들은 영지에게 들리도록 "남의 남친 탐내니 좆지"라고 속닥대며 킬킬거렸다. 하루는 효순이 복도에서 영지를 밀어서 넘어뜨렸다. 하필 그 타이밍에 복도에 담임이 나타나자, 효순은 잽싸게 영지를 일으켰다.

"영지야, 미안해. 괜찮아? 아팠겠다."

효순이 호들갑스럽게 사과했다. 교실에 들어온 담임은 등교 정지 기간이 끝나 학교에 온 영우를 보며 말했다.

"말썽부리지 말고 얌전히 다녀. 지켜보고 있다. 너만 얌전히 있으면 우리 교실은 아무 문제없어."

영우는 책상에 엎드렸다.

중간고사가 끝났다. 내 성적은 제자리였는데 영지는 악착같이 공부해 기어이 성적을 올렸다. 마음속에서 불길이 솟는 것 같았다. 나는 해진에게 아직까지 영지 공부를 봐주느냐고 물었다. 해진은 아니라고, 그 뒤 따로 본 적도 없다고 했다. 그래도 한동네에 사는 만큼 아주 마주치지 않을 수는 없으리라. 나는 해진에게 같은 독서실에 다니자고 졸랐다. 해진은 결국 아버지에게 말해 독서실 비용을 받았다.

"영지 마른 것 봐. 너 요즘 다이어트하니?"

효순이 점심을 먹으며 물었다.

"아니야, 다이어트는 무슨."

영지가 부인했다.

"손목이 반만 해졌는데, 뭐."

영지는 밥만 깨작거릴 뿐 대답하지 않았다.

"이거 좀 먹어. 너 왜 이렇게 말랐냐."

은주가 자기 햄을 영지 밥그릇에 올렸다.

"먹으라니까?"

영지는 굳은 얼굴로 햄을 집었다.

"밥 다 먹는지 볼 거다?"

효순이 으름장을 놓았다. 영지는 밥을 입속으로 꾸역꾸역 밀어 넣었다.

"내 밥도 좀 먹어. 나야말로 다이어트 좀 해야겠다."

은주가 김치 국물이 묻은 자기 밥을 영지에게 덜었다. 영지는 싫다는 내색도 못 하고 그걸 다 먹었다. 나와 효순, 은주는 신나게 어제 업로드된 뷰티 유튜브 영상 이야기를 했다. 유튜브를 숫제 보지 않는 영지는 전혀 모르는 이야기였다. 외따로 앉았던 영지가 별안간 뛰쳐나갔다. 우린 서로를 멀뚱히 바라보았다.

"쟤 왜 저래?"

은주가 물었다. 우린 누가 먼저랄 것도 없이 따라 일어났다. 영지는 화장실에 있었다. 반 애 중 한 명이 화장실 칸 하나를 가리켰다. 그 안에서 토하는 소리가 들렸다. 영지 별명은 살 빼려고 먹고 튀어 나가 토한다고 '먹튀'가 되었다.

14.

하굣길에는 내가 가운데에서 해진, 영지와 나란히 걸었다.
나는 영지의 팔짱을 꼭 끼고 갈림길에 올 때까지 잘해주었다.
이때는 절대 놀리지도 않았다.

"내일 봐."

나는 버스를 타고 떠나는 영지에게 손을 흔들었다. 영지가
탄 버스가 출발했다.

"영지 어디 아픈가. 살이 쭉 빠졌던데……."

나는 해진과 둘이 남아 기쁜데 해진의 입에서는 영지를 염
려하는 말이 흘러나왔다. 열패감이 몰아쳤다. 내 생일에 엄마
아빠가 큰언니의 전교 1등 선물부터 챙긴 것만 같았다. 영지에
게 그만 해진이와 내 사이에서 빠지라고, 이만 꺼지라고 악이
라도 쓰고 싶었다.

"남 걱정할 때야? 너야말로 얼굴이 핼쑥해."

"요사이 입맛이 없어서. 아까 영지 괜찮았어? 화장실로 뛰어
갔잖아."

나는 해진을 가로등 밑으로 데려갔다. 울고 싶은데 웃어야
했다.

"다시는 내 앞에서 영지를 들먹이지 마. 생각도 하지 마."

"친군데 그 정도는……."

"넌 이제 영지 친구 아니야. 넌 순전히 내 남자 친구야. 그렇지?"

나는 해진을 보며 있는 힘껏 웃었다. 해진은 알겠다고 대답했다. 나는 해진의 손을 잡았다.

"나 좋아하지? 영지가 아니라, 날 좋아하는 거야, 그렇지?"

"응."

해진이 혼란스러운 얼굴로 대답했다.

"그럼……."

나는 용기를 내어 까치발을 했다. 해진이 고개를 숙였다. 내 입술에 해진의 입술이 가볍게 닿았다가 떨어졌다. 나는 해진을 보며 행복하게 웃어 보였다. 해진은 무언가 납득이 가지 않는 듯한 얼굴로 날 바라보았다.

"인아야……."

"아니야! 말하지 마! 아니야! 넌 다만 착한 거야, 착해서 신경 쓰는 거야, 그게 다야! 네가 좋아하는 사람은 나잖아!"

웃음의 효력이 차츰 약해졌다. 해진이 내 어깨를 감싸 안았다. 날 좋아해서가 아니라 나한테 미안하기 때문이었다. 이럴 수는 없었다.

"해진아, 내 말 잘 들어."

나는 해진을 떼어놓고 그 애의 눈을 보았다.

"내 얼굴을 집중해서 보면서 들어야 해."

나는 있는 힘껏 웃었다.

"너는 날 좋아해."

해진이 다시 혼란스러운 얼굴을 했다.

"그렇지?"

해진은 고개를 끄덕였다.

"널 좋아해."

해진이 어딘지 모르게 공허한 목소리로 말했다. 나는 어지러
워 쓰러질 뻔했다. 해진이 놀라 날 잡았다.

"괜찮아?"

"응."

"집에 가서 쉬어야 하는 거 아냐?"

"아니야, 괜찮아. 곧 모의고사잖아. 잠깐 앉아 있으면 괜찮아
질 거야."

나는 오 분 정도 앉아 있다가 해진과 함께 독서실로 들어갔
다. 속이 메스꺼워 의자에 앉아 있기도 힘들었지만 이를 악물

고 견뎠다. 1시 반이 되자 해진이 내 자리로 왔다. 아줌마의 눈에 띄면 안 되기 때문에 해진은 독서실 문 안에서 내가 가는 뒷모습을 지켜본 뒤 집에 갔다.

집에 들어가니 작은언니 방에만 불이 켜져 있었다.

"언니, 소화제 있어?"

"없어. 어디 아파?"

"됐어."

나가려는데 언니가 불렀다.

"영지랑 무슨 일 있어?"

"아니, 왜?"

나는 날카롭게 물었다.

"이유랄 게 있나…… 맨날 죽고 못 살 것처럼 굴다가 최근 들어 뜸한 것 같아서."

"아직도 친구 동생 시켜서 나 감시해?"

"아니야, 그런 거!"

작은언니가 화들짝 놀라 손을 내저었다.

"야, 너 내 말 새겨들어. 대학에 가려면 성적이 전부가 아니야. 나 초등학교 늦게 들어간 거 알지?"

나는 작은언니 방문을 닫고 나왔다. 속이 안 좋아 밤새 뒤척였다. 아줌마한테 말하면 약을 주겠지만 엄마도 알게 될 것이다.

15.

영지는 매일 쪽지를 받았다. 내가 시킨 게 아니었다. 가만히 있어도 아이들은 정해진 일과처럼 영지를 괴롭혔다. 장난처럼 밀쳤고, 선생님이 지나가면 실수였다고, 미안하다고 사과했다. 선생님들 중 누구도 아이들을 나무라지 않았다. 일부러 그러는 거라고는 생각조차 하지 못하는 듯했다. 남자아이들이 그랬다면 당장 야단치지는 않아도 최소한 의심은 했을 거다. 하지만 우린 바로 사과하고 괜찮냐고 일으키고 요란하게 치마를 털어주는 여자아이들이었다. 한 번은 복도를 가로지르던 담임이 "좋을 때다. 친구 없는 사람 서러워 살겠냐"라고 말했다. 우린 유리구슬이 굴러가듯 웃었다.

점심시간이었다. 효순이 지나가듯 말했다.

"영지야, 너네 엄마 새엄마라며?"

254

손발 끝이 저릿해졌다.

"영지 엄마 새엄마야?"

옆에 앉았던 애가 우리 쪽으로 고개를 돌렸다.

"헐, 웬일?"

"먹튀 엄마 새엄마래."

"아하, 그래서 교복이 그렇게 맨날 더러웠구나?"

영지 엄마는 마트에서 늦게까지 일했다. 영지는 토요일마다 자기 교복과 동생 교복을 세탁기에 돌렸다. 영지의 교복은 항시 깨끗했다. 그리고 나는…….

영지가 핏기가 가신 얼굴로 나를 보았다. 아니야, 영지야, 아니야! 나는 속으로 외쳤다. 나는 이제껏 그 누구한테도 영지의 엄마에 대해서는 입도 뻥긋하지 않았다.

"너네 엄마 너 어릴 때 도망갔다며?"

효순이 말했다.

"효순아, 그만해."

나는 진심을 담아 말했다. 효순은 멈추지 않았다. 여태까지 은주와 효순은 놀리는 역할을, 나는 말리는 역할을 맡아왔다. 진짜 늑대가 나타났을 때 아무도 양치기 소년의 말을 믿지 않았듯, 진짜로 말리는데도 둘은 알아듣지 못했다.

"그게 정말이야?"

피 냄새를 맡은 상어처럼 애들이 몰려들었다.

"너네 엄마 너 어릴 때 도망갔어?"

"왜? 아빠가 바람피웠어?"

"돈을 못 벌었어?"

"너 동생 있잖아. 그 동생은 친동생이야, 아니면 새엄마가 데리고 온 동생이야?"

"어머, 설마하니 새엄마가 친엄마 내쫓고 들어온 거야?"

"몇 살 때? 몇 살 때 도망갔어?"

"그만들 해!"

해진이 외쳤다.

"해진아!"

내가 소리쳤다. 해진은 일순 머뭇거리며 날 보았다. 영지는 교실을 나갔다. 그리고 다시 학교로 돌아오지 않았다.

밤에 은주가 문자를 돌렸다. 퇴근하고 돌아온 영지 아빠가 방에서 쓰러져 있는 영지를 발견해 병원으로 데려갔다고 했다. 병명은 위궤양이었다. 영지는 다음 날도 학교에 오지 않았다.

"영지가 전학 가고 싶다 그랬대. 이유는 말 안 하고 제발 전학 보내 달라고 대성통곡 하더래. 영지 새엄마가 미희 엄마한

테 전화해서 영지 학교에서 무슨 일 있는지 알아봐달라 그랬
대.”

은주가 말했다.

“그래서?”

내 어조에서 조급함이 묻어났다.

“미희야 물론 모른다 그리고 곧장 나한테 연락했지. 걔, 과하
게 다이어트하다 위궤양에 걸린 거야.”

귀를 쫑긋 세우고 듣던 아이들은 너 나 할 것 없이 맞장구
를 쳤다. 먹고 토하기를 반복하니 속이 멀쩡하겠느냐고, 자기
들 잘못이 아니라고 전부 필사적으로 변명하고 있었다. 다음
날에는 해진도 학교에 오지 않았다. 전화는 꺼져 있었고 문자
에는 답이 없었다.

해진은 연락이 되지 않는데 야자 시간은 칼같이 찾아왔다.
뭘 보는지도 모르고 책만 펼쳐놓고 있는 중에 담임이 나를 찾
았다.

“어머니께서 전화하셨어. 집에 가봐.”

“왜요?”

내가 놀라 물었다.

“집안일이라고만 하시던데.”

담임도 무슨 일인지 모르는 눈치였다. 집에 들어서니 엄마뿐 아니라 큰언니와 작은언니까지 거실에서 날 기다리고 있었다.

"네 방으로 가자."

엄마가 날 보자마자 말했다. 안색을 보아하니 좋은 말이 나올 것 같지 않았다. 내 방에 들어가는 건데도 말썽 부린 아이가 교무실로 불려가는 것처럼 발이 떨어지질 않았다.

방에 들어서자 엄마는 예고도 없이 물었다.

"웃었니?"

갑자기 정전이라도 된 듯 눈앞이 캄캄해졌다.

"학교, 계속 다니고 싶어?"

엄마가 물었다.

"엄마! 당연하지, 그걸 말이라고⋯⋯."

"내가 어떻게 해야 한다고 했지?"

엄마가 냉랭하게 물었다.

"너무 예쁘게 웃으면 안 된다고⋯⋯."

"영지한테 말했니?"

"안 했어!"

엄마가 웃었느냐고 물은 순간, 그 질문까지 갈 줄 알았다.

"맹세코 절대 안 했어!"

엄마는 내 눈을 뚫어지게 보았다. 나는 피하지 않았다.

"최해진이라는 애, 연락처 줘."

나는 엄마에게 해진이 전화번호를 건넸다.

"학교 계속 다니고 싶으면 다시는 걔한테 연락하지 마."

"엄마!"

"걔 쓰러졌어. 일반적인 병이 아니야."

"일반적인 병이 아니라니?"

"내가 얘기할게."

작은언니가 들어왔다.

"넌 나가 있어."

엄마가 낄 자리, 안 낄 자리 가리라는 듯 눈을 치켜떴다.

"엄마, 그렇게 무섭게 말하면 들을 말도 안 들어. 나도 학교 늦게 들어갔잖아. 내가 말하는 게 나아."

작은언니가 애걸했다.

"그래, 혜지가 말하는 게 나을 거야. 둘 다 고등학생이잖아."

큰언니도 뒤따라와 역성을 들었다. 엄마는 그제야 물러섰다. 큰언니는 끼고 싶은 기미를 보였지만 작은언니가 눈짓하자 샐쭉해져 나갔다.

"엿듣지 마!"

작은언니가 문에다 대고 소리쳤다.

"안 들어!"

큰언니가 자기 방으로 들어가며 일부러 소리 나게 문을 닫았다.

"너, 해진이라는 애한테 웃었지? 그래서 너 좋아하게 했지?"

작은언니의 말은 질문이 아니라 확인이었다.

"걔 원래는 영지 좋아했던 거 맞지?"

"지금 심문하는 거야?"

궁지에 몰린 느낌에 말이 뾰족하게 나갔다.

"이 멍청아, 너 진짜 고등학교 그만 다니고 싶어?"

"그래! 관두고 언니처럼 과외 받고, 검정고시 보면 되지 뭐!"

"해진이는? 걔가 다쳐도 괜찮아?"

숨이 턱 막혔다.

"네가 억지로 잡으니까 일단 홀리긴 했는데……. 그게 그렇게 간단한 문제가 아니야. 진짜가 아니니까 혼란이 온 거지. 너는 걔한테 불을 가리켜 물이라고 최면을 건 거나 마찬가지란 말이야. 물인 줄 알고 불에 손을 댔으니 어떻게 되겠니? 화상을 입는 게 당연지사지. 매일 보면서 걔 몸 안 좋아지는 것도 못 느꼈어? 걔가 너 좋아하게 만드는 데만 신경 쓰느라 걔 상태가 어떤지는 생각도 안 했지?"

구구절절 맞는 말이었다. 죄책감이 몰아치며 가슴이 옥죄여
왔다.

"언니가 엄마한테 말했어?"

나는 나오지 않는 목소리를 쥐어짜 물었다. 작은언니는 눈
을 피했다.

"언니가 일렀어?"

"그게……."

"고자질쟁이! 언니는 애들 안 괴롭혔어? 난 한 번도 안 일렀
어!"

"난 이 정도는 아니었어. 영지도 입원했다며? 도대체 어떻게
했길래 애가 위궤양까지 걸려?"

"내가 안 그랬어!"

"네가 한 거야! 네가 주도했잖아!"

"그렇게까지 하라고는 안 했어! 애들이 자발적으로 한 거야!
엄마한테 뭐라 그랬어? 다 내가 한 짓이라 그런 거야?"

"네가 영지 괴롭힌 이야기는 안 했어. 어쩌다 네가 해진이라
는 애랑 같이 가는 걸 봤는데 걔 눈빛이나 표정이……. 나도
말 안 하려고 했는데, 애들이 둘이나 쓰러졌어. 이걸 어떻게 모

른 척하니? 해진이 걔 이대로 두면 큰일 나. 내일 엄마가 걔네 엄마한테 연락해서 우리가 아는 병원에 보낼 거야."

"걔 엄마 없어."

"아빠는?"

"아빠는 있어."

"그럼 아빠한테 연락하겠지. 야, 네가 지금 나한테 따질 때야? 이제라도 내가 말한 걸 다행으로 알아. 걔 전교 1등이라며? 기말 전까지 다 낫기만 빌어. 걔가 시험까지 망치면 네가 걔 인생 책임질 거야?"

반박할 말이 없었다. 해진이가 나 때문에 대학에 못 가게 된다면…….

"나 잔다. 너 내일부터 똑바로 해. 한 번만 더 걸리면 대학이고 뭐고 다 끝이야."

작은언니는 나갔다. 나는 밤새 한숨도 자지 못했다.

16.

영지는 며칠 뒤 가방을 가지러 학교에 왔다. 선생님이 영지가 전학을 간다고 말했다. 여자애들은 미리 짠 것처럼 다가와 호들갑스럽게 가방을 싸는 걸 도와주고 몸은 괜찮은지, 어디로 가는지 물었다. 영지는 다 나았다고 말하며 싱긋 웃었다. 영지와 눈이 마주쳤다.

"내가 들어줄게."

나는 책이 담긴 종이 가방을 들었다. 우린 발 맞춰 교실을 나왔다.

"그만 들어가."

영지가 교문에서 말했다.

"영지야……."

나는 영지를 불렀다. 이렇게 보낼 수는 없었다.

"해진이 때문이었니?"

영지가 물었다. 동시에 영지의 눈에서 눈물이 솟구쳤다. 영지는 서둘러 눈물을 닦았다. 운다는 건 그간 상처받았음을 인정하는 행위였다. 그러고 싶을 리 없었다.

"나한테 터놓고 말할 수는 없었어?"

"너는…… 너는 왜 해진이랑 공부한다고 나한테 말 안 했는데?"

"네가 연락 안 받았잖아."

"그래서 비밀로 했어? 우리가 카톡을 아예 안 했어? 셋이서 떡볶이도 먹으러 다녔어. 그러면서도 너나 해진이나 나에게 아무 말 안 했어."

"해진이가 말한 줄 알았지."

피차 거짓말을 하고 있음을 서로가 알았다. 그런데 진실은 뭘까? 무슨 말을 해야 할까?

영지가 먼저 마음을 가다듬고 입을 열었다.

"해진이를 좋아한다고, 한마디만 했으면 됐잖아. 넌 내 친구였으니까 뭐든 양보할 수 있었는데. 나 초등학교 때 동네 친구들 밖에 없었어. 학교에서는 아무도 나랑 안 놀아줬거든. 그나마 걔네가 전학 가서 해진이만 남았다가, 중학교에 와서 너랑 친구가 된 거야. 나도 단짝 친구가 생겼다고, 얼마나 기뻐했는데……."

"나도 네가 유일한 친구였어. 널 좋아한 만큼 너한테 잘했잖아."

"그런데 왜 말 안 했어?"

"너는 왜 말 안 했는데? 그리고, 내가 말하면? 네가 양보하면 되는 일이야?"

"그래서 날 괴롭혔어? 그런다고 되는 일인 거야?"

"내 마음을 다 알면서 물러서지 않았잖아?"

한겨울 강풍처럼 매서운 공기가 우리 주위를 감쌌다. 영지가 한숨을 쉬며 살벌한 바람을 흐트러뜨렸다.

"그만하자."

"나 아니야."

나는 영지를 붙잡듯 말했다. 이 말을 하러 여기까지 따라 나왔다.

"나 너네 엄마에 대해 아무한테도 말 안 했어. 그거 나 아니야!"

영지가 웃었다.

"알아. 네가 그럴 리 없지. 우린 친구잖아."

우린 서로 하고 싶은 말을 다 하지 않았다. 할 수 없었다. 우린 서로를 아끼는 착한 여자 친구들이었다.

"건강하고, 공부 열심히 해. 나 간다?"

영지는 웃으면서 떠났다. 나는 버려진 강아지가 주인이 사라진 곳을 구슬프게 바라보듯, 작아지는 영지의 뒷모습을 하염없이 바라보았다.

영지는 곧 메신저에서 사라졌다. 번호를 바꾼 것이다.

빈 옆자리가 허전했다. 해진의 자리도 비어 있었다. 엄마는 해진의 아빠를 설득해 해진을 우리처럼 남다른 핏줄을 위한 병원에 입원시켰다. 나도 어릴 때 감기에 걸리거나 치과 치료를 받으러 갔던 곳이다. 남다른 핏줄을 가진 사람들을 돕고, 문제가 일어나면 해결하는 게 엄마가 법률 사무소에서 하는 진짜 일이었다.

"안녕."

나는 효순과 은주에게 인사했다. 둘은 휴대전화로 웹소설을 읽느라 나를 돌아보지 않았다. 이때까지만 해도 별 생각 하지 않았다. 나도 딱히 잡담을 나눌 기운이 없었다.

뭔가 잘못됐음을 느낀 건 1교시 때였다. 나만 빼고 쪽지가 돌았다. 효순과 은주는 둘이서만 화장실에 갔다. 매점에 갈 때도 날 못 본 척했다. 점심시간이 두려워졌다. 다들 친구들과 삼삼오오 몰려가는 중에 나만 혼자 급식실에 내려가 혼자 식판을 받고 밥을 먹는 상상만으로도 눈앞이 깜깜해졌다.

다행히 점심시간이 되자 효순과 은주가 나를 잊지 않고 같이 급식실에 갔다. 내 뒷자리에 앉던 수정도 우리와 합석했다.

"수정이도 우리랑 먹어도 되지?"

은주가 말했다.

"응."

나는 불길한 예감을 느끼며 대답했다.

"근데 그거 사실이야?"

수정이 무심한 듯 물었다.

"뭐가?"

효순이 되물었다. 등줄기를 따라 오소소 소름이 돋았다.

"해진이, 본래는 영지 좋아했다면서?"

"해진이가? 해진이 걔 남친이잖아."

은주가 별소리를 다 듣겠다는 얼굴로 말했다. 한눈에 봐도 꾸며낸 몸짓이었다. 각본은 이미 짜여져 있었다.

"아냐, 내가 해진이랑 같은 초등학교 다닌 애한테 들었는데 해진이 옛날부터 영지 좋아했대. 중학교 때도 자기 좋아한다는 애들 다 거절했대. 좋아하는 애 있다면서."

"그게 영지라고?"

효순이 말했다.

"두말하면 잔소리지! 얘는 고등학교에 들어와서 알았잖아."

셋은 날 앞에 두고도 내가 마치 그 자리에 없는 것처럼 이야기했다.

"걔넨 그냥 친구야, 동네 친구. 영지가 나한테 여러 번 확인

시켜줬어!"

내가 말했다.

"해진이가 영지한테 고백도 했다던데? 같은 반 되고 나서 얼마 지나지 않아 이야기했대. 영지가 생각해본다 그랬는데 ...."

효순이 내 말을 잘랐다.

"얘가 가로챈 거야?"

다른 자리에 있던 애가 우리를 향해 허리를 길게 뻗으며 물었다.

"그런 거지. 영지가 착해서 양보한 거야."

"그런 거 아냐!"

나는 온몸으로 부정했다. 그러나 아무도 내 말을 듣지 않았다. 그렇게 시작됐다. 영어 시간에 선생님이 본문을 읽을 사람을 찾자 여자아이들이 너도나도 "선녀요!" "선녀 시켜요"라고 말했다.

"선녀? 선녀가 누구야?"

아이들이 나를 가리키며 웃었다.

"아이고, 인아 별명이 선녀야? 그래, 선녀가 읽자."

나는 하얗게 질린 얼굴로 자리에서 일어났다. 선녀는 위선녀의 준말이었다. 효순과 영지는 싫다고 해도 강제로 끌고 같이 화장실에 가고, 매점에 데려갔다. 일부러 아이들 틈에서 밀쳤고, 계단에서 발을 걸기도 했다. 한 번은 실제로 구를 뻔했다. 나는 난간을 잡고 간신히 중심을 잡았다.

"조심 좀 하지."

은주가 혀를 날름했다.

"얘 원체 잘 넘어져. 첫날부터 넘어졌잖아. 내가 봤어. 그때 해진이가 잡아줬잖아."

효순이 말했다.

"그때부터 꼬리 친 거야?"

은주가 말을 받았다. 그날 나는 하루 종일 '남자한테 꼬리 치는 년'이라는 쪽지를 받았다. 화장실에 다녀오면 책에 낙서가 되어 있었다. 영지 때보다 심했다. 마치 게임 판타지소설 속에서 레벨 업하는 주인공처럼 아이들은 영지를 경험치 삼아 진화하며 더 독해졌다.

"매점 가자."

효순이 말했다.

"아니, 나는……."

"공부하게? 그래봐야 네 성적으로 서울대 법대는 좀 무리지 않냐?"

"너네 언니 둘 다 공부 되게 잘한다며? 네가 셋 중에서 꼴찌지?"

"그만들 해라."

영우가 나섰다. 최악이었다.

"어머, 너네 사귀니?"

효순이 먹잇감을 발견한 사냥개처럼 눈을 빛냈다.

"하지 마!"

나는 영우를 노려보며 말했다. 영우는 잠시 날 보더니 일어나 나가버렸다.

"너 영우한테도 꼬리 쳤니?"

효순이 물었다.

"아니라니까?"

그날 중으로 나는 무려 남자 친구가 입원한 동안 바람을 피운 걸레가 되었다.

나는 독서실에서 얼이 빠져 앉아 있었다. 1시 반이 되었다. 아줌마가 날 데리러 왔다. 나는 차에 탔다.

"공부하기 많이 힘드니? 얼굴이 영 안 됐네."

아줌마가 졸린 얼굴로 말했다.

"네, 여기까지 오시게 해서 죄송해요."

"아니야, 거기가 공부가 잘된다며."

엄마는 절대 해진과 연락하면 안 된다고 했다. 혹시라도 연락하다 들키면 대학은커녕 고등학교도 못 다니게 될 줄 알라고 엄포를 놓았다. 언니들이 그렇게 울며불며 사정해도 시험을 통과하지 못하면 유치원만이 아니라 초등학교도 보내지 않았던 엄마였다. 해진이 책을 가지러 독서실에 돌아오길 기다리는 것만이 그 애를 볼 유일한 희망이었다.

내 방에 들어오자 참고 참았던 눈물이 쏟아졌다. 며칠 전까지만 해도 내 추종자처럼 굴며 간도 쓸개도 빼줄 것처럼 굴던 효순과 은주가 하루 사이에 달라졌다. 영지가 지나갈 때마다 나한테 다 안다는 듯 눈짓하며 괴롭히던 애들이 이전보다 더 악랄해진 방식으로 날 괴롭히며 눈짓을 주고받았다. 어느 날은 체육복이 가위로 오려져 있었다. 나는 엄마한테 들킬 각오를 하고 아이들에게 웃으며 아니라고 말했다. 애들은 날 비웃었다.

"저렇게 눈웃음쳐서 남자애들을 꼬신 거지."

"지가 예쁜 줄 안다니까?"

내 웃음의 효력은 물거품이 되어 사라진 인어공주처럼 사라졌다. 억지로 웃어서 안 통하는 건지, 미운털이 박힌지라 소용없는 건지 알 수가 없었다.

"쟤 초등학교 때부터 저랬어. 지만 이쁜 줄 알고, 맨날 비싼 장난감 있다고 자랑하고, 다른 친구들 집에는 절대 안 가면서 자기 집으로 불러대기만 했잖아."

효순이 말했다.

영지에 대한 죄책감 때문에 이러는 거라고, 면죄부를 찾는 것뿐이니 잠시 이러다 말 거라고 스스로를 위안했다. 하지만 며칠 지나지 않아 그렇게 단순한 문제가 아님을 알았다. 애들 뒤에 영지가 있었다. 아이들은 내가 영지에게만 말했던 사실로 날 공격했다.

영지가 어떻게 나한테 이럴 수 있단 말인가? 해진은 괜찮을까?

영우가 옆 학교 애들과 싸워 또 등교 정지 처분을 받았다. 선생님은 여전히 영우처럼 치고받고 싸우는 남자애들만 아니면 반에 아무 문제도 없는 줄 알았다. 나는 매일 밤 울면서 잠들었다.

"얘들아, 너네 남편 잡아먹는 사주라고 들어봤어?"

효순이 내가 학교에 오자 기다렸다는 듯 말했다. 효순은 앞장서서 영지를 공격했듯 다른 누구보다 적극적으로 나서서 날몰아붙였다.

"진짜 그런 팔자 있는 것 같아. 우리 엄마 친구의 친구가 그렇대. 남편 잡아먹는 팔자라 시어머니 될 사람이 그렇게 결혼을 반대했는데, 남편이 사랑한다고 우겨서 결혼했대. 근데 남편이 젊은 나이에 암 걸려서 죽었다잖아."

"해진이는 별안간 왜 입원한 거야? 걔 건강했잖아. 설마 인아랑 사귀어서?"

"인아가 남편 잡아먹는 팔자야? 야, 행여나 친구한테도 불똥 튀는 건 아니겠지?"

아무 말도 들리지 않는 양 구는 게 최선이었다. 해진이 걱정되어서 미칠 것 같았는데 아무에게도 이야기할 수 없었다.

기말고사 전 마지막 모의고사 성적표가 나왔다. 반 등수는 13등, 전교 등수는 67등으로 밀렸다. 효순이 성적표를 뺏어갔다.

"야, 우리 선녀 성적 뚝 떨어졌네. 어쩌냐? 당분간 작은언니

잘난 척에 시달리겠네?"

"이리 줘."

효순은 의외로 선선히 성적표를 줬다.

"근데 그 껌은 어쩔 거야?"

"뭐?"

"너 머리에 껌 붙었어."

나는 뒷머리를 만졌다. 끈적끈적한 게 묻어났다.

"웬일이야? 선녀 머리에 껌 붙었네?"

내 뒤에 있던 애가 말했다.

"저거 어떻게 떼?"

"얼음으로 얼려."

몇몇 애들이 매점에 가서 얼음을 사 왔다. 아이들이 나를 둘러싸고 껌을 떼주는 척하며 옷 속으로 얼음을 넣었다.

"차가워!"

나는 몸을 뺐다.

"가만있어."

"껌 떼주잖아."

아이들이 깔깔 웃었다. 종이 치고 영어 선생님이 들어왔다.

"안 앉고 뭐 해?"

"선녀 머리에 껌 붙었어요!"

아이들이 이구동성으로 말했다.

"껌이 붙었어? 그건 이따 쉬는 시간에 떼고 다들 자리에 앉아."

"네."

아이들이 쥐 떼처럼 흩어져 각기 자리에 앉았다. 나는 축축해진 머리로 무력하게 앉아 있었다. 애들은 브래지어 안에도 얼음을 넣었다.

죽어버릴까?

횡단보도 앞에서 달리는 차를 보며 생각했다. 확 뛰어들어서 죽어버릴까? 내가 죽으면 영지가 죄책감을 느낄까? 헤어질 때 자기 입으로 우린 친구라고 해놓고 어떻게 나한테 이럴 수가 있지? 하나하나 비밀이 밝혀질 때마다 불안해 미칠 것 같았다. 영지가 그 이야기를 했으면 어떡하지? 만약에…… 진작 했다면?

영지 이모는 뱀파이어 여자애가 사람으로 가장해서 학교에 다니는 만화를 그렸다. 영지는 분명 이모가 혼자 그린 거라고 했는데……. 지금은 어떻게 전개되는지 무서워서 읽을 수가 없었다.

기척도 없이 누군가가 내 뒤로 와서 날 도로 쪽으로 힘껏 밀었다. 혼비백산해 비명을 지르며 넘어질 뻔한 날 다른 사람이 잡아주었다.

"너 큰일 날 뻔했어. 내가 네 생명의 은인이다?"

은주가 말했다. 민 사람은 효순이, 잡은 사람은 은주였다. 둘 다 배를 잡고 웃어댔다.

"아이고, 뭐가 그렇게 재밌냐들? 늦었어, 일찍 일찍 집에 가."

지나가던 담임이 말했다.

17.

집에 들어가니 엄마가 싸늘한 얼굴로 거실 소파에 앉아 있었다. 올 것이 왔다는 직감이 들었다.

"모의고사 성적표는 언제 줄 거야?"

나는 며칠째 가방 속에 넣어 가지고 다니던 성적표를 꺼냈다. 엄마는 차가운 얼굴로 성적표를 확인했다.

"나…… 야자 안 하고 과외 받으면 안 돼?"

"과외 선생 한 명 더 붙여줄게. 그래도 야자는 해. 혼자서도 하는 버릇을 들여야지."

"응."

나는 방으로 들어갔다. 의자에 앉아 무릎에 이마를 괴고 소리 죽여 울었다. 옥상에 가서 뛰어내릴까? 어떻게 해야 엄마가 지금 내가 얼마나 힘든지 알아줄까?

"언니가 들어가봐. 나 완전 찍혀서 안 돼."

작은언니 목소리가 들렸다. 큰언니에게 하는 말 같았다.

"맨날 울잖아. 저대로 놔둬?"

언니들이 들어오면 창피해서 죽어버릴 것 같았다. 제발 들어와서 어떻게든 해주길 바랐다.

문이 열리더니 큰언니가 쓰는 향수 냄새가 났다. 나는 엎드려 자는 체했다. 큰언니가 내 어깨를 다독거렸다. 작은 바람에도 쓰러지는 짚으로 만든 집처럼 작은 손짓에 연약해질 대로 연약해진 마음이 무너졌다. 나는 오열했다.

"오늘…… 누가 내 머리에 껌을 붙였어. 어떻게 이럴 수가 있어? 왜 나한테만 이래? 나만 잘못했어? 자기들이 한 짓은 그새 다 잊은 거야?"

"영지도 너처럼 매일 밤 울었을 거야. 네가 돌변한 이유를 고민하고 자기가 언제 뭘 잘못했는지 되짚으며 자책하고…… 스트레스로 위궤양이 걸릴 만큼, 힘들었을 거야."

큰언니가 나직하게 말했다. 영지가 보고 싶었다. 내가 해진에게 무슨 잘못을 했는지 이야기할 수 있는 사람은 영지밖에 없었다.

"영지가…… 영지가 애들을 조종하고 있어. 영지가 애들이 날 괴롭히게 해!"

"네가 그랬던 것처럼."

"난 이 정도는 아니었다니까?"

"넌 어느 정도였는데?"

"나는……."

영지한테 욕설이 담긴 쪽지를 보내는 아이들을 방관했다. 아니, 부추겼다. 효순이 영지를 밀치고는 미안하다고 말하는 걸 지켜보았다. 다른 애들도 금방 따라 하기 시작했다. 보통 체격이었던 영지가 살이 빠지며 말라갔다.

"껌은 안 붙였잖아."

"마찬가지로 너는 겪지 않았지만 영지는 겪었던 일이 있을지도 몰라."

"그래서? 어떡하라는 거야? 어떻게 해야 하는데?"

"나도 몰라. 그래서…… 나도 혜지도 너한테 말을 못 걸었어.

우리도 어떻게 해야 하는지 몰라서."

큰언니가 얼음과 수건을 가져와 조심조심 껌을 떼기 시작했다.

"나도, 혜지도 겪었어. 우리도…… 해봤어."

"다른 애들 괴롭히는 거?"

"애들을 내 마음대로 움직이는 거, 재밌고 짜릿하지. 내가 대단한 사람이라도 된 것 같고. 그런데 한편으로는…… 괴롭지. 내가 이렇게 못되고 삐뚤어진 애였나, 싶고. 나중에 혜지도 그러는 걸 보고 처음엔…… 우리라서, 우리가 다른 사람과는 다른 핏줄을 타고나서 그러는 줄 알았어. 그런데 그게 아니더라. 보통 애들도 한두 번은 다 겪는 일이야. 차라리 혜지나 나처럼 어릴 때 겪었으면 좋았을 텐데, 넌 너무 오래 억눌렀어."

큰언니는 내가 착했다고 말하지 않았다. 억눌렀다고 말했다.

"다 지나갈 거야. 결국 다 지나가."

"언제? 언제?"

나는 절박하게 물었다. 하루도 더 버티지 못할 것 같았다. 학교에 가는 게 끔찍하게 싫었다.

"자퇴할래? 엄마한테는 내가 말할게. 검정고시 보고, 적응 기간 거쳐서 대학은……."

"싫어! 전학도 안 가!"

영지처럼 쫓겨나듯 학교에서 나가고 싶지 않았다. 해진을 다시 보려면 학교에 다녀야 했다.

"그래."

"나 씻고 올래. 언니도 자."

"힘들면 언니한테 말해."

나는 고개를 주억거리고 화장실로 갔다. 거실에서 작은언니랑 아줌마가 불도 켜지 않고 이야기를 나누고 있었다.

"얌전한 고양이가 부뚜막에 먼저 올라간다더니……"

"그러게요. 어머, 인아야!"

작은언니가 뛸 듯이 놀라 나를 불렀다. 나는 둘을 외면하고 화장실에 들어갔다.

"인아야, 미안해. 나는 그저 네가 걱정되어서 이야기하다가 ……"

아줌마가 당황해서 화장실 문을 두드렸다. 나는 침묵을 지켰다. 소리 지르지도, 화를 내지도 않았다. 아무 말도 못 들은 것처럼 세수하고 나와서 방으로 돌아갔다. 집에서나 학교에서나 태연한 척해야 견딜 수 있다는 건 똑같았다.

18.

기말고사가 코앞으로 다가왔다. 성적을 올려야 했다. 믿을
건 성적뿐이었다. 전교 15등 안에 들어서 계획대로 여름방학
에 큰언니와 프랑스에 다녀오는 거다. 반 애들 중 해외여행을
해본 애는 한 손에 꼽을 정도밖에 되지 않았다. 사물함에서
책을 꺼내다 무언가 날카로운 것에 손을 찔렸다. 누가 책 사이
에 압정을 끼워두었다. 눈앞이 아찔해졌다.

괜찮아, 아무 일도 아니야. 괜찮아.

나는 아무렇지도 않은 듯 휴지로 손을 감고 자리에 앉았다.
아이들이 날 보며 비웃는 시선이 느껴졌다.

지옥 같은 하루가 지났다. 나는 교문을 나섰다.

"인아야."

누가 날 부르는 소리에 괜스레 가슴이 덜컹 내려앉았다. 긴
머리를 세련되게 묶고, 스키니 청바지를 입은 여자가 눈앞에
서 있었다.

"아줌마."

한참 후에야 영지 이모라는 걸 알아보았다.

"오늘 약속 있었거든. 네가 노상 보던 대로 편하게 입고 와야 하나 했는데, 나도 용기가 나지 않아서 마음먹었을 때 널 봐야 겠다 싶었어. 괜찮겠니?"

영지 이모가 물었다. 나를 힐난하는 기색은 보이지 않았다. 말투도 어제 본 사람처럼 평이했다. 영지 이모는 왠지 모르게 또래 친구 같은 면이 있었다. 나는 영지 이모를 따라 근처 카페에 갔다.

"밤이라…… 따뜻하게 레몬차 마실래?"

"네."

영지 이모는 레몬차 두 개를 시켜 앞에 놓았다. 그리고 고요히 내 눈을 보며 물었다.

"왜 그랬니?"

영지와 무슨 일 있냐고 물어봤다면 아무 일 없다고 우길 수 있었을 거다. 책망하듯 물었다면 영지는 왜 그러느냐고 따지면 되었다. 하지만 영지 이모의 눈에 담긴 건 선입견을 갖지 않고 내 말을 들어주겠다는 진심 어린 마음이었다.

그렇다고 순순히 털어놓을 수는 없었다. 내가 왕따가 되었다는 걸, 그것도 영지 때문에 그렇다는 걸 어떻게 말하란 말인가.

"아시면 뭐 달라져요? 영지 이모시잖아요. 어차피 영지를 위해서 오신 거 아니에요? 영지한테 물어보시면 되잖아요. 제가 겪는 일이 다 영지가 겪었던 일이니까요."

"영지가 너에게 복수한다고 생각하니?"

"그럼 아니에요?"

"영지한테 복수당할 만한 일을 한 거야?"

나는 입을 다물었다. 따라오는 게 아니었다. 어른들에게도 해답 따윈 없다. 대학생인 큰언니도 지나간다는 말 외에는 아무 말도 하지 못했다. 엄마는 핏줄의 비밀이 들킬까 전전긍긍할 뿐 지금 내 심경이 어떤지 따위는 일말의 관심도 없었다.

"나는 영지 친이모가 아니야, 알지? 새엄마 동생이니까."

"들었어요."

"영지는 네가 엄마에 대해 이야기하지 않았다고 하더라. 같은 교회에 다니던 아이들을 통해 말이 퍼진 거라고."

"말 안 했어요! 제가 말한 거 아니에요."

"알아, 영지도 네 비밀은 말 안 했어."

눈앞이 아득해졌다. 당장 도망쳐야 하는데 겁에 질린 나머지 오히려 몸이 마비되어 꼼짝달싹할 수가 없었다. 내 격렬한 반응에 당황한 영지 이모가 나를 달랬다.

"아니, 내 말은…… 다른 사람이 알면 네가 곤란해질……
그런 이야기는 하지 않았을 거란 말이야. 말할 나위 없이 나한
테도 하지 않았고. 미안하다, 애초에 이 말을 하지 말아야 했
는데……. 절친끼리는 가장 은밀한 비밀도 공유하잖니. 너도
영지에게 이야기한 게 있었을 거라 생각해서 한 말이야."

영지 이모는 어찌할 바를 모르며 기다렸다. 내가 자리를 박
차고 나갈까 봐 우려하고 있었다. 차츰 마음이 가라앉았다. 내
비밀을 안다면 이렇게 아무렇지도 않게 나와 이야기할 리 없
었다.

"네."

"그래서…… 나는 너희에게 희망이 있다고 생각해. 네가 영
지한테…… 왜 그랬는지는 모르겠지만……."

"영지는 나한테 해진이에 대해 이야기하지 않았어요. 성적이
오르는데 공부 안 한다고 거짓말했어요."

영지 이모는 잔을 만지작거리며 생각에 잠겼다. 영지 이모도
결국 어른이었다. 어른들이 으레 그러는 것처럼, '나도 어린 시
절이 있었지. 그래서 네가 왜 그러는지 정확히 알아'라고 말하
는 듯한 표정을 짓고 있었다. 영지 이모가 고개를 들었다. 이제
뻔한 답을 말하겠지.

"너랑 영지는…… 어쨌든 서로에 대해 최소한의 신뢰는 남아 있어. 말했다시피 영지는 네가 자기 엄마에 대해 말하지 않았다고 확신하거든."

아이들은 다 영지 엄마가 도망쳤다고 말했다. 영지 엄마는 도망친 게 아니었다. 영지 엄마가 어디 있는지 아는 사람은 나뿐이었다. 영지 엄마는 영지를 낳고 산후우울증에 시달렸는데, 점점 악화되었다. 우울증도 심해지면 환청을 듣거나 환시를 본다고 했다.

영지 엄마는 입원과 퇴원을 반복하다 결국 요양원에 들어갔다. 영지는 방학마다 엄마를 보러 가는데, 엄마는 그때그때 상태에 따라 영지를 알아보고 반갑게 맞이하기도 하고 그저 남 보듯 하기도 한다고 했다. 반갑게 인사할 때도 서툰 연기처럼 이상하거나 과장된 모습이고, 멍할 때는 지하철에서 맞은편에 앉은 사람보다 더 멀리 있는 것처럼 괴리감이 느껴져 다녀올 때마다 힘들다고 했다.

영지 아빠는 병든 아내를 버리는 것 같아 차마 이혼하지 못했다. 외할아버지와 외할머니가 그만 됐다고, 놔줘도 된다고 한 뒤에도 몇 년을 고민하다 어린 영지를 혼자 돌볼 수 없어 이혼 절차를 밟았다. 그러고도 한참 후에 비슷한 처지의 사람을 만났고, 서로 의지하며 살고 싶다고 영지의 허락을 구한 후에야 재혼했다.

"그 말을 하려던 게 아니잖아요."

영지 이모가 난처한 얼굴을 했다.

"어른이라고 다 정답을 아는 게 아니야. 내가 틀릴 수도 있어."

"그래서 그게 뭔데요? 내가 영지한테 왜 그랬는데요?"

"내 생각이 맞든 틀리든, 그건 내가 말할 게 아니야. 지금도 힘들겠지만 그때도 영지가 힘든 만큼 분명히 너도 힘들었을 거야."

초반에는 재밌었다. 애들이 내 말 한마디에 움직이는 게 신났다. 큰언니 말대로 내가 대단한 사람이 된 것 같았다. 한편으로 끽소리도 못하고 당하는 영지를 보며 마음이 편하지 않았다. 내가 이렇게 못된 애였나 싶으며 나 자신에게서 정나미가 떨어졌다. 영지는 내 단짝이었는데, 뭐든지 다 줄 수 있는 소중한 친구였는데, 그런데 도대체 왜 이렇게 되어버렸을까.

"제가 본시 못된 애라서 그런가 봐요. 저는 제가 착한 앤 줄 알았는데, 마녀였어요."

"세상에 마녀는 없어."

영지 이모는 망설이다 덧붙였다.

"전적으로 착하거나 나쁘기만 한 사람은 없어. 미안, 영혼 없는 교과서처럼 말했지."

영지 이모가 나한테 문자를 보냈다.

"영지 전학 간 학교 주소랑 전화번호야. 인아야, 나는 말이야, 네가 영지를 한번 만났으면 좋겠어. 솔직히 만나서 잘될지, 서로 더 큰 상처만 입히는 건 아닐지 걱정이 돼. 하지만 이대로 두면…… 그러니까 이런 일은 말이야. 절대 그냥 지나가지 않거든."

"지나가지 않는다고요?"

큰언니는 나에게 다 지나간다고 했다. 바닥없는 우물에서 날 구원할 단 하나뿐인 동아줄처럼 그 말에 매달려왔는데……. 영지 이모가 괴로운 얼굴로 말을 이었다.

"이런 말, 가혹한 줄 아는데……. 응, 이런 일은 쉽게 지나가지 않아. 십 년이 지나도 이십 년이 지나도 어제 일처럼 생생하게 떠올라 너희를 괴롭히게 될 거야. 자칫 너희가 사람을, 너희 자신을 믿지 못하게 될지도 몰라."

"다시는 친구를 사귀지 못할 것 같아요. 아무도 못 믿겠어요. 제가…… 그렇게 나쁜 짓을 할 수 있을 줄 몰랐어요. 그런

287

데 이제 알아요."

"넌 나쁜 애가 아니야!"

영지 이모가 단호하게 말했다.

"절대 그렇지 않아. 넌 넘어진 거야. 누구나 넘어질 수 있어. 상처는 아물어도…… 흉터는 남을 수 있지. 그러니까 더 크게 다치기 전에…… 영지를 만나서 솔직하게, 정말 솔직하게 이야기해야 해. 네가 왜 그랬는지를 말야. 내가 대신 전해줄 수는 없어!"

영지 이모가 내 표정을 읽고 화급히 말했다.

"여기서 나한테 말하는 것도 좋지 않아. 그 말은 영지 앞에서 해야 해."

"나한테 전화번호 알려준 거, 영지가 알면 화낼 거예요. 우리 반 여자애들 다 아는데 나만 모르거든요."

"그래."

영지 이모는 영지가 이 일로 자기에게 엄청난 배신감을 느낄 수도 있다는 걸 알고 있었다. 다시는 보지 않겠다고 할지도 몰랐다.

"그냥 영지 편을 들어주며 절 욕하시면 되잖아요. 영지에게 공감해주면서……."

"영지가…… 자기 자신을…… 끔찍하게 느껴."

영지 이모가 너도 그러지 않았느냐는 얼굴로 말했다. 나는 손바닥으로 얼굴을 가렸다. 손가락 사이로 눈물이 흘러나왔다. 밥이 넘어가지 않았다. 자꾸 체했다. 나는 일반 약국에서 파는 약을 먹을 수가 없었다. 밤마다 장이 배배 꼬이는 것처럼 아파 몸부림치느라 깊이 잠들지 못했다. 그런데도 영지를 괴롭히는 걸 멈출 수가 없었다. 마약 같은, 아주 좋지 않은 것에 중독된 것 같았다.

"무서워요. 영지를…… 어떻게 봐요."

어릴 때 엄마가 세상에서 가장 무시무시한 괴물이 들어 있는 상자에 대한 동화를 읽어주었다. 상자 안에 들어 있는 건 거울이었다. 그땐 무슨 말인지 이해하지 못했다. 나는 빛나는 스포트라이트 아래에서 주목받는 예쁘고 착한 막내딸이었다. 영지 이모는 내가 울음을 그칠 때까지 옆에 있어주었다.

19.

학교에 가니 해진이 자기 자리에 앉아 있었다. 숨이 막히고 눈앞이 하얗게 바뀌었다. 해진은 날 보더니 가볍게 인사했다. 그리고 남자애들과 시시덕거렸다. 급식을 게 눈 감추듯 해치우고 친구들과 몰려 나가 축구를 했다. 해진은 본디 단체로 하는 운동이나 게임을 즐기지 않았다. 그런데 이제는 점심시간마다 축구나 농구를 했고, 야자가 끝나면 남자애들과 게임을 하러 피시방에 갔다. 만화책, 웹툰, 소설은 더 이상 거들떠도 보지 않았다. 취미가 달라진 것만이 아니었다. 성격, 말투, 웃는 얼굴까지 예전 모습은 찾아볼 수 없었다. 외모만 닮은 완전히 다른 사람 같았다.

해진은 기말고사를 이 주 앞두고 퇴원했다. 엄마가 해진이 입원한 병실에 과외 선생을 보내 기말고사 준비를 도왔다고 큰언니가 전해주었다. 그 정도로 괜찮을까?

효순은 내가 해진과 어떻게 지내는지 예의 주시했다. 나는 학교 안에서 해진에게 한 번도 말을 걸지 않았다. 해진도 마찬가지였다.

"까였네, 까였어."

효순이 고소해했다. 기말고사가 다가오며 다른 애들은 슬슬 나에 대해 흥미를 잃어갔는데도 효순만은 끈질기게 날 붙들고 놔주지 않았다. 누구보다 앞장서서 영지를 괴롭혔던 죄책감에

더해, 초등학교와 중학교 때 나한테 내돌려진 복수를 하고 있었다.

"그러게 친구의 남자 친구는 왜 건드리시나."

은주가 말을 던졌다. 은주는 효순이 날 괴롭히면 거들긴 해도 효순이 없을 때는 잘해주기도 했다. 그게 얼마나 하찮은 마음인지 알면서도 나는 그나마라도 붙들고 매달리고 싶을 만큼 절박했다. 학교에 친구가 아무도 없었다.

기말고사 전날 독서실 앞에서 해진과 마주쳤다. 해진이 드디어 책을 가지러 왔다.

"해진아……"

해진은 떨어진 거리에서 어쩌면 좋을지 생각하는 얼굴로 나를 바라보았다.

"나 너 정말 좋아했어."

다리가 풀려 주저앉았다.

"지금도 좋아해."

눈물이 멈추지 않았다. 한참을 울다 고개를 드니 해진이 안절부절못하며 서 있었다. 고등학교 남자애였다. 우는 여자를 능숙하게 달래는 건 드라마 주인공이나 할 수 있는 일이었다.

내가 엉망이 된 얼굴로 올려다보니 해진이 느리게 다가왔다.

해진이를 알게 된 이래 자진해서 내게 다가오기만 빌어왔는데, 막상 나를 향해 다가오는 지금은 해진이의 한 발짝 한 발짝이 자정을 알리는 시곗바늘처럼 보였다. 마법은 풀렸다. 해진이도 이제는 명확히 알 터였다. 내가 졸라서 날 사귄 거지, 날 좋아한 적 없다는 사실을.

"한 걸음만 더 오면 너 잡을 거야. 다신 나 못 떠나게 할 거야."

대학에 가지 않아도 상관없었다. 고등학교를 그만둬야 해도 좋았다.

간절히 오기를 바랄 땐 꼼짝도 않던 해진이 오지 말라니까 왔다. 내 바로 앞까지 온 해진은 날 일으켜 우리가 첫 키스를 한 가로등 밑 의자에 앉혔다.

"등교 첫날 네가 교실에 들어올 때 세상에 저렇게 예쁜 애가 있나 싶어 가슴이 다 두근거리더라. 인형이 걸어오는 줄 알았어. 왜 한 번도 문병 안 왔어? 나는 병원에서 치료받는 동안은 휴대전화 쓰면 안 된다 그래서 연락 못 한 거야. 혹시 내가 어디에 입원했는지 몰랐어?"

"알았어. 갈 수가 없었어."

"이해해, 공부해야 하니까."

"공부하느라 안 간 거 아니야. 엄마가 너랑 연락하지 말랬어. 너한테 안 좋다고."

"……그랬구나. 나는 병원에서 밤에 잠이 안 오면 안마당 산책하고 그랬거든. 거기서 가로등 볼 때마다 네 생각이 났어."

"내 생각이 났어? 영지가 아니라?"

해진이 복잡한 얼굴을 했다.

"있잖아, 난 때때로 너와 영지 사이에 낀 기분이 들고는 했어. 여자애들 그럴 때 있잖아. 경쟁 같은 거. 날 좋아했다고 말해줘서 고마워. 나는 가끔 네가 정말로 날 좋아하는지, 영지랑 경쟁하는지 헷갈렸거든."

"날 좋아했니?"

나는 절박하게 물었다. 다시 웃어서라도 잡고 싶은 마음을 가까스로 눌렀다. 어차피 더는 통하지 않을 게 뻔했다.

"왜 늘 그렇게 물어봐?"

"날 진짜 좋아했느냐고!"

"아무렴 진짜로 좋아했지 가짜로 좋아했겠냐?"

내가 여전히 믿지 못하는 기색이자 해진이 덧붙였다.

"너 같으면 좋아하지도 않는 애랑 키스하겠냐?"

그렇게 말하는 해진의 목덜미가 벌겋게 달아올랐다.

293

"내가 한 거지, 네가 한 게 아니잖아."

"그게 뭐가 달라?"

"그게 어떻게 같아?"

"왜 그렇게 늘 필사적이었어?"

해진이 답답해하며 말했다.

"너는 내가 남자 친구들과 어울리는 것도 싫어했어."

"묻기 전에 먼저 좋아한다고 말한 적 없잖아."

"그걸 꼭 말로 해야 알아?"

재미없는 연애 상담 토크쇼를 보는 것 같았다. 남자는 직설적으로 말해줘야 안다, 여자는 간접적으로 표현해도 알아야 한다, 같은 말을 지겹게 반복하는 것 말이다. 우린 입장이 반대였지만.

"날 정말로 좋아했단 말이야?"

"몇 번을 말해야 알아? 네가 문병 오길 기다렸어."

독서실 앞에 택시가 와서 섰다. 택시에서 내려 해진을 본 아줌마의 낯빛이 변했다.

"나 그만 갈게. 앞으로 학교에서 나 아는 척하지 않아도 돼."

"한 걸음만 다가오면 다신 너 못 떠나게 한다며?"

나는 주먹으로 눈물을 닦았다.

"예쁜 여자는 원래 변덕이 심해."

나는 해진에게서 돌아서서 택시에 탔다.

"가요, 아줌마. 작별 인사 한 거니까 엄마한테 이르지 마요. 다신 안 만나."

택시가 출발했다. 사이드미러에 비친 해진은 여운을 남길 새도 없이 사라졌다. 그렇게 웃지 말아야 했다. 서서히 날 좋아하게 해야 했다. 있는 그대로 진솔하게 내 마음을 고백했어야 했다. 그래도 됐을까? 그랬다면 영지가 아니라 나한테 왔을까? 날 좋아해줬을까? 해진은 날 좋아했다고 말했다. 진심일까? 내 웃음에 홀려 자기 자신조차 그렇게 믿고 있는 건 아닐까? 아니면 내가 불쌍해서 거짓말을 해준 걸까?

문제는 해진이 아니라 끊임없이 의심하는 내 마음이었다. 첫 단추를 잘못 끼운 수준이 아니라 단추를 끼우는 과정을 생략하고 옷을 입으려 했다. 타인의 마음을 멋대로 조종하려 한 대가는 혹독했으니 이제 나는 해진이 무슨 말을 하고 어떤 행동을 하든 그 애가 날 진심으로 좋아했다고는 믿지 못할 것이다. 설령 엄마가 우리 둘이 보는 걸 허락해도 만나서는 안 되었다. 다시 만나봐야 집착하며 괴롭히게 되겠지. 해진은 착하니까 그걸 받아줄 테고, 나는……:

295

20.

기말고사가 끝났다. 나는 겨우 예전 성적으로 돌아갔다. 해진은 1등을 유지했다. 마음을 옭아매던 사슬 하나가 풀린 듯했다.

며칠 뒤 보충 수업을 빠지고 영지가 전학 갔다는 학교를 찾았다. 다른 학교 교복을 입고 낯선 학교 앞에 있자니 안 그래도 힘든 마음이 더 작아졌다.

보충수업이 끝나고 아이들이 나오기 시작했다. 나는 영지를 놓칠까 봐 노심초사했다. 영지가 먼저 날 알아봤다. 똑같은 교복 사이에서 예전 학교 교복이 눈에 띈 것이다.

"누구야? 아는 애야?"

영지 팔짱을 낀 여자애가 말했다. 나는 영지에게 다가갔다. 영지는 명랑만화 주인공처럼 발랄한 아이였다. 지금 영지는 조숙하고 생각이 많은 아이 같았다.

"먼저 갈래? 이따 연락할게."

영지가 말했다. 친구는 알았다고 말하고 갔다. 우리는 작은 카페에 들어갔다.

"케이크 먹을래? 너 치즈케이크 좋아하잖아."

내가 말했다. 낯선 얼굴을 한 영지는 대답하지 않았다. 나는 머뭇대다 케이크를 시켰다. 점원이 건네준 둥근 진동벨이 울리기까지의 짧은 시간 동안 우린 한마디도 하지 않았다. 숨이 막힐 것 같았다.

진동벨이 울렸다. 나는 그게 마지막 교시가 끝났음을 알리는 종이라도 되는 것처럼 자리에서 일어나 커피와 케이크를 가져왔다.

"잘 지냈어?"

내가 물었다.

"그냥저냥 지냈지, 뭐."

영지 휴대전화에서 문자가 왔다는 알람이 울렸다. 영지는 문자를 확인하고 답장을 보냈다.

"나도 잘 지냈어."

영지는 내 안부를 묻지 않았지만 나는 무슨 말이든 해야 했다.

"효순이나 은주도 잘 지내지? 기말고사는 잘 봤어?"

영지가 건성으로 물었다.

"여전하지."

얼핏 일상적으로 들리는 말 속에 많은 뜻이 담겨 있었다. 지금도 붙어 다녀. 손발을 맞춰 수시로 날 괴롭혀.

"나 친구가 기다려."

영지가 휴대전화에서 시선을 떼지 않은 채 말했다.

영지 이모는 우리에게 희망이 있다고 말했다. 서로에게 이 이상 돌이킬 수 없는 상처를 입히기 전에 어떻게든 마무리 지어야 한다고 했다. 솔직하게 말하면 된다고. 그런데 무슨 이야기를 하란 말인가?

해진이 영지를 좋아해서 자존심이 상했다. 김칫국부터 들이킨 스스로가 모멸스러웠다. 영지는 내가 해진을 좋아한 줄도 몰랐는데도 배신감을 느꼈다. 성적이 뜻대로 오르지 않았다. 영지가 성적이 오르는 게 싫었다.

"미안해."

휴대전화만 만지작거리던 영지의 고개가 들렸다. 뭘 잘못 들었나 의심하는 낯빛이었다.

"너네 이모는 만화가고, 오래된 책이 가득한 아지트도 있지. 나는 초등학교 때 친구들이랑은 거의 연락 끊겼고, 중학교 때는 내리 너랑만 붙어 다녀 다른 친구가 없었는데, 넌 어릴 때부터 친구인 남자애도 있었어. 네가 무슨 만화 주인공 같았어. 나한테는 공부 빼면 너한테 내세울 게 없었는데, 네가 성적이

298

오르니까 그마저 잃을 것 같았어. 해진이가 날 좋아한다고 철석같이 믿었는데 실상은 널 좋아했어. 널…… 질투했어.”

나는 손가락으로 눈물을 훔쳤다. 무슨 말을 해야 할지 몰랐었는데 막상 입을 떼자 봇물 터진 양 쉴 새 없이 쏟아졌다.

“네가 괴롭길 바랐어. 애들이 다 내 말대로 움직이니까 내가 무슨 왕이라도 된 것 같았어. 한편으로는 그런 내가 끔찍하고 소름끼쳤어. 너한테, 내 유일한 친구인 너한테 그런 짓을 할 수 있다는 게, 내가 그런다는 게 믿어지질 않았어. 네가 전학 가고 애들이…… 날 괴롭히기 시작했어. 아무도 내 이야기를 들어주지 않았어. 나 자신이 바스락대는 소리가 재밌다고 아무나 밟고 가는 낙엽처럼 느껴졌어. 난 살아 있는데 밟히면 부서지고 아픈데……! 은주가 가끔 효순이 없을 때면 잘해줬는데, 그 얄팍한 동정심마저 간절했어. 학교에 가는 게 몸서리치게 싫고 무서웠어. 밤마다 울었어. 그런데 큰언니가…… 너도 그랬을 거래. 너도 밤마다 울었을 거래. 어떻게 내가 너에게 이럴 수 있나 생각하며, 나보다 배 이상 힘들었을 거래. 나야 내가 한 짓이 있어 벌을 받는다지만, 너는 아무것도 잘못한 게 없는데……. 미안해, 영지야. 정말 미안해.”

영지는 묵묵부답이었다. 나는 용기를 쥐어짜 영지를 보았다.

영지가 줄줄 울고 있었다.

"어떻게 네가 날 질투할 수가 있어? 질투해야 하는 건 나지. 넌 예쁘지, 공부도 잘하지, 집도 잘살지. 넌 헌 물건 쓴 적 없지? 내 책상은 누가 버리려고 골목에 내놓은 걸 엄마랑 아빠가 낑낑대며 가져온 거야. 넌 언니가 둘이나 있으면서도 옷 물려받은 적 없을걸? 내 옷은 다 사촌 언니들이 입던 옷이야. 중학교 내내 다른 애들도 너랑 친하게 지내고 싶어 한 거 알아? 내가 막아서 너한테 말 못 건 거야. 내가 그렇게 했어! 널 독차지하려고 내가 얼마나 필사적이었는지 네가 알아? 넌 마음만 먹으면 누구든 사귈 수 있잖아! 해진이도 그렇게 널 좋아하게 했잖아!

초등학교 때 수업 끝나면 다른 애들은 다 학원에 갔어. 나는 집에 와서 동생 밥 차려주고 나면 이모 집 가서 만화책 보는 게 다였어. 해진이도 학원 안 다녀서 나랑 논 거야. 너네 집엔 피아노도 있잖아! 너랑 같은 대학에 가면…… 그럼 조금이라도 너랑 비슷해지는 거라고 생각했어."

영지가 휴지로 코를 풀었다.

"처음엔 내가 뭘 잘못해서 네가 화가 났다고 생각했어. 어떻게든 화를 풀어주고 싶었는데 너는 나랑 눈도 안 마주쳤지. 난 친구라고는 너 하나밖에 없는데……. 아무한테도 이야기할 수가 없었어. 네가 날 괴롭힌다고, 학교에서 왕따가 되었다고, 죽으면 죽었지 그런 말을 누구한테, 어떻게 해?

병원에 누워 있는데 이러다 진짜 죽을 수도 있겠구나, 싶었어. 그래서 엄마한테 이사 가자고, 전학 가고 싶다고 했어. 엄마가 너네 엄마 만나서 이야기해보겠다는 걸, 그랬다간 확 죽어버린다고 절대 안 된다고 방방 뛰었어. 누추한 옷을 입은 우리 엄마가 번쩍이는 너네 집에 가는 생각만으로도 오금이 저렸어.

전학 와서 한동안은 친구를 사귈 수가 없었어. 자꾸 뒤에서 누가 날 노려보는 것 같아 뒤통수가 저릿하고, 애들이 자기들끼리 이야기를 나누는 걸 볼 때마다 내 이야기를 하나 싶어 솜털이 쭈뼛 서고, 교실에서 누가 까르르 웃기만 해도 등골이 오싹했어.

지금은 붙어 다니는 애가 생겼지만 자꾸만 무서워져. 걔가 자기 이야기를 하는 것도 겁나고 나는 자기 이야기를 하나도 안 한다며 삐칠 때마다 공황이 올 것 같아. 좀비가 창궐한 마을에 혼자 남겨진 것처럼, 밖에 나갈 수도 창문이 깨진 집에 혼자 남아 있는 것도 공포스러운 그런 심정이었어. 그러다가……."

영지의 흔들리는 동공이 천장을 향했다.

"깨달은 거야. 네가 잘못했다는 걸. 난 잘못한 게 없다는 걸! 설령 내가 뭔가 잘못했더라도 그런 일을 당할 만큼은 아니었다는 걸! 그래서 애들한테 연락했어. 해진이가 나한테 보낸 메시지 화면을 캡처해서 보냈어. 내가 먼저 친했는데 네가 가로챈 거라고. 그게 통하리라고는 털끝만치도 기대하지 않았어. 밑져야 본전이려니 한 거야. 그런데……"

영지가 망연자실한 얼굴로 말을 계속했다.

"애들이 내 말을 믿는 거야. 그러더니 즉각 태세를 전환해서 네가 나쁜 년이라고 욕하기 시작하더라? 효순이가 먼저 네가 초등학교 때 자기를 얼마나 무시했는지 이야기했어. 걘 당초 그런 애라면서. 다른 애들도 옛날에 너랑 같은 반이었던 애들한테 네 이야기를 물어보니 안 좋은 이야기를 하더라는 거야. 그러니까 효순이가 내일부터 이렇게, 저렇게 하자, 라고 말했어.

전율이 흐르더라. 마침내 내 차례구나. 저녁마다 휴대전화가 울렸어. 오늘은 너한테 이렇게 했다, 저렇게 했다, 책에 낙서를 했다, 머리에 껌을 붙였다, 다음 날 제법 그럴싸하게 자르고 왔더라, 병신년, 운운하는 카톡들. 매일 밤이 기다려졌어. 하루하루가 그렇게 신나고 흥분될 수가 없었어. 이렇게 쉬운 거였는데 그동안 등신처럼 참았구나.

그런데…… 배가 아픈 게 낫질 않았어. 매일 위장약을 먹었어. 이제 그만하고 싶은데, 애들이 네 사물함에 압정을 넣었잖아. 그렇게까지 하려던 건 아니었어.

날 괴롭힐 때도 그렇게 했니? 매일 저녁 날 어떻게 괴롭힐지, 오늘은 내가 어땠는지, 얼마나 이 악물고 아무렇지도 않은 척 버텼는지 이야기하고, 깔깔대고 그랬어? 그랬던 거야? 어떻게 네가 나한테 그럴 수가 있어!"

"미안해, 나도 모르겠어. 내가 어떻게 그럴 수 있었는지 나도 모르겠어."

"난 알아. 난 이제 알아. 나도 해봤으니까. 그냥 하면 되는 거야. 그런 거야."

"미안해, 정말 미안해."

"널 다치게 하려는 게 아니었어. 그러고 싶지 않았어. 아니, 그러고 싶었어. 네가 괴로워하는 걸 보고 싶었어. 나도 미안해."

영지가 나를 당겼는지, 내가 옆으로 갔는지 알 수 없었다. 우린 어느 결에 바짝 붙어 앉아 서로를 얼싸안고 울고 있었다.

"내가 널 얼마나 사랑했는데……."

영지가 말했다.

"나도, 나도 너 사랑했다는 거 알지?"

"내가 모르면 누가 알겠어?"

실컷 울고 난 뒤 우린 퉁퉁 부은 서로의 얼굴을 보며 신나게 웃었다. 깍지를 끼고 화장실에 가서 얼굴을 씻고, 서로 눈썹을 그려주고, 립글로스를 바꿔 발랐다.

"나 기말고사 전에 해진이 만났어."

영지가 문득 생각난 듯 입을 열었다.

"해진이가 퇴원했다고 주말에 우리 학교 쪽에 한 번 왔었거든. 여러 일이 있었지만 친구로 다시 잘 지내고 싶다고 그러더라."

"잘됐네!"

나는 해진과 영지를 영영 갈라놓으려 했다. 그런데 둘이 다시 친구가 되는 것이다.

"그런데, 그럴 수가 없었어."

영지가 자기 자신도 이해할 수 없다는 얼굴로 말했다.

"내가 십 년간 알아온 해진이가 아니었어. 어디서 쌍둥이 동생이라도 나타난 것 같더라. 너도 느꼈지?"

"응……. 나 해진이랑 헤어졌어."

"그래, 걔 뭔가 이상해. 나쁘다는 건 아니야. 지금 모습도 싫은 건 아닌데…… 근데 내가 아는 사람의 기억을 가진 다른 사람 같아. 기억을 이식한 클론처럼."

나는 영지의 눈을 피했다. 내게 홀린 걸 치료하면서 해진의 성격은 근본적으로 달라졌다. 도저히 그 이야기까지는 할 수 없었다.

"다 내 잘못이야."

내가 말했다.

"기지배! 우리 이제 서로 잘못했다느니, 미안하다느니, 그런 말 하기 없기다?"

"응!"

나는 기운차게 대답했다. 영지의 휴대전화가 울렸다.

"어떡해, 내 친구 아직 기다린대."

영지가 휴대전화를 확인하더니 입술을 자근자근 깨물었다.

"괜찮아, 가봐. 우리 보충수업 끝나면 영화 보러 가자."

"그래! 메일 쓸게!"

"문자할게!"

영지는 버스 정류장까지 날 바래다주겠다고 했다. 나는 친구가 기다리니 가라고 했다. 우린 가려다가도 몇 차례나 돌아서서 서로를 부둥켜안았고, 힘껏 손을 맞잡았다.

21.

모처럼 집에 돌아가는 발걸음이 가벼웠다. 그렇게 개운할 수
가 없었다. 진즉에 사과해야 했다.

아침이 되자 마음이 무거워졌다. 다시 효순과 은주가 있는
학교에 가야 했다. 교실 문을 열고 들어가는데 평소와 분위기
가 달랐다. 애들이 웃는 낯으로 다가와 인사했다. 특히 효순이
살갑게 굴었다.

「너 어제 영지 만났다며?」

효순이 조회 시간에 쪽지를 보냈다. 나는 웃는 얼굴을 그려
돌려보냈다. 영지는 아이들에게 우리가 화해했다고 알렸고, 전
쟁은 끝났다.

그날 저녁 카톡을 보낼까 하다가 오랜만에 메일을 쓰자 싶
어 컴퓨터 앞에 앉았다. 받는 사람 란에 외우고 있던 영지 주
소를 쳤다.

"인아야, 손톱깎이 있어?"

큰언니가 들어왔다. 나는 돌아보지 않았다. 큰언니가 잘게
떨리는 내 어깨를 감쌌다.

"학교에서 무슨 일 있었어? 애들이 또 지랄이야? 진짜 더는 안 되겠다, 뭔가 방법을 찾아야지."

"아니야, 영지가…… 애들한테 우리 화해했다고……. 그래서 …… 이제 다……."

나는 고개를 저었다. 눈물이 멎지 않았다.

"그런데 왜 울어?"

"영지한테 메일을 쓰려는데…… 쓸 수가……."

어제는 괜찮았다. 어제 우린 서로를 완벽하게 이해했고, 화해했다. 그러나 그건 죄다 어제 일이었다. 나는 달라진 해진도 좋았다. 하지만 해진은 달라지고도 변함없이 영지를 좋아했다. 영지는 내가 해진을 어떻게 홀렸는지 알고 있었다. 누군가 그걸 안다는 게, 그게 영지인데도, 아니, 영지라서 더 참혹하게 부끄러웠다.

영지도 지금 나와 같을 것이다. 어제는 감정에 겨워 그냥 지나갔더라도 자고 일어나면 내가 했던 말과 행동들이 다시 스멀스멀 기어 올라올 것이다. 이제 와 새삼 연락하는 건 서로가 서로에게 행한 잔인한 일들을 반복해서 목도하는 짓밖에 되지 않았다.

"보충수업 끝나면 언니 따라 파리에 가자. 엄마한테는 언니가 말할게."

"정말?"

"응, 언니가 어떻게든 엄마 설득해볼게."

나는 언니랑 같이 파리를 검색했다. 어느새 눈물이 멎었다
는 게 신기했다. 이런 걸까?

"정말 다 지나갈까?"

내가 중얼거렸다.

"지나갈 거야."

언니가 그래야 한다는 의지를 담아 말했다. 언니가 나가고
침대에 눕자 도로 눈물이 나왔다. 상처는 봉합되었지만 흉터는
남았다.

휴대전화에서 영지와 찍은 사진을 찾았다. 둘 다 브이자를
그리며 온 얼굴로 웃고 있었다.

"지나가겠지? 그렇지? 영지야, 미안해, 다 내 탓이야. 너도
…… 떠나보내게 될 거야. 꼭 그래야 해."

나는 다시는 만날 수 없는 영지의 사진을 어루만졌다.

작가의 말

　2011년이었던 걸로 기억합니다. 환상문학웹진 거울에서 100호를 맞이한 기념으로 '100'을 소재로 단편소설을 쓰는 기획을 만들었습니다. 「나, 너와 함께」는 그렇게 탄생했습니다. 이후 연작으로서 이어갈 만한 글이라는 생각에, 2012년에 「늑대라고 다 네발로 뛰진 않는다」를 썼습니다. 2013년 단편집을 출간할 때 출판사로부터 두 단편도 수록했으면 좋겠다는 제안을 받았지만 고심 끝에 거절했습니다. 한두 편을 더 써서 '이웃' 연작으로 묶고 싶었거든요.

　그리하여 2016년 「붉은 오렌지 주스」를 쓰고, 다음 해인 2017년에 교보문고 마카롱에서 전자책으로 출간했습니다. 오래 기다린 보람이 있구나 싶어 뿌듯했습니다.

　그리고 2021년, 들녘에서 단행본으로 나오게 되었으니 첫 단편 「나, 너와 함께」를 쓰고 나서 꼬박 십 년만이네요. 감개무량한 마음입니다.

이 책이 세상에 나오기까지 많은 분들의 도움이 있었습니다. 오랜 벗 최지혜 님은 연작의 제목을 '이웃'으로 제안해주셨어요. 이 '이웃'이라는 단어는 이후 제가 이 연작을 쓰는 데 큰 지침이 되어주었습니다.

그리고 마카롱에서 전자책을 출간하기로 한 뒤 이혁주 PD 님께서 '이웃'의 범위를 잡아줄 수 있느냐고 물으셨어요. '~한 이웃'으로요. 그래서 '우리가 모르는 이웃'으로 제목을 확정했습니다.

최지혜 님과 이혁주 PD님께 감사드려요. 두 분 덕에 이 글의 방향성을 더 명확히 할 수 있었습니다. 처음 '이웃'이라는 제목을 달고 있을 때 조금 남다른 사람들의 이야기라고만 생각했다면, '우리가 모르는 이웃'이 되면서는 다른 이에게 쉽게 털어놓을 수 없는 자기만의 속사정이 있는 사람들의 이야기가 되었지요.

많은 이들이 자신은 다수에 속한다고 생각하며 살아갑니다. 그 속에서 소수자들의 삶은 외롭고 고단해지기 십상입니다.

사람들은 '같음'을 좋아하고 '다름'을 배척하거든요. '다름'이 배척받는 분위기에서 다수와 다른 면이 있는 소수의 사람은 자신의 남다른 면모를 감추는 데 많은 에너지를 소모합니다. 드러나면 자칫 표적이 되기 때문이죠.

그러나 언제나 다수에 속하기만 하는 사람은 없을 거예요. 누구나 살면서 한두 번은 내 쪽이 소수라서 혹은 내게 남다른 면이 있어서, 작게는 조금 당황스럽고 크게는 힘겨웠던 경험이 있으리라 생각합니다. 그래서 저는 저를 포함해 모든 사람들이 소수에 속하는 사람들, 다른 사람과 조금 다른 사람들을 열린 마음으로 바라보기를 바랍니다. 사람은 '다름'을 배척하는 존재이기도 하나, 이해하고 공감하고 포용하는 존재이기도 하니까요.

'다름'은 이 세상을 풍요롭게 만들어줍니다. 한 가지 색, 한 가지 맛, 한 가지 냄새만 있는 세상은 얼마나 삭막할까요. 짠맛이 단맛을 더 강하게 하듯 '다름'은 분명 세상을 더 아름답게 만들어주리라 믿습니다.

감사드릴 분이 또 있습니다. 세 번째 단편 「붉은 오렌지 주스」에서는 김이환 작가님의 장편 『뱀파이어 나이트』를 일부 인용했습니다. '붉은 오렌지 주스'라는 제목도 해당 작품에서 영감을 얻었지요. 김이환 작가님은 제가 『뱀파이어 나이트』의 본문을 인용하고 '붉은 오렌지 주스'라는 제목을 붙이는 걸 흔쾌히 승낙해주셨어요. 진심으로 감사드립니다.

글이 잘 풀리는 날은 잘 풀리는 날대로, 잘 풀리지 않아 헤매는 날은 헤매는 날대로 제 환희와 낙심의 순간을 함께해준 오랜 친구 김기연 님에게도 사랑한다고, 고맙다고 말하고 싶습니다.

제 경우 작가로서 원고를 마무리하는 단계에서 가장 긴장되는 순간은 교정본이 올 때 같아요. 『우리가 모르는 이웃』의 교정본은 저를 채찍질하며 많은 반성을 불러일으켰고, 동시에 깨우침도 주었습니다. 교정을 보신 이수연 편집자님께도 이 자리를 통해 감사하다는 말씀을 전하고자 합니다. 꼼꼼히 점검하며 많이 애써주셨습니다. 결과물에 부족한 점이 있다면 오롯이 작가인 제 책임입니다.

기회가 닿는 대로 하드 안에서 착상 상태로 기다리고 있는 '우리가 모르는 이웃'의 다른 이야기들을 써보고자 합니다.

읽히지 않는 책은 인쇄된 종이일 따름입니다. 이 책은 지금 이 책을 읽고 계시는 독자 여러분들로 인해 완성됩니다. 세상에 있는 수많은 책 중 이 책을 골라주셔서 감사합니다.